新潮文庫

夜の光

坂木司著

夜の光▼目次

季節外れの光 7

スペシャル 75

片道切符のハニー 167

化石と爆弾 259

それだけのこと 345

挿画　佐久間真人
装幀　石川絢士（the GARDEN）

夜の光

季節外れの光

ポケットの中で携帯が震えた。

この振動の短さはメールに違いない。そこで私は左手をポケットに入れ、そっと携帯を取り出す。

『ジョーへ。四時半から作戦会議あり』

ブッチからだ。

本来、別の作業をしている間にメールを打つのは私の美学に反する。しかし相手がブッチとあっては、例外も認めざるをえまい。

『ダコー』

短く了解の意を伝えると、静かに画面を閉じた。そして再び前を見る。

研ぎ澄ませ、研ぎ澄ませ、集中しろ。無駄な時間は一秒だってない。ここで起こるすべてを見つめ、記憶しろ。でなければ生き残ることはできない。

私は今、戦場にいるのだから。

突然、鐘の音が辺りに響き渡る。立ち上がってざわめく人々。慌《あわ》てて荷物を抱える男に、コートの前をかき合わせる女。その喧噪《けんそう》はまるでミツバチの巣箱をひっくり返したようで、私は眉間《みけん》に皺《しわ》を寄せる。集中が他者からの干渉で途切れるのは、気分のいいものではない。

しばし黙って立っていると、わん、という音の波動に呑《の》み込まれそうになる。自我をしっかりと持て。武器は自分自身の中にあるはずだ。

「ねえ、今日の帰りはどうする？」

不意に、後ろから女が声をかけてくる。

「うん、ちょっと部活に顔出してから、図書室で勉強してこうかな」

私は自分が作製できる中で最大出力の笑顔を貼《は》り付け、教科書の入った鞄《かばん》を軽く叩《たた》いてみせた。

戦場の名は、高校という。

＊

最初に言っておくが、私は別にいじめられているわけではない。確かに対人関係に問題を抱えてはいるけれど、状況によるシミュレーションと努力でなんとか乗り切ってきた。

では何故《なぜ》、ここが戦場たり得るのか。答えは簡単。我が家が裕福ではないからだ。貧乏というには語弊がある中流程度の経済状態で、家族は四人。両親と、下に中学生の弟がいる。家族仲は悪くないのだが、両親が少々前時代がかっているのが困りものだ。

すなわち、男は大学を出なければいけないが、女は必ずしもそうではない。その心は、早く嫁に行った方が幸せだから。だから塾の費用は弟に回し、私には家事を手伝わせる。

間違った考え方を持ってはいても、私の幸せを願ってくれていることは感じる。だから両親を憎もうとは思わない。けれど皮肉なことに、私がもっとも得意なのは勉強をすることなのだ。

黙って、ただまっすぐに学問と向き合うこと。それをしているときが、私にとっては何よりの安らぎであり、かつ娯楽でもある。

「姉ちゃんはマジで勉強が好きなんだよね」

唯一《ゆいいつ》の理解者である弟は、私の部屋でよくこんな風につぶやく。

「あーあ、俺、女だったらよかったのに」

そうだね、と私は笑う。弟は、私と違って人に添うことが得意だ。手先も器用だし、もし弟が女だったらかなりいい奥さんになるだろう。

中学生の頃、塾に通わせて欲しいと何度か頼んだことがある。けれど母親いわく「そんなお金はない」そうで、父親は「学校の勉強で充分」だそうだ。そこで私は考えた。

そういうことなら意地でも学校の勉強だけで推薦をとり、東京の大学に受かってやる。

だから私にとって、学校は戦場だ。そして生き残るためには、様々なテクニックが必要とされる。

＊

教室を出て、部室までの道のりをゆっくりと歩く。嫌ではないけど、うきうきでもない。とりあえず義務だから。そんな表情を浮かべていれば、放課後の雑踏の中でまず注目はされない。

もちろん服装にだって気を使っている。うちの学校は制服がブレザーだから、そんなに激しく着崩している人はいない。しかし、かといってスカート丈をまったくいじっていない女子もまたほとんどいない。そこで私はスカートをほどほどの膝丈《ひざたけ》にし、紺のハイソックスを穿《は》いた。さらに髪はストレートのセミロングにし、前髪にはシャギーを入れてある。これによって私は、真面目《まじめ》そうではあるものの、堅苦しくない程度の印象を他人に与えているはずだ。

しかし、いくら私が隠密《おんみつ》もかくやというほどに気を使ってみても、どうにもならない部分がいくつかある。

「あ、中島さん。部活？」

階段を下りたところで、同じクラスの男子から声をかけられた。そう、私は黙っていればそこそこの美人なのだ。なのでごくたまに、こんな場面に巻き込まれそうになる。

「そう。でも顔出すだけだから」

とにかく回避。笑顔でやり過ごそうとして、はたと考え直す。間違ってはいけない。ここでの武器は、笑顔ではなく必要最低限の言葉と会釈《えしゃく》だ。

「その後は、どうするの」

「図書室で勉強。それじゃあね」

足を止めずに通り過ぎると、彼はほんの少し傷ついたような表情をしていた。でもしょうがない。私は男子と必要以上に会話をしたくはないのだ。それは別に男性不信というわけではなく、女子に敵を作りたくないから。

美点はあるに越したことはない。というのがおそらく社会での常識。けれど学校という世界では、美点が複数あるといじめや妬《ねた》みを引き起こしかねない。なのに美点が一つもないという状態もまた、馬鹿《ばか》にされる要因になるわけだから本当に質《たち》が悪い。まさに諸刃《もろは》の剣だ。

しかもその美点が顔の良さであった場合、状況はエスカレートする。だって、どこの世界に美人で成績優秀で男子ウケのいいクラスメートが好きだなんて女子がいるというのか。

中学時代は、そのことに気づかず痛い目に遭った。けれど周囲から余計な圧力を受けては、本分である勉強に集中することができない。そこで私は考えた。どうせ人と話すのが得意でないなら、いたずらに笑顔などふりまかなければいい。

そして今、私はクラスの男子から「見た目はいいけど喋《しゃべ》ると恐《こわ》い」と思われている。私は基本的にお世辞や嘘《うそ》が苦手な上、必要事項だけを話す癖がある。だから自然にしていたらそうなったわけなのだが、これは実に素晴らしい成果をあげた。

すなわち、顔だけで寄ってくるような男子と、適当なつきあいしかしない女子は冷たい対応を恐がって遠ざかり、本当に友達になろうとしてくれた女子だけが周囲に残ったのである。

けれど正直なところ、戦場で愛だの恋だの言ってられる余裕が私にはないというだけの話でもある。寂しい人、と言われるかも知れない。しかし私にとっては、生き残ることが何より大事なのだ。そこをご理解いただきたい。

できるだけ早足で、校舎の一階から渡り廊下を通り文化部の部室がまとまっている建物を目指す。打ちっぱなしのコンクリートで出来たクラブ棟は、予算をケチったのが逆に幸いしたのか、外から見ると少し洒落《しゃれ》て見える。

入り口で鍵掛《かぎ》けを確認すると、すでに誰かが部室を開けたらしく鍵がなかった。そこで私は階段で二階へ上がり、『天文部』と書かれたドアの前に立つ。

「出た。ザ・パンピーファッション」

私が部室の扉を開けるなり、ギィが私を指差した。

「何度も言うけど、失礼だから、それ」

「だってホントのことじゃん」

パイプ椅子《いす》に座って足を組み替えながら、ギィはにやりと笑う。

「そうじゃなくて。人を指差すの、やめて」

「はいはい」

ギィの脇《わき》を通って私は窓際《まどぎわ》の棚に荷物を置き、椅子を引き寄せた。

「ところで、新勧はどう」

「一応ね、声とかかけてはみたんだけど、逃げられた」

「そりゃそうか」

私はギィを眺めて、軽くうなずく。限りなく下着の見えそうな丈のスカートに、だぶだぶのカーディガン。胸元を開けたシャツからは、英字を散らしたネックレスが覗《のぞ》いている。明るい茶色に染められた髪はゆるく巻かれ、そして極めつけは耳に開いたいくつもの穴。いつ見ても痛そうな耳を持つギィは、多分クラスで一番の制服コーデクイーンだ。

こんな強《つよ》ギャルっぽい先輩に声をかけられたら、大抵の子はひくだろう。

「素直に納得すんなって」

「でもその通りでしょ」

私たちが話していると、廊下を走る足音が近づいてきた。

「ゲージだね」

ギィが呆《あき》れたような表情で扉の方を見る。すると次の瞬間、勢いよく人影が飛び込んできた。

「ヘイ、ガールズ。今日のご機嫌はいかがかな？」

どこかのアニメに出てくるキャラクターのような喋り方をしながら、戸口でポーズを決めているのはゲージ。

「機嫌が悪かったらお前が責任取れんのかよ」

「取れないこともないかもしれない」

ゲージは踊るような足取りで、私たちの向かいに進み、ミュージカル俳優さながらの動きで腰を降ろした。制服のパンツはほどよく下げられ、腰にはウォレットチェーン。髪は無造作を装《よそお》ったお洒落ヘアで、手首にはミサンガのようなカラフルな紐《ひも》がこれでもかと巻き付いている。そしてギィと同じく、シャツの胸元は派手に開いている。男子だというのに。

「お前はどこのセレブだっての」

小麦色の地肌を見て、ギィがぼそっとつぶやく。するとゲージは指をちっちっと振って答える。

「セレブじゃなくてアーティストだよ、ハニー」

ゲージは決して美男子ではないのだが、個性的なラテン顔にこの言動を合わせると、不思議なことにそれらしく見える。

「変な呼び方であたしを呼ぶな」

「じゃあダーリン」

「死ね。バカ」

ゲージとギィは喋りの相性がいい。テンポがよく漫才のような二人の喋りを聞いているうち、最後の人物の足音が近づいてきた。ゆっくりとして、歩幅の広い歩き方。

「みんな、揃《そろ》ってるな」

そう言って入ってきたのはブッチ。大きな身体《からだ》をかがめるようにして、ゲージの隣の椅子を引き出した。制服はごく普通の着こなしで、これといった特徴はない。髪は短く刈り込まれ、首が太いせいかネクタイはいつもゆるめられている。しかし特徴的なのはファッションではなく、やはりその体格だろう。上半身が大きく、がっしりとした体つきは柔道やラグビーの選手といった風情《ふぜい》。けれど顔つきは穏やかで、私はブッチを見るたびに大型の牧羊犬を思い出す。

「今日の議題は何」

私がたずねると、ゲージが横から口を出す。

「議題じゃなくてミッションだよ、スイートハート」

「スイートハートは恋人を表す言葉。そして私はあなたの恋人じゃない」

「相変わらずジョーは冷たいなあ。ツンデレの一歩先をゆくクールさだよねえ」

前言撤回。ゲージは誰が相手でも漫才になる。

「みんなが考えているとおり、今日の議題かつミッションは、新入部員の獲得についてだ」

ブッチは双方の顔を立てつつ、机の上に一冊のノートを置いた。

「四月も半ばになって、まだ新入部員が一人もいないのはまずい。そこで勧誘のためのチラシやポスターを作ろうと思ったんだが」

「いいじゃん、別に入らなくたって」

ギィが心の声をそのまま口に出した。その通り。実のところ、私たち全員が新入部員などいらないと思っている。

「でもな、さすがに一人も入らないと顧問の田代《たしろ》が活動に加わるって話なんだよ」

「ああ、そりゃ勘弁だよセニョール」

両手を上にあげて、ゲージが大げさに反応した。

「自由なのが売りの天文部だってのに」

舌打ちをしながら、ギィがつぶやく。そう、私たちは天文部に所属する三年生。そして現在この部には、私たちの代四人しかいないのだ。

「つまり田代か新入生、二者択一ってわけ」

「だったら新入生を選んだ方が、扱いが楽かと思ったんだけど」

ブッチの言葉に、全員がうなずく。楽な方へと流れるのが、私たちのスタイルだ。

＊

私たちの通う高校は、関東地方の地味な県にある。すごい進学校というわけではないが、落ちこぼれ救済校でもない。年に数人は六大学に受かる人が出るから、県内ではほどほどの位置といったところだ。

　そのせいか通う生徒の層も無難で、ヤンキーや中退者はあまりいない。いじめはたまにあるけれど、事件になるほどひどいのはまだないようだ。良くも悪くも無難で中庸。部活も右に同じで、強制的な部はほとんどなく、とりあえずどれか一つに籍を置いておけば良いといったゆるい雰囲気が漂っている。

　そしてそんなクラブの中でも、我が天文部の活動はずば抜けてゆるい。高校に入りたての頃、何部に入るかを決めかねていた私は、その活動内容を聞いて驚いた。

『週に一回部室に集まり、季節ごとに夜空を望遠鏡で観察すること』

　部員としての義務は、たったそれだけ。これなら勉強に支障が出ない。

「入部します」

　放課後の定例会を見学した後、私は即座に入部届けに名前を書いた。そこにいた先輩も皆穏やかそうな人たちだったし、何より部の顧問教師である田代にやる気のないのが良かった。

「あ、俺も俺も」

　そのとき同じように見学に来ていたのはゲージ。彼のようなタイプが地味な部を選ぶとは思っていなかったので、少し驚いたことを覚えている。

ちなみにブッチは入学早々にこの部を選んでいたらしく、実はあのとき同じ場所にいたのだという。けれど体格が良く、見た目もそれなりに大人っぽかったため、私たちは先輩だと思っていたのだ。

ギィは、一番最後に派手な形で入ってきた。彼女は最初料理部で、ギャル友達とダべりながらクッキーなど焼いていたのだが、それを厳しい先輩に咎《とが》められて飛び出してきたらしい。

「ていうかさあ、マジやってらんない。黙ってクッキー作れとかって、修道院かっての」

そういうとき普通の女子は黙って従うか、辞めるにしても一人では辞めないだろう。なのにギィはギャル友も引き連れずに一人でやってきた。私がそのことについてたずねると、

「だってあの子たちはマジで料理とか好きだからさ。つきあわせるのも悪いし」

ていうか部活が違うくらいで友情にヒビとか入んないから。ギィはそう言って足を組んだ。

そしてほぼ二年間、私たち四人の間にこれといった会話はなかった。学祭の準備や

用件など必要最低限の連絡はしたので仲が悪いわけではなかったが、友達として話すこともなかったのだ。ゲージはうるさいほど全方位的に喋りかけていたはずだけど、興味がなかったせいか記憶の中の印象は薄い。

要するに、お互い関心がなかったということか。

私は部室で一人、『天文部ノート』という名の伝言帳をめくりながら感慨にふける。あの後、ブッチが「いつ新入生がたずねてきてもいいように、日替わりで部室にいよう」と言い出したおかげで、ジャンケンに負けた私は初日の番としてここにいる。こういうとき、他の部だったら一人でいるなんてことにはならないのだろうけど、個人主義の私たちは理由がない限り一緒に行動したりはしない。

『夏の観測会について』

ノートの最初の方をめくると、去年の行事についての記述が現れてきた。天文部の活動は基本的に夜だが、年に一度合宿と称して二泊三日の観測会が開かれる。

『せめて合宿までに新入部員を！』

先輩の書き込みは切実だった。というのも、他人に興味のない人間ばかりが集まった私たちの代は、お世辞にも勧誘が上手ではなかったから。しかもゆるい活動内容が仇《あだ》になったのか、天文部は文化部の中でも一番人気のない部として存在していた。

ちなみに先輩たちの名誉のためにつけ加えておくと、私たちの一つ上の先輩はそれなりに真面目《まじめ》だったので、星座の模型を作ったり天体観測の記録をつけては文化祭で発表したりしていた。

そして下の代がいないまま私たちは二年の夏を迎え、秋には先輩たちが引退していった。活動義務はないから、卒業までいても問題のない部だったはずだが、そのあたりも先輩たちは生真面目だった。多分、本来の天文部には、ああいった地味だけど真面目で人の好《よ》いタイプが集まるのだろうな、と私は折にふれ思う。

『来期の活動について』

これは私の文字。初めて私たちだけで集まらなければならなくなったとき、一番字が綺麗《きれい》そうだということで書記に任命されたのだ。

『提案一・観測会の定期的な実施』

先輩のいない部室に初めて集合したあの日、次期部長に多数決で指名されたブッチは開口一番こう言った。

「毎月、屋上で観測会を開かないか」

それはつまり、毎月学校に一泊しないかという提案だった。

「俺はいいけどさ、そんなんできるわけ？」

ゲージの発言にギィと私も注目した。するとブッチはカレンダーのような紙を取り出して、皆に見せる。

「これは田代が宿直で学校に泊まる日のスケジュールだ。この中から選べば、特に問題はないと田代は言ってる」

「さっすが無関心大王。自分の都合が良けりゃオッケーってことか」

ギィが皮肉な表情で笑う。

「でも、もしかしたら宿直は一人でつまらないのかもしれない」

私のつぶやきに、ブッチはうなずいた。

「多分、そんな理由もあるだろう。というわけで承認は取れた。あとはみんなの意見だが」

ぐるりと見回すその顔に、全員がなんとなくうなずいた。

てんでんばらばらなタイプの私たちだが、実は一つだけ共通項がある。それは、定例会を休んでも観測会には出ていたということ。ブッチはその点に着目して、部の方針を決めようとしたのだろう。

ちなみに観測会というのは、文字通り天体望遠鏡で夜空を観測するイベントだ。そして開催時刻は月が沈んでからの方が都合が良いため、必然的に泊まりがけになる。

先輩たちは春夏秋冬の四回、それに夏合宿を加えた計五回これを行っていたのだが、私たちは全員揃ってすべての回に参加していた。
皆、観測になどまったく興味を示さなかったというのに。

少し日が傾いてきたせいか、ノートが見づらい。私は窓際《まどぎわ》に移動して、ふと裏庭の風景を眺めた。そこから見えるのは、雑草の生えた草むらと小さな池、それに園芸部の管理する畑や花壇などだ。制服姿で池のほとりにしゃがみこんでいるのは、生物部の部員だろうか。池の後ろは雑木林になっていて、そろそろ暗い影が落ちはじめている。

時計を見ると二時間が過ぎていたので、私は立ち上がって帰り支度をした。もういい加減、新入生は来ないだろう。部室に鍵《かぎ》をかけ、クラブ棟の入り口にある鍵掛けに鍵を戻す。

校門を出て、道を歩く。私は徒歩通学なので、遅くなっても気が楽だ。空き地と住宅に挟まれた道をしばらく進むと、駅前の広場が見えてきた。家は駅を越えた反対側だが、私は迷わず駅ビルの中に入る。そのまま奥まで進んでエレベーターで五階に上がり、書店のフロアで降りた。

棚の間を歩きながら、私は参考書を何冊かとって窓際に置かれた椅子《いす》を目指す。ここは大手チェーンのせいか、座り読みが許可されているので重宝している。椅子に座り、しばし参考書を読んでから顔を上げた。筆記用具が使えないのは残念だが、最新の問題を取り込めるのは嬉《うれ》しい。窓の外を見ると、すでに夜。下を見ると複数の電車がホームに停まっている。ちかちかと点滅を繰り返す、黄色や赤のきらめき。

「やっぱここにいた」

突然声をかけられて振り向くと、そこにはゲージが立っていた。

「今日はCDショップじゃないんだ」

「うん、漫画の新刊が出てたからね」

書店の袋を見せて、隣の椅子に腰を降ろす。

「で、どうだった？　誰か来た？」

「誰か来たら同報メールで知らせる約束でしょう」

「まあ、それは覚えてるけどさ。これは一つの時候の挨拶《あいさつ》みたいなもんだよ、ハニー」

その場で席を立っても良かったのだが、ゲージが私にチョコレートを差し出したので、とりあえずそれを受け取った。無言でアーモンド入りのチョコを食べていると、ゲージが窓の外を見て楽しそうに指差す。

「ジョー、ほらあそこ。ギィの背中」

ギィは、線路を挟んで向かい側の駅ビルの中でアルバイトをしている。二階にあるコーヒーショップはカウンターが窓に面しているので、運が良ければ彼女の姿が見えるのだ。

「ブッチは今頃、どの辺を走ってるのかな」

このビルの地下にあるイタリアンレストラン。ブッチはそこでデリバリーのアルバイトをしている。なので夕方以降彼はこのビルから出て、またここに帰ってくる。

私たちの関係が本当に始まったのは、このビルで再会してからだ。

＊

四人だけの定例会を初めて開いたあの日、結論は毎月観測会を行うということで話がついた。その後はあっさりと解散したので時間が余り、私はいつものように本屋で参考書を読もうと駅ビルに向かった。早い時間なら図書室を利用するのだが、夕方が近づくと忙《せわ》しない。そんなとき、あの書店は便利なのだ。

午後六時。喉《のど》が渇いたので何か飲もうと、私はコーヒーショップに向かった。普段は節約のために自動販売機のジュースで我慢していたのに、何故《なぜ》だかそのときに限ってココアが飲みたくなったのだ。

そして私はカウンターに立っていたギィと遭遇し、さらには先客として顔を合わせていたゲージを店内で発見することとなる。

「偶然にしても、本当にびっくりしたよな」

書店に戻った私たちを待っていたのは、地図のコーナーで立ち読みをするブッチだった。

「ちなみに俺は、あそこの常連」

そう言ってゲージは館内表示を指差し、書店の一階上にあるCDショップを示した。その店も書店と同じく椅子があり、試聴が無料で楽しめるらしい。

「とにかく、二人のバイトが終わるのを待とうぜ」

狭い半径の中で再会した私たちを、ゲージは強引に引き寄せた。

「だってこんなのって、絶対運命だからさ。つながってるんだよ、きっと」

その夜のゲージの熱っぽい言葉は、何故だか現実主義者のギィと私を黙らせるだけの勢いがあった。

四人でファストフード店のテーブルを囲み、私たちはおずおずと互いの顔を見る。不思議だ。今夜この四人でいることはとても珍しいことなのに、なぜだか違和感がない。いや、むしろ違和感のないことが不思議だった。

「夜にばっか、会ってるみたいだな」

ブッチがぼそりとつぶやくと、ギィが軽くうなずく。

「そういやそうだ。観測会は夜だし」

「昼間はクラスもグループも別々だし」

私の言葉を受けて、ゲージが続けた。

「昼は他人で、夜は仲間。これってかなりスペシャルな感じがしない？」

確かに、少しばかり特別な気分ではあった。私たちはもし同じクラスにいても、絶対に同じグループには入らなかったような組み合わせだ。そして同じ部で一年半以上顔を突きあわせていたのに、ほとんどお互いのことを知らない。

なのに今、ずっと昔からそうだったようにテーブルを囲んでいる。

皆が黙っていると、ゲージはさらに興奮したように身を乗り出した。

「こうなったらさ、いっそ俺たちの関係をずっと秘密にしてみるのってどう？　スパイみたいにさ」

戦場にいる私が、さらにスパイに身をやつす？　そう考えるとおかしくて、つい私はくすりと声をもらしてしまった。

「なに、あんたこいつの案が気に入ったの」

ギィに聞かれて、思わず首を横に振る。

「いや。でもなんか、面白いなあって」

「でしょでしょ？」

シェイクをすすり上げて、ゲージが得意げに笑った。その横で、ブッチがナプキンに何かを書いている。

「何してんの」

ギィが覗《のぞ》き込むと、ブッチはナプキンを私たちの前に出した。するとそこには、私たち全員の名前と、その後に「＝」のマークが記されている。

「スパイなら、コードネームが必要かと思って」

その台詞《せりふ》に、今度はギィがふき出した。真面目そうなブッチがたまに口にする冗談は、ギャップのせいか破壊力がある。

「コードネーム！　それ最高！」

言い出しっぺのゲージはいよいよエンジンがかかってきたようで、さっそくそのナプキンに候補作を書き出した。

「じゃ、まずお前な。でかいからジャイアントとか、パワーとかそっち系でどう？」

「そのまんまだね」

「お前のセンス、ダサすぎ」

私とギィに反論されて、ゲージは軽くへこむ。

「……こういうのって、特徴をとらえてないとすぐに忘れるだろ。だから少しダサいくらいのがいいかと思ったのに」

「まあ、確かに特徴は必要だろうな」

コーヒーに二本目の砂糖を入れながら、ブッチが首をひねる。

「でかいこと以外に、俺の特徴ってなんだろうな？」

「ピザ屋のドライバー」

「天文部の部長」

ギィと私がそれぞれ答えると、ゲージはそれをナプキンに書き込む。

「好物とかもいいと思うけど」

私の言葉に、ブッチは再び首を傾《かし》げた。

「甘いもの、かな」

予想外の返答に、ギィは足をばたつかせて笑い転げる。

「スイーツ！　お前はスイーツで決定！」

とはいえ大柄な男子が「スイーツ」ではあんまりなので、協議の末、「部長」から派生した「ブッチ」が採用された。

ちなみに「ギィ」は「どう見たってギャルじゃん」というゲージの台詞から。そして「ゲージ」は「お前こそ、自称アーティストくさい」というギィの反論から「芸術家」を取り出したものになった。

最後に私はと言えば全員が「ぱっと見はお嬢様っぽい」という意見にうなずいたため、「お嬢様」の「ジョー」が決定した。

「じゃあ決定したコードネームを送信するから、みんな携帯出せよ」

ゲージに言われるがまま、全員が携帯電話を出してメールアドレスを交換する。ほどなく一斉送信で送られてきたメールには、コードネームの一覧表が書いてあった。

『ブッチ＝黄川田《きがわだ》祐一《ゆういち》
ギィ＝安田《やすだ》朱美《あけみ》
ゲージ＝青山《あおやま》孝志《たかし》
ジョー＝中島《なかじま》翠《みどり》』

そう。たいへん遅れればせながら名乗らせてもらうと、私の本名は中島翠。しかしジョーと呼ばれる方が気に入っているので、以後お見知りおきを。

＊

とはいえコードネームが決まったところで、私たちの行動に変化がおきることはなかった。ただ、互いのアドレスを知ったおかげで定例会や観測会に関しての連絡がスムーズになったのはよかった。

『一人見学に来たけど、女子だからすぐ帰っちゃった』

今日の当番であるゲージから、報告のメールが入る。確かに、狭い部室で男女の一対一はつらい。いくら愛想のいい彼でも、これはどうにもならなかっただろう。

そんなことを考えながら携帯電話の画面を見ていたら、今度はブッチからメールが入った。

『四月の観測会は今週の金、土にしようと思う。予定のある場合は連絡を』

私は特に予定がなかったので、返事をせずそのまま画面を閉じようとした。すると再びゲージからメールが届いた。

『今、裏庭にホタルがいた！』

一体、何が言いたいんだろう。私は首を傾げながら返事を打つ。

『今は四月。ホタルがいるわけはない。見間違いでは？』

今さら言うこともないが、彼はお調子者の上に慌《あわ》て者でもある。けれど次に届いたのは珍しく理性的な内容だった。

『俺以外にも何人か見てたんだって』

なるほど。では何らかの光があったのは事実なのだろう。私は会話を切り上げるため、最後にこう返した。

『不思議。ノートに書いてギィに伝言してみたら』


さらに翌日。その「ホタル」はギィにも目撃された。

『二匹いたよ。池とビオトープの辺りだから、マジでホタル？』

続く内容には、隣の囲碁部も同じ光を見たと書いてあった。ちなみに囲碁部の男子は彼女いわく『イケてない』らしい。というよりは、そもそも文化部棟では彼女のお眼鏡にかなう男子が少なすぎるのだ。中でも囲碁部をはじめ、鉄道研究会や釣り同好会、それに生物部あたりの男子は『イケメン生息度ゼロ』なのだというから手厳しい。
とはいえ共学なので、そんな状況の部にも女子はいる。そして部内でつきあってい
る人たちも多いので、それを目にするたびギィは大げさなため息をつく。
「絶対浮気しなさそうな地味ップルってさあ、老後まで見える気がする」
ギィのストレートな言葉は、いつもかなりの確率で真実を射抜いている。口ごもり
がちな私には、それが少しうらやましい。
メールを読んだ後、私はいつもの書店で図鑑のコーナーに立ち寄りホタルのページ
を調べた。やはりゲンジボタルもヘイケボタルも、羽化は早くて六月。もしいるとし
ても、今頃は幼虫として水の中にいるか、でなければ土の中でサナギとしてじっとし
ているらしい。
その情報を皆に送ると、さっそくギィから返事が来た。
『池は濁ってて、中がよく見えない。それと岸は半周しかできない。反対側は雑草が
茂ってて無理。ビオトープは浅いけど、それっぽいものは見えなかった。夏になった
らボウフラわきそうでマジぞっとする!』
ギィは現場を確認したあと、こんな一文でメールを終わらせていた。
『今日は一人オタくさい男子が来たけど、部屋に入る前に帰ったよ』

私たちの新入部員獲得作戦は、やはりやり方が間違っているような気がしてきた。

しかし作戦を変更するにしても、とりあえずブッチまで回してからにしよう。そう考えた私たちは、引き続き今日も別々の場所でメールを受け取った。

『確かに点滅する光が見えた。昨日今日で興味を持ったのか、生物部のやつらが遠巻きに観察してる』

なるほど。本職が出てきたならこれ以上気にすることもないか。そう思って私はメールを読み進む。

『新入生は一人も訪れず。退屈だ』

もしかしたら部室を開けておく以前に、チラシやポスターに力を入れた方が良かったのだろうか。

『退屈すぎて、天文雑誌に手を出しそうだ』

その冗談に、口元がかすかにゆるむ。実は私たち四人は、天文に関する知識や学問にこれっぽっちも興味がない。その証拠に、本来ならば出来て当たり前の天体望遠鏡の組み立て方を知っているのはブッチ一人だ。それも部長になるから無理やり教え込まれたから覚えたというていたらく。

私も先輩たちの手前、ノートに観測記録などつけてはいた。しかし自分たちだけになると最低限の部員らしさを捨て去り、ただただぼんやりと夜空を眺めるようになった。

屋上でずっと夜空を見上げていると、たまに自分の方が星に向かって上っていくような感覚になる。それは雪が降った日に空を見上げるのと同じようなものだが、晴れた夜の星空だとより美しい。

空にあるのは星だけではない。飛行機のライトに、遠く離れた人工衛星の光。かすかな瞬《またた》きを放つそれらが、星と一緒にふわりと私の魂を持ち上げてくれる。もしかすると、飛べるのかもしれない。そう錯覚させるほどに。

飛びたい。私は夜空を見上げるたびに強く願う。理由はわからない。いや、わかりたくないのかもしれない。ただ言葉にしてしまった途端、それは陳腐でありきたりな何かに変わってしまいそうな気がする。だから私は沈黙する。いつか、それを本当に理解してもらいたい相手に出会うときまで。

この気持ちを、言葉で汚《けが》してしまわないように。

木曜の夜、私は自宅の台所で鍋《なべ》をかき回している。本当は土日が私の料理当番なのだが、今週は観測会があるので前倒しにしてもらったのだ。

「うん、良く出来てるじゃない」

横から菜箸《さいばし》を鍋に突っ込んで、母が私の肩を叩《たた》く。料理をほめられるのは素朴に嬉《うれ》しいが、その喜びはいつも父の一言で台無しになる。

「これでいつでも嫁に行けるな」

瞬間、自分で作り上げた一皿から湯気が消え失《う》せた。嫁、嫁、嫁。嫁に行きさえすれば、私の人生は完成するというのだろうか？　大学は？　就職は？　多様化する現代で、一本の道だけを示されるのは果たして幸福か不幸か。

逆らうことは簡単だ。ここで気分のままにテーブルをひっくり返し、裸足《はだし》で家を出ることだって出来る。けれど、それは本質的な解決にはならない。理由は、私が子供だから。比喩《ひゆ》的な意味でも、実際的な意味でも。

「……そうなのかな」

私がもう少し器用なタイプであったなら、明るく受け流せたのかもしれない。けれど私は言いたいことを頭の中で考え過ぎて、一人でフリーズするタイプだ。

「そうさ。それにお前は可愛《かわい》いし、父さんの自慢の娘だ。きっと幸せになれるぞ」

私は呆然《ぼうぜん》と立ち尽くす。飛びたい。今すぐどこかへ飛びたい。それが無理なら、あの書店のあの席へ行きたい。ホームを見下ろし、点滅する光を見ていたい。

父の隣では、弟がまた始まったとばかりに肩をすくめている。父はごく普通の会社員だが、互いの顔が知れた中小企業のためリストラを経験せずここまで来た。つまり、大学を出た途端に会社と結婚したようなものだ。だから悩まない。悩む必要などないと考えている。

実際のところ、母が言うほど我が家の経済状態は悪くない。何故《なぜ》なら私はアルバイトをしなくてもお小遣いを貰《もら》えているから。従って両親の「貧乏だから二人も大学にやれない」というのは私を嫁に行かせるための詭弁《きべん》だということになる。

門限は七時で、週末には料理を作る。課せられたことはとても簡単なのに、重いものにのしかかられているような気分になるのは何故だろう。

「姉ちゃん、あとで勉強教えてよ」

機転を利《き》かせた弟が、明るい口調で私を呼ぶ。場の雰囲気を読む力を持つ彼がうらやましい。馬鹿《ばか》正直な私は、きっと父親似だ。

＊

金曜。授業が終わってから皆で田代の所へ行く。

「ああ、今夜だったな」

黒ぶち眼鏡の中央を指で押し上げながら、田代は屋上の鍵《かぎ》をブッチに渡した。四十代にして独身の田代は、そのせいか宿直を引き受けることが多い。

「俺は宿直室にいるから、なんかあったら呼べよ」

「よろしくお願いします」

型通りの会話を繰り返したあと、全員で頭を下げる。

「ああ、ところで」

踵《きびす》を返そうとしたところで、田代が思い出したように私たちを呼び止めた。

「お前らには関係ないと思うけど、文化部棟への連絡事項だから言っとくわ。裏庭の池な、立ち入り禁止になったから」

「立ち入り禁止？」

ブッチがオウムのように繰り返す。

「そう。生物部顧問の今野《こんの》先生がな、ホタルの幼虫をあの辺に放したんだと。でもってその幼虫は、岸辺の土中でサナギになるらしい。だから踏まれたくないそうだ」

「へえ。ホタルってずっと水の中にいるんだと思ってた」

もう知っている情報をわざとらしくくり返すゲージに、ギィも大げさにうなずいている。

「俺も初めて知ったよ。あと、これは成虫になったら生徒を驚かせる企画だったらしいから、知ってる奴《やつ》は極力秘密にしてくれとさ」

廊下を歩きながら、私は首を傾《かし》げる。

「でも、なんで今なのかな」

「え？」

ブッチが反応する。

「だって立ち入り禁止にするくらいなら、幼虫を放してすぐ言わなきゃ危ないと思うんだけど」

「そう言われりゃそうだね。あ、でも池の中で泳いでる期間はかまわなかったのか」

ギィがキャンディーを口に放り込んだ。見かけによらずというと失礼だが、彼女はいつも冷静な発言をする。

「光が最初に目撃されたのは、ゲージがメールをくれた日だよね。ということは火曜日」

「水、木と何してたって話だよなあ」

「でも火曜日に光ってたんなら、放したのはもっと前じゃね？」

確かにそうだろう。私たちはそのまま文化部棟に渡り、部室に入った。

「でも光ったってことは、もう飛んでたってことだよねえ？」

窓を開けてゲージが裏庭を見下ろす。外はまだ明るい。問題の池を見ると、そのあたり一帯に園芸用の柵《さく》にビニール紐《ひも》を張った囲いが出来ていた。しかも、その範囲は結構広い。

「その光って、動いてたの」

私がたずねると、三人とも首を傾げる。

「俺が見たときは、動いてなかった……かな」

「あたしは二匹で、揺れてたように見えた」

「木曜は一匹だった。揺れてるようにも見えたけど、移動してる感じもしなかった」

答をまとめると、おおむね動いていないし飛び回ってもいないようだ。だとすると幼虫の可能性もある。私がそう告げると、ゲージが大げさに驚いた。

「ええ!?　ホタルって、幼虫も光るわけ？」

「うん。ホタルは、卵も幼虫も発光する。でも卵の光は弱いんだって」

幼虫なら水中で光っていたのかもしれないし、あるいはサナギになるために上陸して光っていたのかもしれない。

「へえ、さすがジョー」

ギィは棚から観測用の道具を引きずり出して、ゲージに渡した。メインの天体望遠鏡は、すでにブッチが抱えている。明るいうちにこれらを屋上に運び、組み立てて夜を待つのがいつもの流れだ。

「じゃあ、今野が幼虫を放したってことで正解なわけ？　なんかノーサプライズな結末だなあ」

再び校舎へ戻り、屋上へ向かう階段を上りながら何となく話し続ける。普段、私たちにはあまり共通の話題がない。だから間を持たせるのにこの話題はちょうど良かったのだ。

「心霊現象とでも思いたかったのかよ」

「うーん、そういうわけじゃないけど。なんかこうさあ、日常の中のスパイスっていうか、もちょっとなんかあっても良かったような感じ？」

最上階に着くと、荷物の少ない私が鍵を受け取って踊り場の突き当たりにあるドアを開ける。どっと流れ込んでくる新鮮な空気。一歩踏み出すと頭上には、四月の夕空が広がる。それはまだ寒くて、でもかすかに春の匂《にお》いが混じる空。

「今野的には夏にこっそりホタルが飛んで、日常のスパイスになる予定だったんじゃないか」

望遠鏡を組み立てはじめたブッチの横で、それを支えていたギィが首を傾げる。

「でもさあ、驚かすのはいいけど、せめて自分の部の部員くらいには言わないかな？せっかく観察できる状態にあるんだからさ」

「部員が池の回りでわいわいやってたら、何かいるのがバレちゃうかもだよ？」

池の回り。ゲージの言葉に、私はふと違和感を覚えた。

「それは水棲《すいせい》昆虫の研究とでも言っておけば、目立たないと思う。でも……」

「でも？」

「踏まれることは予想できたはずだから、やっぱり今になって慌《あわ》てて柵を立てるのはおかしい気がする」

三人が、揃《そろ》ってうなずく。

「それを踏まえて考えるなら、ホタルがいようがいまいが、とにかく今、柵を立てる必要があったんじゃないかと」

「なるほどねえ」

そこまで考えたところで望遠鏡が組み上がったので、私たちは一旦《いったん》引き返すことにした。星が綺麗《きれい》に見えるのは月が沈んでからの時間だから、それまでは夕食や仮眠をとって過ごすのだ。

もう一度空を見ると、雲もなく綺麗に晴れている。これなら星も見やすいだろう。私は望遠鏡にカバーをかけ、皆の後を追って最後に屋上の鍵を閉めた。

＊

その後、六時に部室という待ち合わせを決めてから私たちは別れた。ギィはギャル友と駅前のカラオケに行き、ブッチは宿直室の畳で仮眠。そして私は裏庭へと足を運んだ。

「やっぱ気になるんだね。ミス・ホームズ」

頼んでもいないのにゲージがついてくる。彼はいつでも、好奇心が最優先だ。

「未婚、既婚で分けないミズ、が今どきの流行《はや》りだけど」

あたりは夕暮れの黄色い光に満ちている。私はまず、ビオトープの側《そば》を観察する。四角い衣装ケースのようなものが地面に埋め込まれ、そこから稲が生えていた。浅く張られた水は、どうやら水田を模しているらしい。

「ミズ、こりゃあ田んぼビオトープってやつだね」

「普通のビオトープとどう違うの」

「うん。本来ビオトープは生息環境の最小単位を再現するもの、つまり環境の箱庭みたいなものなんだ。でもこれは下にメダカがいて、田んぼの再現だよね」

ゲージは水の中に指を入れ、ちらりと身を翻《ひるがえ》すメダカを示す。

「でも田んぼって、環境というより生態系の表現になりがちなんだよね。こう、魚が虫を食べて、その死骸《しがい》は稲の栄養になって、みたいな」

「環境と生態系」

「そ。混同しがちだけど、本来は別物なんだよ。スイートハート」

なるほど。私が感心していると、ゲージはしゃがみこんでケースの縁を調べ始める。

「何かあるの」

「うん。あのさ、やっぱちょっと不思議なんだよね。今野のやってること」

ここ触ってみて、と言われて私もしゃがみ込む。ケースはよく見るとコンクリのような物で出来ていて、ざらざらとした手触りだ。

「石みたい」

「だよね。てことはホタルを入れるのって、こっちの方が適してると思うんだけど」

「ああ、幼虫が登れるってこと」

しかもケースの回りはむき出しの土で、いかにも穴を掘りやすそうだ。それに比べ、池の岸辺の土は踏み固められた上に苔《こけ》が生えている。

「なんで池に放したんだろう？」

あらためて池の側に移動しながら、私は考える。直径二メートルほどの小さな池。ビニール紐の柵はそれを広めに取り囲むよう、岸からかなり距離をとって設置されている。

「池の方が水は汚れてるみたいだけど」

薄暗くなってきたせいもあるのかもしれないが、柵の外から見る水はぼんやりと濁っていて底も見えない。

「もしかしたらあの茂みがポイントかもね」

ゲージが指差したのは、反対側の岸辺に広がる雑草の茂みだった。さらにその奥には ツツジなどの灌木《かんぼく》や桜の木があり、小さな林のような雰囲気を醸《かも》し出している。

「より自然に近かったのかも」

私は目をこらして、岸辺の土を見る。しかし残念なことに、図鑑で見たような幼虫の姿は確認できなかった。ということは、雑草側なのだろうか。反対側に回り込むと、ふとツツジの辺りに違和感を覚えた。

「あらら。もしかしたらこっち側が観察のメインだったのかな？」

灌木の下にある獣道《けものみち》のような踏み跡を見て、ゲージがつぶやく。確かにこちら側なら、一般の生徒は通らなさそうだ。

間近で観察してもはかばかしい結果が得られなかったため、私たちは部室に戻ることにした。

「生き物に詳しいなんて知らなかった」

「うん？　まあ小学生の頃、ちょっと自由研究でやったから」

横を歩きながら、ゲージがちょっと得意そうな顔で笑う。彼はいつも感情がストレートだ。それは言い淀《よど》んで溜《た》め込んでばかりいる私からすると、眩《まぶ》しいほどに。

部室に戻るとまだ時間があったので、屋上へ行く用意をする。まずは防寒。四月とはいえ夜は冷えるので、制服を私服のジーンズに着替えてきた。上は寒さを考えて丈の長いチュニックタイプの物を選び、さらにロングのパーカーを羽織る。

「おおー。今夜も可愛《かわい》いね、ベイベー」

そういうゲージは洒落《しゃれ》たダメージデニムとざっくりとしたセーター、それに革ジャンを身につけている。多分、ほめられるべきなのは彼の方だと思うのだが。

「私は赤ちゃんじゃないし、恋人じゃない」

何百回目かもわからない反論をしながら、バッグに食べ物などを詰めてゆく。

「いっつもクールなお返し、しびれるね！」

鍋《なべ》やカセットコンロが入った箱をゲージが棚から降ろしていると、ブッチとギィが戻ってきた。ブッチは作業着のようなジャージ姿で頭に手ぬぐいを被《かぶ》り、ギィは超ローライズのジーンズにファーつきの上着、それに踵《かかと》の高いブーツを履いている。

「じゃあ、そろそろ行こうか」

私たちは各々《おのおの》荷物を持つと、再び屋上へと向かった。

＊

外に出るとすでに日は落ち、とっぷりと暮れている。

「ブッチ、今日は何持ってきたの」

屋上に着くなり、ギィがブッチの持ってきた段ボールを開ける。上から懐中電灯で照らすと、ふわりと青臭い匂いが立ち上った。

「さやえんどうにスナップえんどう、それに春キャベツとアスパラガス」

「あ、俺スナップえんどうって好き！　甘くてうまいよね」

諸手《もろて》をあげて喜ぶゲージの隣で、ブッチが静かにうなずく。ブッチの家は農家なので、よくこうして新鮮な野菜を持ってきてくれるのだ。

「どうしようか。春野菜はどうやってもおいしいけど」

カセットコンロを二台並べ、片方には無洗米と水を入れた鍋を置く。そしてもう片方のコンロの使い道について、私は皆のリクエストを募った。

「こないだ雑誌で見たんだけどさ、アスパラの直火《じかび》焼きってやってみたいな」

ギィはコンロ脇《わき》に調理用の明かりをセットして、アスパラガスを取り出す。

「いいねハニー。俺、ソーセージ持ってきたから直火焼き賛成」

「了解」

私はゲージからソーセージの袋を受け取って、餅網《もちあみ》をコンロに載せた。しばらくして網が暖まったらアスパラガスを長いまま転がす。野菜はブッチが洗ってきてくれているので、そのまま使えるのだ。

じっと見ていると、やがてじわりと皮に汗が滲《にじ》んでくる。そこに粗塩をぱらり。熱々を指でつまみ上げ、穂先からかじりつくと口の中に旨味《うまみ》と甘みがじゅっと広がった。

「うわー、超ウマ！　焼きはアリだね」

「うん。すごくおいしい。これは当たり」

暗闇《くらやみ》の中、アスパラガスの噛《か》み口から細く白い湯気が流れる。直火で焼くだけでこんなにおいしいなんて、自然は偉大だ。

「マーベラス！　俺、ブッチのおかげで野菜が好きになったよ」

「俺はソーセージのがうまいよ」

同じように網の上で焼いたソーセージを頬張りながら、ブッチが笑う。

「せっかくだからスナップえんどうも焼いてみようか」

「いいね。うまそうじゃん」

コンロの回りにしゃがみ込んで、全員で焼けたそばから食べていく。これは、私たちだけの秘密の楽しみ。

真面目《まじめ》な先輩たちは、観測会の屋上で火を使うなど考えもしなかった。けれど私たちは屋外で暖かいものが欲しかったので、ためらいなくコンロを持ち込んだ。これなら冷めるのを気にしなくてもいいし、バリエーションも無限だ。

それに実のところ、海や山で食べるご飯がおいしいように、屋上では何を食べてもおいしいのだ。しかもそれがとれたての野菜ときたら、言わずもがな。

「じゃあ、春キャベツとさやえんどうはカレーに入れるよ」

「うん。俺はカレーがあれば満足だ」

ブッチは農家のくせに、野菜にあまり興味がない。というか当たり前すぎて飽きているのかも。私は網を降ろして鍋を乗せ、小分けのバターを入れてちぎったキャベツとさやえんどうを炒《いた》める。ついでに残ったソーセージも入れて炒め、最後にレトルトのカレーを入れて完成。

「ああ、バターの甘い匂《にお》いとカレーが混じっていい感じだよベイベー」

うっとりと目を閉じて鼻をひくつかせるゲージを、後ろからギィがはたく。

「言ってる間にメシを手伝えっての」

片方のコンロから降ろした鍋を開けると、湯気がもうもうと空に昇った。鍋をブッチが押さえ、ギィがしゃもじで混ぜていく。

「田代の分だから、大盛りにしてくれ」

ブッチの差し出した皿に、ギィはこれでもかとご飯を盛り上げた。

「必殺、昔話盛り！」

その皿に、続いて私がカレーをよそう。

「んじゃ、ちょっくらデリバリー行ってくるわ」

「よろしく」

ブッチは皿を持ったまま階段を降り、宿直室にいる田代に夕食を差し入れに行く。料理をお裾《すそ》分《わ》けすることで、田代はコンロの件を見なかったことにしてくれるのだ。魚心あれば水心というか、まあ一種の交換条件のようなものだろう。

皆がカレーを食べ終える頃、新しくコンロにかけた鍋に湯が沸いた。それをお玉ですくっては、ギィがフィルターつきコーヒーに落としてゆく。アルバイトでやっているだけあって、さすがに手際《てぎわ》がいい。

「私、ここで飲むコーヒーが一番好き」

「サンキュ。インスタントコーヒーは、あたしマジで許せないからさ」

そう言いながら、ギィは私に最初の一杯を差し出してくれた。私はそれを受け取ると、カップで手を温めながら皆から離れる。明かりの届かない屋上の隅に行って空を見上げると、早くも月が沈みかけていた。

北の空に、北斗七星を探す。一年中見つけることが出来るので、『北の大時計』とも呼ばれる道案内の星座。迷う旅人を、幾度となく救ってきたその輝き。

その光を見つめながら、私はコーヒーを飲む。静かに瞬《またた》き続ける星。漂うコーヒーの香り。頬に当たる冷たい空気。

ああ、今、この世界がすべてならいいのに。

しかしその穏やかな沈黙は、ゲージの一言によって破られた。

「ホタルだ！」

＊

振り返ると、双眼鏡を目に当てたゲージが騒いでいる。

「みんな早く来て見ろよ！　光ってる！」

私は小走りで戻ると、バッグから小型の双眼鏡を取り出して裏庭の方向を視界に入れた。すると端の方で黄色っぽい光が、ちかりと点滅した。

「ホントだ……」

確かにホタルっぽい。

「一匹しかいないな」

とブッチ。

「あれ。でもなんか、おかしい」

ゲージの双眼鏡を奪い取ったギィが、覗《のぞ》いたままつぶやく。

「あ、わかった。リズムが一定じゃないんだ」

言われてみれば確かに、黄色い光は失速するように点滅の間隔が長くなってきていた。これはもしかすると、ホタルが弱っているということなのだろうか。

「とにかく、行ってみようぜ」

そう言うやいなや、ゲージは双眼鏡を置いて走り出した。彼の好奇心と瞬発力は、いつも私たちを思ってもみない方向へと引っ張っていく。

慌《あわ》ててゲージの後を追うと、閑散とした校舎の廊下に複数の足音が響いた。

「これじゃスパイ失格だな」

顔をしかめてブッチが足下を見る。

「つか本気でスパイのつもりだったのかよ?」

ギィの突っ込みにふき出しそうになりながら、でもスパイで良かったと私は思う。一人だったら夜の校舎なんて、恐《こわ》くて足がすくんでいただろう。スパイじゃなかったら、口をつぐんだまま表の世界の重圧に心が押しつぶされていただろう。でも今は、まっすぐに走っている。笑いをこらえながら、皆と一緒に走っている。

裏庭に足を踏み入れると、屋上とは違って湿った空気がまとわりつく。夜の土の匂いだ。

「池のそばまで行ったら明かりを消すから、気をつけて」

懐中電灯で地面を照らして、ゲージが皆を導く。柵《さく》があるとはいえ、暗闇で深さのわからない池に落ちたら一大事だ。

「スパイっていうより怪談ものっぽくなってきた」

私のパーカーの袖《そで》を掴《つか》んで、ギィが辺りを見回す。すると次の瞬間、至近距離でホタルが光った。

「あ！　ホタル！」

その光に、全員の視線が集中する。しかしよく見るとその光は、陸上ではなく水中から瞬きを発していた。水際の浅い所にいるせいか、光はよく見えるのだけれどすぐに弱ったように点滅の間隔が長くなり、やがて消えてしまう。

「やっぱり幼虫だったんだ」

もしかしたら魚や外敵を感じたときだけ光っているのかも。少しがっかりしながら水中を照らしていると、突然振動音が聞こえてきた。何事かと思い振り返ると、ギィが片手を上げて頭を下げている。

「あ、わり。あたし」

デニムのポケットから、マナーモードにしてあった携帯電話を取り出し話し始める。

「もしもし、何。今ちょっと話すとこじゃないんだけど」

「びっくりさせんなよなあ」

ぶつぶつと文句を言うゲージに背中を向け、ギィは小さな声で会話を続けている。聞こえてくる内容からすると、どうやら恋の相談らしい。私には縁のない話題だなと思いながら、ぼんやり彼女の手元を見つめていた。ネイルアートこそしていないけど、丁寧に磨かれた爪《つめ》が綺麗《きれい》だ。

そんな静けさを切り裂くように、突然ブッチが鋭い声を上げた。

「これだ！」

「え？」

私とゲージ、それに電話中のギィまでが振り返る。ブッチはつかつかとギィに近寄ると、いきなり手を摑む。

「な、なんだよブッチ！」

さすがのギィも驚いて、反応に困っている。

「ちょ、なんだかわからないけど待てってって。今デンワ切るから」

「切るな。その光だ」

「その光って」

ブッチが摑んでいるのは、ギィが携帯電話を持っている方の手だった。そしてそこで光っているのは、通話中を示すライト。ピンクに設定されたその光は、少し長めの間隔でゆっくりとした点滅を繰り返している。

その点滅の間隔は。

全員が、水の中の光に釘付《くぎづ》けになった。

「ギィ、その電話切ってくれる」

「え？　あ、うん」

私は自分の携帯電話を取り出し、通話の終わったギィに電話をかける。するとマナーモードの携帯電話は、振動とともに間隔の短い点滅を繰り返す。

「出ないで、そのまま」

電話を耳に当て、鳴らしっぱなしにした。するとやがてギィの電話は留守番電話に切り替わる。伝言メッセージ再生。そして一分少々の伝言時間。

「……なんだこれ」

光の点滅は、ホタルの弱っていく間隔とほぼ同じ。

「切っていいよ」

言いながら私も発信を切ると、ゲージが水の中を照らしてつぶやく。

「これ……携帯？」

「でも、水の中なのに」

その言葉に答えるかのように、再び水中から光が瞬いた。最初は間隔の短い点滅を繰り返し、やがて長い間隔へ。

「同じだな」

光の消えた水面を今度はブッチが照らす。つかの間の沈黙。

「んだよ、もう！」

それを破ったのは、ゲージの声だった。

「そのまま照らしててくれ」

懐中電灯をブッチにもう一つ押し付け、ビニール紐《ひも》をくぐる。

「あ」

止める間もなく水際に進み、光っていた辺りに手を突っ込んだ。そしてしばらく探った後、ゲージは泥まみれの四角い物体を持ち上げる。

＊

文化部棟に持ち帰り水場でそれを洗うと、中から防水パックに包まれた携帯電話が姿を現した。

「こんなのに入ってたから、無事だったんだな」

ブッチは頭の手ぬぐいで水気を拭《ふ》き取り、しげしげと眺める。とりあえず部室で一息ついた私たちは、謎《なぞ》の携帯電話を前に呆然《ぼうぜん》としていた。

「てか誰んだよ、これ。人騒がせな」

ギィがブッチから電話を奪い取って、ためらいなく画面を開く。

「着信は『公衆電話』と『家』がほとんど。これじゃわかんないし」

言いながら指は素早くユーザデータを呼び出し、スクロールしていた。

「『ちぬ子』……コードネームかっての」

「てことは女スパイ？」

再び好奇心に火がついたのか、ゲージが身を乗り出す。

「でも女子の携帯で、こんな防水パックに入れてるなんて珍しいと思う」

電話の入っているパックはかなりしっかりとした作りで、可愛《かわい》さのかけらもない実用本位のものだ。まあ、だからこそ池の中でも無事だったわけだが。

「じゃあ男のあだ名がそれ？　考えたくないよセニョール！」

「待ち受けは自分のペットっぽい犬にデコしてある。女子だよ」

大げさなゲージを無視して、ギィはさらに情報を追う。

「アドレス帳見るのと家にかけるのと開封済みのメール読むのと、どれが許される？」

「どれも良くないと思うけど……」

そこまで来て、私はふと悩んだ。今私たちは目の前の携帯電話の持ち主についてばかり考えているけど、これがホタルの正体だということを忘れてはいないだろうか。

「持ち主を探る前に、考えるべきことがある」

私の言葉に、皆がこちらを向いた。

「考えるべきことって何さ？」

「まず、これをホタルだと確定したのは今野だということ」

それまではただの「ホタルっぽい光」に過ぎなかった噂《うわさ》に確証を与え、なおかつ現場を封鎖した。

「ああ、そう言えばそうだったな」

ブッチがうなずく。

「もし本当にただのサプライズでホタルを放したにしては、つじつまが合わないことが多すぎる。そう考えると、今野はこの携帯の存在を隠したかったんじゃないかと私は思う」

「つまり、携帯を落としたのは今野だってことかい？」

腕組みをして首をひねるゲージ。その隣で携帯電話をいじっていたギィが、勢いよく顔を上げた。

「そうか。これは今野の彼女の携帯だ！」

私は静かにうなずく。

「多分、学校側に知られたくない相手のはず」

「てことは、もしかすると生徒……!?」

うわー禁断の恋！　とゲージが身体《からだ》をよじった。

「見られたくない相手と見られたくないことを、あの茂みでしてたってことか」

まったく乱れてる、とブッチは首を振る。

「それで二人して携帯を落としたか忘れたか。上着を脱いだりズボンを下げたりすりや、落ちるかもね」

「うわ、生々しいよ。ギィ」

「最初二つあった光のうちの一つは、今野の携帯だと思う。でも噂を聞いて落とした場所を思い出し、ビニール紐で囲うふりをして拾いに行ったんじゃないかな」

そう考えれば突然柵《さく》が立てられ、秘密にしろなどと言う連絡がされたことにも説明がつく。

「ミズ・ホームズ、質問。今野はせっかく池に近づく理由を作ったのに、なんで自分のしか拾わなかった？」

ゲージもたまに鋭い。私は考えをまとめながら、ゆっくりと推理を口にする。

「自分の携帯を拾ったのは、生物部の部員や、裏庭にいる他の生徒に見られても不自然ではない位置、つまり草の上などに落ちていたから。それなら、今しがたポケットから落としたようなふりをして拾うことが可能なはず。でも彼女の携帯は水中だったから、人目につく時間は回収できなかった」

「今みたいに夜とか、でなきゃ早朝に回収すればいいだけの話じゃない？」

問題の携帯電話をいじりつつ、ギィが首を傾《かし》げた。

「その理由は、職員室にいけば立証できるかも」

私の言葉に、全員がうなずく。

「田代先生、食器を回収しに来ましたー！」

ことさら明るい声とともに、ゲージが職員室の戸を開ける。時間は八時。田代は応接セットのあるコーナーに陣取り、テレビを見ていた。

「おうお前ら。カレーうまかったぞ。ごちそうさん」

田代は立ち上がって、プラスチックの皿を持ってくる。ちゃんと洗って返すあたり、さすが独身生活が長いというと失礼だろうか。

「ありがとうございます」

皿を受け取りながら、壁にかけてある職員の予定表に目を走らせる。すると案の定そこには『今野教諭・金曜午後〜日曜まで学会のため留守』という文字が。隣でゲージがビンゴ、と小さく親指を立てた。


屋上に戻り、あらためて皆でコンロの火を囲む。途中で放り出してしまったコーヒーのため、もう一度湯を沸かそうとゲージが言い出したのだ。

「つまり今野は拾いにこれないから、柵を立てたわけ」

せこい作戦、とギィが呆《あき》れたように肩をすくめた。

「でもまだ、わからないことが残ってる」

私はしゃがみこんで炎に手をかざす。

「今野はまずいことをしたという自覚があるから、回収しようと色々なことをした。でも相手の女子は留守じゃないのに、なんで回収に来ない？」

「確かに。しかも『家』の着歴なんて、自分の携帯に電話をかけてるとしか思えないな」

それって、落とした場所がわからないときによくやる行動だよね。ゲージは下で洗ってきたカップに、もう一度フィルターつきのコーヒーをセットする。

「ちょっと待って。だとしたらその女、バレてもいいとか思ってたんじゃない？」

お玉を片手に、ギィが立ち上がった。

「どういうこと」

私の質問に、ギィは怒ったような顔で答える。

「だから、その女は誰かに自分の携帯を見つけてもらいたくてわざと光らせてたんだよ。人目につかない授業中じゃなく、放課後で薄暗い時間を狙《ねら》ってさ」

確かに授業中では物理的に無理だと思うから、それはわかる。でも、と思うその先をブッチが口にする。

「今野は隠したくてしょうがない関係でも、相手は公《おおやけ》にしたくてたまらなかったのかもしれないってことだろう」

「でも、教師と生徒なんて、公になったらおしまいなんじゃゃ」

「バカ、ジョー」

言葉とは裏腹に優しい声で、ギィは続けた。

「もっと汚く考えるんだよ。たとえば女は三年生で、卒業したら結婚するくらい本気だけど、今野にとっては遊びに過ぎなかったとか。あるいは」

「あるいは?」

「……できちゃったのに、男が知らんぷりとか」

ああ、そういうことか。そう考えれば、ホタルの謎は綺麗《きれい》にはまる。

「うわー! 生々しさ無限大だよ、ひでえ!」

横で騒ぐゲージを、今度はブッチが羽交い締めにして黙らせた。私は問題の携帯電話をもう一度見つめて、考える。無骨な防水パックに入った、『ちぬ子』の落とし物。

「理由は、ギィの考えが合ってると思う。そうなると最後に残った謎は、これが誰の物かということなんだけど。私、見当がついた気がする」

「マジで？」

ブッチの拘束から脱出したゲージが、声を上げる。

「ヒントはあの場所。たとえば今野がつきあってた相手が体育会系だったら、わざわざあそこに行くのは不自然だと思う」

「相手は文化部、ってことか」

「そう。今野は生物部の顧問で、相手は文化部の女子。だから文化部棟の裏庭で会ってたんじゃないかと」

鍋《なべ》の中に、ぷくぷくと気泡が沸き上がってくる。それを見つめながらギィがたずねた。

「確かにそれらしいけど、確証はあるわけ」

「この防水パック。部活で必要だからつけてるんだと思う」

「水に濡《ぬ》れる……？　水泳部、は文化部じゃないな」

ブッチが頭をかく。

「じゃあアウトドア系だ。登山部、レガッタも体育部か」

ゲージも行き詰まった。残るはギィ一人。

「ちょい待ち。文化部で、アウトドアで、水……。釣りだ！」

「ビンゴ」

私は皆に、携帯電話を包んでいるビニールの端を示す。そこにはうっすらとだが、メーカーの刻印と共に魚のマークが刻まれている。

「あと、『ちぬ子』のチヌは、きっとクロダイの通称。この間書店でそういう名前の釣り雑誌を見たから」

同じ階にある釣り同好会にいる数人の女子。私はその誰かが、この携帯電話の持ち主だと推理したのだ。

「うわ、信じらんない。俺、今度から今野もあそこの部の奴《やつ》もまっすぐ見れないよ」

「確かに、しばらくは無理かもな」

男子二人は事実を受け入れがたいのか、しばし混乱していた。気持ちは私も同じだが、何故《なぜ》だかそれを顔に出したくはなかった。

そんなとき、突然私の手の中で携帯電話が震えはじめる。もう何回目かのホタルが、今ここで光っていた。

「あ。ど、どうしよう」

うろたえる私の手から、ギィが電話を引ったくる。そしてスピーカー状態にしてから、ためらうことなく通話ボタンを押した。

「もしもし」

点滅を繰り返す光。それは文字通り彼女からのメッセージ。

『……誰？』

「同じ学校の生徒。この携帯を拾ったんだけど、あんたが誰かは見当がついてるから」

電話の向こうで、息を呑《の》む気配があった。

「あ、ちょっと切らないで。あたしは別にあんたのやってることになんか興味はないから」

ギィは片手を腰に当てて、仁王立ちでそう言い放つ。

『じゃあ、何が目的なの』

出方をうかがうような、不信感丸出しの声だ。

「うるさいなあ。自分がそうだからって他人までそうだと思うなよ」

ギィはそれをばっさりと切り捨てる。

「これ以上知られたくないなら、黙って聞いてればいい。あたしは明日の朝、文化部棟の鍵《かぎ》掛けにこれを引っ掛けとくから。好きな時間に取りにくれば。後は知らないよ」

電話の相手はそれに気圧《けお》されたのか、しばらく間をおいた後ぽつりと言った。

『……ありがとう』

「まったく。地味な部の奴は平和に地味ップルやってりゃあいいのに」

電話を切ったあと、不機嫌な表情でギイが吐き捨てる。

＊

時刻は九時。星座が綺麗に見える時間になった。

「『ちぬ子』が誰だか、ちょっと知りたかったなあ」

ギイのいれてくれたコーヒーを片手に、ゲージが残念そうな声を出す。

「知っても誰も得しないんだよ。バカ」

その後頭部をギイがはたくと、ゲージは逃げるように移動した。

「あー、ごめんごめん。これあげるから許しておくれ、ハニー」

自分のバッグからクッキーの箱を出して、頭を下げる。ゲージの持ってくるお菓子は本人いわく「家にあったもの」が中心なのだが、味のグレードはとても高い。それがわかっているからか、ギイはむっとしながらもクッキーを受け取った。

「今夜のこと、誰にも言いふらすんじゃないよ」

「了解」

敬礼ポーズのゲージの肩を、ブッチが軽く叩《たた》く。

「スパイにとって、ミッションはいつでもシークレットだからな」

私はコーヒーとクッキーを受け取ると、今度は北斗七星から伸びる春の大曲線を見に行く。明るく輝くアルクトゥルスにスピカ。その光を見上げていると、気持ちがすっと落ち着いてゆく。星の光は、偽物《にせもの》のホタルのように余計なことを語りかけたりはしない。

見つけて。見つけて。見つけて。電池の続く限り発信された、彼女の叫び。それはホタルが放つ光のコミュニケーションと少しだけ似ている。愛を交わすために放たれ、切実に相手を求める呼び声。でも私は、まだその声を知りたくはない。なぜなら私の光は、もっと違う所にあるから。

ふと、皆のことが気になって屋上を見渡す。ギィは北側の縁に腰かけてブーツの脚をぶらぶらと動かし、ブッチは中央に大の字になって寝転んでいた。さらにゲージは上を向いたまま、ふらふらとあたりを歩き回っている。

私はそんな皆を見ながら、分厚いクッキーをひとかじり。口の中に広がる、柔らかなバターの香り。後味が残っているうちにコーヒーを含むと、とてつもなく幸せな気分になった。

「もう一枚いかがかな、シュガー」

振り向くと、いつの間にかゲージがそばに来て、クッキーの箱を差し出している。

私は箱に手を伸ばしながら、念仏のようにいつもの台詞《せりふ》をつぶやく。

「私はあなたの恋人ではないし、砂糖でもない」

もう何百回言ったか忘れてしまいそうなほどの反論。

「つれないところが本当に素敵だね、ジョー」

それでもこりないゲージに向かって、私は繰り返す。

「私はあなたの恋人じゃないし砂糖でもない。でも」

「でも？」

「ありがとう」

＊

私の名前はジョー。戦場に生きるスパイ。この世界では、小さな光でさえ命取りになる。だから細心の注意を払わねば生き残ることは出来ない。

研ぎ澄ませ、研ぎ澄ませ、集中しろ。無駄な時間は一秒もない。

緊張感と重圧に押しつぶされそうな夜、私は暗闇《くらやみ》の中で仲間のことを思う。

私をジョーと呼ぶ人間が、この世に三人だけいる。

それだけで、私は戦えるのだ。

スペシャル

明日、もしかしたら俺は死ぬかもしれない。

絶望へのカウントダウン。光が途絶える日が刻一刻と近づいてくる。せっかく摑《つか》んだ光。そして未来への希望。それがあと数時間で、消える。

服に仕込んだ小型の通信機器が反応するのを待ちつつ、俺はじっと腰を降ろしている。

どんなに失いたくないと望んでも、時は無情に過ぎてゆく。けれど声を上げることはできない。俺の感情は、誰にも知られてはならないのだから。

そのとき、通信機器が静かに仲間からの連絡を告げた。

『最後に集まることは可能？』

細く差し込んだ光。あるいは蜘蛛《くも》の糸ほどの命綱。かすかな電波にすがるように、俺はメッセージを返す。

『ＯＫ』

これで、あと数時間は生きられる。大きく息を吐くと、その背中を誰かが叩《たた》いた。

「よう」

覗《のぞ》き込んできた男に、俺は笑顔で答える。

「おう」

こいつに敵意はない。しかし秘密を漏らしてはならない。その微妙な兼ね合いが難しい。タイトロープの上の道化師とは、俺のことだ。

「ところで、来週の計画だけど」

相対する組織からの勧誘。もちろん俺は断ったりしない。わざとそれに乗って、相手の懐《ふところ》に深く潜る。そうすれば疑われるリスクも少ないってもんだ。

「楽しみだな」

隠せ隠せ、溶け込め。俺の中で声が聞こえる。

「んじゃ駅前に八時集合な。遅れんなよ」

「そっちこそ」

俺は明るく手を振ると、ごく自然な動作で立ち上がった。

「さってと」

怪しまれないように、少し面倒くさそうな表情を浮かべてみる。まあつきあいだし、出ておかないと立場上良くないし、みたいな感じ。

そうやって部屋を出ようとすると、さらに声がかかった。

「ねえねえ」

「なんだいベイベー」

俺は即座に振り返ってスマイル。もうすぐ死ぬかも知れないってのに、スマイル。でもこれはしょうがない。あまねく女性は、俺の恋人。

「これからカラオケ行くんだけど、一緒にどう？」

「んー、心の底から残念無念。ちょっと呼ばれてるから」

「青山いると盛り上がるのにぃ」

口を尖《とが》らせて、ぷっと頬を膨らます。おぬし、自分が可愛《かわい》いってことを知ってるタイプだな。でもそういうのも、嫌いじゃないぜベイベー。

「だったら、俺の気持ちだけでもクーラーの効いた部屋に連れてってやって」

わざとらしく汗を拭《ぬぐ》う仕草をすると、彼女がくすりと笑った。うんうん。この空気この空気。

「んじゃまたね。なんかあったら速攻メールして」

「うん。また休み中も声かけるよー」

休み。その言葉に胸をえぐられながら、俺はさり気なく教室を出る。隠せ隠せ、気取られるな。

そう、俺の正体はスパイ。非日常を生きるトリックスター。特別でスペシャルな人生を生きるため、今日も演技を続ける。

しかしそんな俺にも危機、いや死期は依然として迫りつつあった。それを回避するべく複数の罠《わな》を張ってはみたが、ことごとく撃破され今に至る。敵は手強《てごわ》く、そして容赦がない。

明日から始まる地獄。俺から光を奪う最強にして最大の敵。その名は、夏休み。

＊

夏休みが嬉《うれ》しいなんて、どこの誰が言ったんだろう。十七歳と同じで、こんなの美しくもありがたくもない。

まず、宿題が出るのが嫌だ。普段通りに授業を受けていればやらなくて済むようなものを、休みだからといって押しつけられる。次に嫌なのは塾や何かの夏休み特別講座、みたいなもの。そりゃ進学を控えた身としては勉強は必要だろうが、これも普段と同じようにやってればいいものじゃないだろうか。

そして何より嫌なのは、学校に来られないこと。物理的な意味では可能だけれど、一人でここに来たって意味がない。詳しい理由はミッションの内容に触れてしまうから言えないけど、二重生活のない夏なんて、味気なくて考えるだけでうんざりする。俺は喋《しゃべ》りと勢いが武器の諜報員《ちょうほういん》。持久戦には向いていないのだ。


小さい頃から、落ち着きのない子供だと言われてきた。よく喋りよく動き、小学生の頃はそれで毎日が楽しかった。しかし中学生になった頃、ちらほらとこんな声が聞こえてくるようになった。

「大きな声で喋ってるだけ。頭悪そう」

「明るいのはいいけど、コドモみたいでときどきうざい」

まあね、今の俺から見てもあの頃の自分はちょっとイタい。でも逆を返せばそのときまで俺は、親に教えられたことを欠片《かけら》も疑わない天真爛漫《らんまん》な子供だったってことだ。

そしてそんな親の教えが間違っているとは、今現在に至るまで思ったことがない。

「大きな声で明るく挨拶《あいさつ》してれば、全《すべ》てはうまくいくもんだ」

父親はよくそう言って俺の頭を軽く叩き、母親はその隣で笑っていた。そう、これは間違っていない。でもって俺は恥ずかしいほどのアイラブ両親派。だからできればこの部分は曲げたくない。じゃあどうすればいいか？　俺はない頭を絞って考えた。

「そうか。頭が良さそうで、子供っぽくなきゃいいんだ」

必ずしも本当に頭が良い必要はない。とりあえずそれっぽい雰囲気とそれっぽい喋りができればオーケー。だってそこは生まれ持った部分ってやつがあるから。でもって子供っぽくないの反対は、大人っぽい。

しかしそこで俺はふと悩んだ。大人っぽい、っていうのはどんなことなんだろう。声が低いのは体質だろうし、女にモテるってのは才能？　えーと、じゃあ父親みたいに家族を食わすってことかな。でもそれは今実行できないし。

そのとき時刻はちょうど夕方。茜色《あかねいろ》の光に満ちた部屋の中、偶然ついていたテレビ番組を目にした俺は天からの啓示を受けた。これだ。

大声で明るく喋り倒してるのに、人気者。冗談ばかり言ってるのに、頭が悪そうにも見えない。そして決定的なのは、子供みたいに楽しげなのにきっちり大人だってこと。俺は、この路線を目指すべきなんだ。

その人の職業は、泥棒だった。

以来俺は、日本一有名な泥棒を手本としてこのキャラクターを作り上げてきた。途中、ちょいワルオヤジなんかの流行もあって、さらにイタリアンの成分がブレンドされたけど、それはまあオリジナルのアレンジってことで。でもって、それ以来俺は「ちょっと変わってて面白い奴《やつ》」みたいな好位置をキープし続けてる。

もちろん、それなりに努力はした。音楽に芸術に本に映画。好きじゃなくても、ちょっと格好いい感じがするものを片っ端から聞いたり見たり読んだりした。たとえば本だったら、まずケータイ小説やタレント本はどんなに面白そうでも読まない。基本はミステリー全般と文学。それも海外ものだといかにもそれっぽくていい。

「好きな作家？　カーとジョン・アーヴィングかな」

もちろん、理解なんかこれっぽっちもしてない。正直、読んでてよくわかんないとこ山盛りだし。でもほら、なんかカッコいいっぽいだろ？

それでもって文学とロックと芸術。この組み合わせは、結構無敵だ。

「ミステリーみたいに構築されたロックって、聴きながら読み解くのが楽しいんだよね。ちょっとバロックの香りもしてさ」

意味がわからない？　そりゃ当然。俺だって適当に言ってるだけだから。でもこういう台詞《せりふ》を勝手に美しく誤解してくれるのが、女の子って生き物だ。そしてわからないならわからないで、笑ってくれる。

「芸術みたいに謎《なぞ》めいてるところが女性の魅力だよ、ベイベー」

そしてどんなにわざとらしくても、お世辞をお世辞として評価してくれるのが女性のいいところ。小学生からおばあちゃんまで、ほとんどの女性は俺に微笑《ほほえ》みを返してくれた。

しかしあるとき、そんな俺の言葉を叩き落とす人物が現れる。

「ベイベー……？」

その人物は、つかの間首を傾《かし》げたのちにこうつぶやいた。

「私は赤ちゃんじゃないし、あなたの恋人じゃない」

「えっ……」

俺はいつものように口八丁で返そうとして、言葉に詰まる。その人物は、笑わずにじっと俺を見ていた。怒るでも馬鹿《ばか》にするでもなく、ただまっすぐに俺を見ていた。

「その……ごめん」

思わず謝った俺に向かって、その人物はさらに首を傾げた。

「悪意ではなく、親愛の呼びかけなら理解できる。だから謝ることはないと思う」

淡々とした口調。媚《こび》のない言葉。これまでの人生で出会ったことのないタイプを前にして、俺は混乱していた。目の前の人物はどうすれば笑う？　何をしたら空気が軽くなる？

「……じゃあ、いつか本当に親しくなったら返事をしてくれる？」

「そのとき、恥ずかしいと思わなければ」

小さくうなずいたその人物は、このとき以来俺の中で少し特別な位置にいるようになった。

さらにその翌週、俺はもっとも強烈な人物と出会う。

「はあっ？　ベイベー？」

そこに向けて言ったわけではない台詞に対し、その人物は激しく反応した。

「てか誰だよ、お前。イタキモ系のバンドでもやってんの」

「別にそういうわけじゃないけど」

「じゃ何だよ。それでモテるとか思ってるわけ。てかそれ無理だから」

振り返り様にトップスピードのマシンガントーク。こっちは別の意味で混乱させられた。

「……まあ、口癖だと思って優しい目で見てやってよ、ハニー」

気力を振り絞って答えると、その人物はつまらなさそうに横を向き、ぼそりとつぶやく。

「めんどくせ」

一瞬、俺は自分の耳を疑った。信じられない。

そりゃあ、世の中の女性すべてが優しいだなんて思っちゃいない。けど、こんな身近にこんな強烈な人物がいるだなんて思ってもみなかった。

そしてさらに第三の人物が現れる。

「ブラザー……」

俺が男相手に発した語尾を、その人物はゆっくりと繰り返した。

「ブラザー、か……」

人一倍でっかいその人物は、言葉を口の中で噛《か》み締めるように発音する。

「単なる語尾だからさ、深く考えんなよ」

俺は意味が伝わっていなくてもいいと考え、そこで会話を打ち切ろうとした。男だったらノリのいい奴が友人として合ってるから、もっさりした奴とこれ以上親しくなる必要はない。しかしその人物は俺のそんな意図を理解せず、言葉を続けた。

「語尾。なら俺もつけてみるかメーン」

　明らかにラップと混同してる。しかもなんか色々と間違ってる。俺は真面目《まじめ》そうなその人物の放ったおかしな言葉に、不覚にも笑わされてしまった。

　文系と理系の中間っぽくて面白いと覗《のぞ》いてみた天文部。活動が楽そうだし、先輩や顧問がうるさくなさそうなのも気に入った。けれどそこに集まった同学年の奴らが、何より気になった。

　こいつらは、俺の言葉を流さない。

＊

　そして気にはなるものの、関係が変わることもなく二年が過ぎた。俺は相変わらずお調子者のイタリア人みたいで、でもずっとぼんやりと悩んでいた。

　中学、高校ときてしかも三年生。さて進路はどうする？　なんて突然聞かれても、俺には将来なんてこれっぽっちも見えない。とりあえず成績は中の中で家も貧乏じゃないから、何もしなければ中の下の大学に推薦か、少し勉強して中の上の大学を受験てとこだろう。でもそんなの、これっぽっちも面白くない。

人生はスペシャルで特別であるべきだ。それは俺が稀代《きだい》の大泥棒を見ていて思い浮かんだ言葉。事の大小にかかわらず、気持ちがわくわくする方へ進めとあの人は教えてくれた。

だから俺はごく普通の高校生を演じることによって、小さなスリルを手に入れた。けど、この先どうなるかと聞かれると、首を傾げざるを得ない。さて、俺はどうなりたいんだろう。

たとえば上の上の大学に入りたいなら、勉強という目標ができる。あるいは手に職をつけたいなら、専門学校や弟子入りといった道がある。でも、これといった目標がない場合、どこに向かって努力していいかがわからないのだ。

何かにはなりたい。でも、何になればいいのかわからない。あ、ついでに女の子とつきあったり、エッチだってしたことがない。

でもちょっと待て。この台詞、知ったかぶりして読んだ本やら映画の中に、死ぬほど出てきてたような。てことは何、もしかしてこれが「普遍的な青春の悩み」ってやつ？　でもって俺ってば、すっごくわかりやすくそれにはまっちゃったわけ？

うお、恥ずかしいー！　俺は一人でベッドの上を転がり回りながら、頭を抱えた。

何事も笑いとジョークで受け流すイタリア系優男《やさおとこ》に、泥臭い青春の悩みは似合わなさすぎる。

「あーもう！　めちゃめちゃ日本人じゃん！」

意味のない文句を、誰にともなく叫んでみる。けれどこのスパイラルから抜け出す方法がわからない。目的というか人生の指針はあるものの、それが『特別でスペシャルな人生』というのは『世界征服』と同じくらい意味がない。

ありきたりではない人生。しかしそれを望もうにも、俺の家庭は平和すぎた。いや、いっそ笑えるほど平凡な平和さであったなら、それはそれで面白かったかもしれない。けれど俺の父親は環境学を研究する教授で、それなりに変わった人生を歩んでいる。そして母親は風来坊のようにフィールドワークへと出かける父を優しくも適当に見送る、懐《ふところ》の深い女性だ。両親の仲は良く、二人とも俺のことが大好きだ。そして俺もまた、二人のことをすごく大切に思っている。

「ていうかさあ、この時点でもう、ちょっと変わってるじゃん……」

両親の人生は、すでに特別でスペシャル。なのにそこでのほほんと育った俺は、まだスペシャルを見つけられていない。それが悔しいけど、これればかりは誰にもどうしようもない。

そこで俺は考えた。毎日こうして自分の部屋で悶々《もんもん》としてても、なんにもならない。

だったらせめて、外に出て非日常の時間を手に入れよう。そこでなら、また違った何かが見つかるかもしれない。そう思ったきっかけは、天文部の観測会だった。

夜は、ただそれだけで少し特別な香りがする。学校の屋上で星を見るだけでも、何だかスペシャルっぽい。ましてや、それが学校の外だったらどんなにスペシャルな感じがするだろう。そう考えた俺は、夜の中に飛び込んだ。

夜歩くと、それだけで風景は違って見える。公園や川辺、それに空き地や駐車場など人気がない場所にはときどきチーム系の奴らがたまり、住宅街は十時でも真夜中の風情《ふぜい》。暖かい季節になり、どこかの窓から音楽が聞こえてきたりするのは気分が良かった。

けど、若い男が一人で歩いていると不審に思われることもある。俺は何度か住宅街で警察官から呼び止められ、職務質問を受けた。そもそも外に出ている理由がないから、最初の頃は受け答えに窮して家に電話をかけさせられたりもした。やがてそれを繰り返すうち、俺は耳にイヤホンを差し込むというテクを覚えた。そして声をかけられた地点が家から近ければ「そこのコンビニに」と答え、遠ければ「ウォーキング」と答える。

そんな中、俺が気に入ったのは駅前だった。まず基本的に人が多いから、職質を受けることがない。そして広場では名もなきミュージシャンがライブを行うから、退屈することもない。さらに駅ビルに入ればソファーに座って好きに試聴できるCDショップがあり、俺はそこで時間を潰《つぶ》すことが多くなった。

　そしてそんな日々の中、あの運命の夜はやってきた。


「だってこんなのって、絶対運命だからさ。つながってるんだよ、きっと」

　再会したその人物を前に、俺は興奮して言った。

だってそうだろう？　ベイベーとブラザーを流さなかったこいつらと、この夜の中で出会うことは特別でスペシャルな運命だ。だからもっと楽しくしてみたくて、俺は一つの提案をした。このメンバーで、夜の世界を共有するのだ。

寡《か》黙《もく》な美少女のジョー。マシンガントークのギィ。得体の知れない大男のブッチ。そしてすべての女性の恋人（でも童貞）ゲージ。

　自己紹介が遅れたが俺は『芸術家きどり』のゲージ。ちなみに英語で表現すれば、アーティストの『アーチー』だ。昼の世界に潜るための名前は、青山孝志という。

　そう。夜を駆ける俺たちはスパイ。家でも学校でも塾でもない世界を共有する、秘密の仲間なのだ。

＊

「遅い」

部室のドアを開けるなり、ギィが不機嫌そうな声を上げる。

「なんだいベイベー、そんなに遅くはないだろ？」

「そう。確かに遅くはない」

静かにジョーがうなずいた。その奥にいるブッチが先を続ける。

「ゲージは悪くない。ギィの機嫌が悪いんだ」

「別に機嫌とか悪くねえし」

唇を尖《とが》らせて、ギィがそっぽを向く。それでも指先をもぞもぞ動かしているのは、彼女が後ろめたいときにするお決まりの行動だ。

「ハニー、運の悪い日はこれからいい日にすればいいさ」

そう言いながらギィの隣に腰を降ろすと、じろりと睨《にら》まれた。

「ところで最後に集まってもらった理由だけど」

ブッチが皆の顔を見回す。

「合宿の件だろ？」

ギイが携帯電話を取り出してカレンダーを呼び出した。実は天文部は、夏休み一週間前になって夏合宿の申し込みを出していたのだ。普通ならもっと前に計画していそうなものだが、どうにも部活に疎《うと》い面子《メンツ》が集まっているのでこんなことになった。

「もうちょっと早く言ってくれればなあ」

先週、顧問の田代はブッチの出した計画表を見せられて頭をかいていた。

「学校ってのはさ、何事も早め早めじゃないと通りにくいんだよ」

すみません、と俺たちは頭を下げる。

「まあ提出してみるけど、通らなくても俺を恨むなよ？」

「恨みませんよー。呪《のろ》うだけです」

俺がにっこり笑って言うと、田代はまいったなあ、ともう一度頭をかいた。

「……で、結果は？」

俺は一人緊張しながら、ブッチにたずねる。死刑判決か、延命か。ふと間をおいたブッチに、全員の視線が集まる。

「三泊四日でオーケーが出た」

延命。というよりもこれは予想外の大ラッキー！　俺は心の中で何度も、ガッツポーズを繰り返した。

「とはいっても、外での宿泊は二泊。三泊目はいつものように学校の屋上だって」

「田代が楽なように組んだんだと思う」

「まあそうだろうね。学校に帰ってくるなら、引率も楽だろうし」

たとえ宿直の当番であろうと、二泊を三泊にしてくれただけで田代様々。俺はこの夏一杯、あいつを拝んでもいい。

「ところで二泊はとれたわけ」

ギィが俺をマスカラの奥から見た。心なしか今日は化粧が濃い。しかもアイメイクが一段と強烈なのは、流行だろうか。

「もちろん取れたよ。二泊でシングル一部屋とツイン二部屋。学校のクラブで引率の教師もいるって言ったら、人数少なくても団体割引にしてくれた」

「ナイス、ゲージ」

ブッチが親指を立てる。

「まあね。そのかわりと言っちゃ何だけど、場所はマジでなんにもないとこだよ。近くに山があるんだけど、そこに狩りに来る人目当ての宿みたいだから、夏は客がいないみたい」

「秋から冬にかけてが、メインなわけ」

「そういうこと。だから今の時期は、来てくれるだけでもありがたいってさ」

天文部の合宿地は、夜空さえ見られれば正直どこでもいい。そこで俺はここから一時間圏内で、回りに明るい場所がなさそうな宿を探した。そこから値段と雰囲気の折り合いをつけていって、残ったのが今回の宿。

「一応、小さいけど温泉もついてるし、活動内容を話したら夜でも出入り自由にしてくれるってさ」

「温泉かあ」

遠くを見るような目で、ギィがつぶやく。やっぱり女って、年齢に上下なく温泉が好きなんだな。俺はふと、二人の女子の浴衣姿《ゆかたすがた》を想像していい気分になった。

さて、今や光は取り戻された。俺は再び立ち上がり、目標に向かって走り出す決意を固める。

＊

休みが始まった次の週は、クラスの仲間と日帰りで海へ行った。つかず離れずの遊びグループだから、適当に女子もいて楽しかった。駅前で集合して電車に乗るとき、俺はふと左右の駅ビルに目を向けた。ギィは左のビルの二階のコーヒーショップ、そしてブッチは右のビルの地下のイタリアンレストランでバイトをしている。

普段は学校が終わってから夜番に入っている二人だが、夏休みは稼ぎ時だからと昼にも入っているらしい。俺もバイトをしないわけじゃないが、あんな風に日常の一部として働いている奴《やつ》らを見ると気分的に焦《あせ》る。なんかこう、海とか行ってへらへら遊んでる場合じゃないんじゃないかって。

とはいえつきあいってやつは馬鹿《ばか》にできない。俺も夏休み中に短期のバイトを探していたのだが、遊び仲間の一人が働き口を紹介してくれたのだ。それはなんと、子供の送り迎え。

休憩所で焼きそばを食べながら、仲間はこう切り出した。

「青山ってバイト探してるって言ってたけどさあ、夜とか大丈夫なわけ？」

そりゃあもう。毎晩うろちょろしてるし、とは言わずに俺はうなずいた。

「もちろん。別に門限とかないしな」

「そしたら、俺の姉ちゃんが子供の送り迎えを探してんだけどさ、どうかな。期間はお盆前までの二週間で、時間は五時と九時」

なんでもそいつの姉ちゃんには二人子供がいて、下がまだ小さいから夜に外には出られないんだそうだ。

「普段は旦那《だんな》さんとか俺とかが適当にやってるんだけど、今年はみんな予定が入っちゃってさ」

でも小学五年生の女の子は、受験を控えているから夏の特別講習を受けたいのだと言う。

「うちがもうちょっと駅よりだったら、別にいいんだけどさ。住宅街のはずれにあるもんだから、日が暮れてからはヤバい感じの奴も出たことあるし……」

なるほど。確かにそいつがあげた町名の近くを歩いたとき、やけに寂しい場所だと思った記憶がある。そこで俺は胸をどんと叩《たた》き、高らかに名乗りを上げた。

「わかった。そんなバイト、見ず知らずの奴に頼むのは嫌だもんな。俺で良かったら、引き受けさせてもらうぜ！」

夜の闇《やみ》に怯《おび》える少女の、いかしたボディガード。これ以上、俺に似合いのバイトがあるだろうか。いや、多分きっと絶対ない。

天文部の合宿は、お盆が終わった後だ。だからこのバイトで稼いだ金を、俺は堂々と合宿費に回せる。そう思うと夏休み前半の退屈もまぎれるようで、気分は一挙両得。しかも送り迎えする女の子は、大人《おとな》しくてこれまた楽。実働時間は行きと帰りを合わせても三十分ちょっと。でも待ち時間が長いからと、家の人はバイト代を上乗せしてくれた。

夕方、彼女を家に迎えに行って駅のそばの塾までてくてく歩く。彼女は小学五年生にしては背が小さく、かなり子供っぽく見える。最初の数日は警戒していたのかほとんど喋《しゃべ》らなかったけど、俺がいつものようにおどけていたら口を開いてくれるようになった。

そして今日、彼女が不意に俺を見上げて言う。

「青山さん、聞いてもいい？」

見た目に反して、彼女の口調は落ち着いている。そこも俺にとっては好ましい。大人っぽい少女と歩くなんて、ちょっと映画のワンシーンみたいでいいじゃないか。

「もちろん。何でも聞いておくれよ、ハニー」

「好きな人いる？」

予想外の爆弾投下。俺は一瞬、どんな表情をすればいいのかわからなくなった。

「え、いや、まあ。いるといえばいるけど……」

特定の人物が浮かぶけど、とても口には出せない。

「その人と、おんなじ学校に行きたいと思う？」

「え？」

「私、好きな人と同じ中学に行くために頑張ってるの」

小さなポニーテールを揺らしながら、彼女はきっぱりと言った。

「私の好きな人は、私よりちょっと頭がいいの。だから私は、頑張らなきゃ一緒にいられない」

「……その彼に言って、同じ学校にしてもらうことはできないの」

俺が恐る恐るたずねると、ポニーテールが左右に揺れる。

「つきあったりしてないから、言えない。でももし言えたとしても、私のためにレベルを下げてもらうのは嫌」

うわあ。俺は心の中で頭を抱えた。子供の頃は女の子の方が大人だってよく言うけど、本当だったんだな。

「だから塾に行きはじめたんだけど、そういうのって男の子から見たらどうなのかな」

「どうって……」

「気持ち悪い、とか思うかな？」

そう言って俺を見上げた彼女は、不安そうな表情をしている。夏の夕暮れ、最後の光に照らされた小さな心。俺は無性に彼女が愛《いと》おしくなって、力強く断言した。

「女の子にそんな風に思われて、嫌な気分になる男なんて絶対いないよ」

「そう？」

「当たり前だよ、ベイベー」

俺は暗くなりはじめた空を見上げ、赤い星を指差す。

「君の気持ちは、あの星のように輝いている」

「え？」

「アンタレス。情熱的に輝く一等星。俺の大好きな星だ」

本当は見つけやすいから好きなんだけど、そこはあえて言わないでおく。

「好きだと思う気持ち。そして頑張ろうと思う気持ちは美しい。俺は陰ながら応援するよ、ベイベー」

口八丁の俺だけど、応援する気持ちは本物だ。すると彼女は同じようにアンタレスを見つめて、唇を尖《とが》らせる。

「美しくたって、受かんなきゃ意味がないよ」

「まあ、そっか」

勉強でも役に立てれば良かったのにな。俺がそうつぶやくと、彼女はこっちを見上げてにっと笑った。

「でもちょっと勇気もらったよ。ありがと」

おいおい、ちょっと撃ち抜かれたぞ。ちっこいくせに、なんだこれ。しかも俺は、どこかで同じようなシチュエーションがあったことを覚えてる。

「なんだよ、カッコいいな」

赤くなった顔を気づかれないよう、俺はわざとらしく星空を見上げて歩く。

小さくたって、星は星。光は本物なんだもんな。


小さなレディとの散歩は、思いのほか楽しかった。帰りは帰りで、彼女が塾から出てくるのを待つのはデートみたいだったし、しかもそのときどきで恋の進捗《しんちょく》状況を教えてもらえるのも微笑《ほほえ》ましい。

「そういえば、花火大会があるのって知ってる?」

アルバイト最後の夜、九時過ぎに出てきた彼女は俺を見上げてたずねた。

「ああ。でもいつだったかな」

「再来週」

「そっか。見に行くの?」

何気なく聞くと、大きくかぶりを振る。

「一緒に見たい人とは見れないから、見ない」

「誘ってみればいいじゃん」

「どうやって?」

そこで俺は考えた。本気の告白じゃなくて、でも一緒に花火を見る方法って何だろう。答え。グループ。

「そうだ。塾の友達みんなで見ようって言えばいいんだよ」

元々夜に顔を合わせている仲間だし、そういう提案をしたって不自然じゃないだろう。俺がそう言うと、彼女はぱっと顔を輝かせた。

「そっか。塾の仲良しなら、いいかも」

「だろ？　そのかわり、気合い入れてお洒落《しゃれ》してくんだぞ」

「うん！」

夜なのに、お日様みたいな笑顔。そうそう、俺は女の子がこういう顔をするのが一番嬉《うれ》しいんだ。

そして家に着き、お別れをする段になって彼女は俺に一枚の紙を手渡す。

「すごく楽しかった。また何かあったら相談してもいい？」

そこには、彼女の住所と携帯電話のアドレスが書いてあった。

「もちろん。デートのお誘い待ってるよ、リトルレディ」

俺は芝居がかったお辞儀をすると、彼女の家を後にする。合コンでもないのに、手に入った女子のアドレス。それがちょっと誇らしくて、俺はジーンズのポケットにメモをそっと滑り込ませた。

＊

悩みに悩んだ菓子の精鋭と服を詰め込んだバッグを肩から下げた俺は、待ち合わせ時間ちょうどに駅に着いた。あたりを見回すと、同じ電車に乗っていたらしい田代がホームの端から手を振りながら歩いてくる。それを待って改札に行くと、ジョーが待合室のベンチに座っていた。

「まだ他には来てないのか」

田代の言葉にこくりとうなずくジョーの隣に腰を下ろすと、次の電車でブッチがやってくる。奴は天体望遠鏡を持っているから、いかにも重そうな装備になっている。

「ご苦労さん。ここからは俺が持つよ」

そう言って俺は、ブッチから望遠鏡のケースを受け取る。そしてさらに電車が二本過ぎたところで、田代が口を開いた。

「おい、安田はどうしたんだ」

「ちょっとメールしてみます」

ジョーが画面を開いたそのとき、全員の携帯電話がそれぞれの着信音を奏《かな》でた。開いてみるとやはりギィからの同報メールで、内容は「遅刻した。三十分遅れるから先に行ってて」。それを見た俺たちは、顔を見合わせる。次の電車は二十分後。すでにこの時点で十五分が経《た》っているし、あと少し待ってもいいんじゃないかという空気が流れている。でもギィはこんなとき、待っていられる方にストレスを感じるタイプだ。だから俺は立ち上がって、田代をうながした。

「結構遅れるみたいなんで、先に宿に行っててくれって書いてます」

「そうか。まあ道もわかりやすいし、遅くなったらなったでまた迎えにくればいいか」

宿まではほとんど一本道で、十五分ほどの道のりだった。途中、コンビニの場所を確認しながら俺たちはゆっくりと歩く。そして着いた宿は、ペンションとホテルの中間のような宿だった。

「インターネットの写真よりも綺麗《きれい》だな」

「本当。ログハウスっぽくて、ちょっと可愛《かわい》い」

ブッチとジョーがきょろきょろと辺りを見ている間、田代がチェックインの手続きをする。時間はちょうど三時。予定では、これから各自夜に向けての自由時間だ。宿の人が出してくれたお茶を飲み、とりあえず部屋に落ち着こうかというところでやっとギィが姿を現した。軽く汗ばんでいるところを見ると、急いでやってきたんだろう。ギィは、根っこの部分が妙に生真面目《きまじめ》なのだ。

しかしそのファッションを目の当たりにした田代は、お茶を吹き出さんばかりに驚いている。

「……遅れてすみません」

そう言って頭を下げたギィは、派手なラメ入りのキャップを被《かぶ》り、顔が半分隠れてしまうほどの巨大なサングラスをかけていた。しかも上半身は白いタンクトップをさらに切り裂いたようなデザインで、下半身は太股《ふともも》が見えそうなダメージデニム。

「どこのセレブかと思った」

半笑いのブッチが、田代の背中を叩きながら言う。そしてジョーは奥からもう一つお茶を貰《もら》ってきて、ギィに差し出した。

「大丈夫？」

「サンキュ。大丈夫だよ」

喉《のど》が渇いていたのか、それを一気に飲み干してようやくギィは腰を降ろした。

「あーもう！　疲れたー！」

「安田、どれだけ服を持ってきたんだ」

ギィが投げ出した巨大なバッグを見て、田代がようやく声を上げる。

「どれだけって、三泊四日分ですよ。女子の荷物が多いのは、当たり前でしょ」

「中島の荷物と比べてみろって」

ジョーの荷物は小型のショルダーバッグが一つ。これは逆に、平均より少ないという気がするのだけど。

「私、あんまりお洒落とかしないので」

「それにしてもなあ」

色んな意味でギィに度肝を抜かれた田代は、ぶつぶつ言いながら腰を上げた。

「まあ、とりあえず夕食まで自由時間だ。温泉でも散歩でも好きにしろ」

「うぃーす」

田代を見送った俺たちは、ロビーの応接セットに座ったまま話をする。

「夕食は八時？」

「うん。観測のこと話したら、ちょっと遅めにしてくれたんだ」

「マジでいい人だね、ここの宿の人」

ようやく落ち着いた風情《ふぜい》のギィが、皆の分の茶碗《ちゃわん》を集めて盆に載せた。

「とりあえず時間はたっぷりある。俺としてはまず、観測場所の確認だけしておきたいけど」

ブッチがそういうと、ジョーがうなずく。

「望遠鏡の設置場所とか、決めておいた方がいいかも」

「んじゃ、荷物だけ置いてきたら出るか」

十分後に再びここに集合、ということで全員が立ち上がった。この宿はそんなに部屋数があるわけではないので、田代も含め皆が同じフロアに泊まる。当然、部屋は隣り合わせだ。

「こういうのって、初めてだな」

俺はブッチと二人で部屋に入ると、ベッドの上に荷物を置く。

「こういうの？」

「あー、なんていうのかな。先輩たちがいた頃はさ、人数もいたから和風の部屋で雑魚《ざこ》寝《ね》っぽかったっていうか」

「ああ、確かに。こんなに旅行然とした感じはなかったな」

ていうか俺たちだけで『お泊まり』ってのは、実質的に初めてだからなんかわくわくする。

「んじゃ、さっそく下見に行くか」

財布と携帯をポケットに突っ込んで、俺は意気揚々とドアを開けた。

観測場所として選んだのは、宿の人が教えてくれた公園だった。宿のすぐ隣に小さな丘があり、その頂上が公園になっているからおすすめだというのだ。

「宿から近くて、ここなら夜も安全そうだな」

「確かに。人の来てる形跡もほとんどないし」

何も入っていないゴミ箱を見てジョーがつぶやく。でもまあ、来るまでの道のりに街灯は確認したし、五人も人がいれば心配はないだろう。

「あとは虫よけだね」

ぴしゃりと腕を叩《たた》きながら、ギィがジョーに言った。

「夜は少し冷えるかもしれないから、長袖《ながそで》を着てくればいいかも」

「確かに」

場所を確認した後、俺たちはのんびりと宿に戻る。

「それじゃまた、夕食で」

廊下で別れたあと、部屋で仮眠をとるというブッチを置いて俺は再び部屋を出た。せっかく来たんだから、ちょっとあたりを散歩してみたいと思ったのだ。

駅とは反対の方向に歩き出すと、いきなり風景が山っぽくなった。そして林道が始まり、舗装された道路の左右にいかにも「入って下さい」と言わんばかりの踏み分けられた小道が顔をのぞかせている。

「これなら鹿《しか》とかいても、おかしくないなあ」

とはいえ一人で山中を迷うのもぞっとしないので、俺は道路を歩くだけにとどめてまた道を引き返す。そして駅のそばにあったコンビニに入り、軽く流しているとそこには先客がいた。ギィだ。

「何やってんだよ」

「いや、なんか夜用にいるものあるかなと思って」

「ふーん」

女性誌を広げながら、ギィは気のなさそうな返事をする。その横顔は、相変わらず大きなサングラスで隠れていた。

「ハニー」

「なんだよ」

「彼氏？」

はっとしたように、目元を押さえるギィ。ほんのりと透けて見える部分に、濃いクマができている。

「そういうの、セクハラなんだよ。バカ」

「ごめん。でもマジで大丈夫かい？」

「大丈夫じゃなきゃ、来ないっつの」

ギィの強がりは、ときどき彼女をひどく幼く見せる。それはまるで、夕暮れ時に俺を見上げたあの少女のように。

「じゃあ、頑張ってここまで来たご褒美《ほうび》をあげよう」

俺は冷凍ケースからアイスキャンディーを二本取り出し、レジに持っていった。牛乳と小豆。目の前に差し出すと、ギィは黙って小豆を選んだ。

＊

部屋に戻ってベッドで目を閉じた俺は、ブッチがかけておいたタイマーで目を覚ました。時刻は七時半。

「よく寝たな」

「ああ」

大きく伸びをするブッチ。

「顔を洗って食事に行くか。ブラザー」

「そうだな。確かに腹が減った」

のっそりと立ち上がったブッチは、タオルを片手にバスルームのドアを開けた。俺は軽く身支度を整えると、ブッチの後を追って歯ブラシに水を垂らす。そのまま並んで歯を磨いていると、鏡の中のブッチと目が合った。

「やっぱデカいなあ」

こうして見ると、頭二つぶん違う。俺が手のひらで背の位置を示すと、ブッチが泡だらけの口で笑った。

「俺からすれば、皆が小さいんだ」

「そりゃそうか」

ずっと上から見下ろしてばかりの人生ってのは、どんなもんだろう。俺は小学生の彼女と歩いたときのことを思い出し、ふと不思議な気分になる。小さいって、無条件で可愛いよな。

「もしかしてさ、みんなちっこくて可愛いなとか思う？」

「あー、背の低い奴《やつ》とかはたまに。でも俺だって巨人サイズなわけじゃないから、そんなに見え方は変わんないと思う」

「まあな。チェ・ホンマンってサイズじゃないもんな」

俺たちは順番にバスルームから出ると、食堂へ向かうべく部屋のドアを開けた。

夕食はペンションらしく洋食で、家が農家のくせに肉好きのブッチは分厚いポークソテーに喜んで三杯もおかわりをした。もちろん俺もおかわりをしたけど、そこまではいかない。ブッチといるといちいち、スケールというかサイズの違いを感じさせられるのが悔しい。

田代はあっという間に食事を終えると、「何かあったら呼べよ」とだけ言い残して部屋へ戻っていった。良く言えば放任。悪く言えば無責任。どちらにせよ、俺たちは田代のこういうところが素晴らしいと思っている。

「あいつ、この二日間何するんだろ」

ギィが付け合わせのポテトをかじりながら首を傾《かし》げる。

「ノートパソコンを持ってきてたから、仕事しつつテレビ見たりするんじゃないか」

「晩酌や読書かも」

俺とジョーがそれぞれ答える中、ブッチがぼそりとつぶやく。

「2ちゃんとネトゲ」

次の瞬間、全員がぶっとふき出した。やっぱりブッチは、ギャグセンスまでスケールが違う。

食後、再びロビーに集合した俺たちは揃《そろ》って夜に足を踏み出す。いつもは三々五々集まってくるだけだから、こうして皆で一緒に現地へ向かうのは新鮮な気分だ。

ジョーが夜空を見上げる。今夜の彼女は、カットソーとジーンズに薄手のパーカーを羽織っていた。その隣では、キャミソールに透ける素材のシャツを羽織ったギィが携帯電話の画面を開いている。問題の彼氏とは、仲直り出来たんだろうか。

「やっぱり緑が多いと、いい空気だな」

階段を登り終えたところで、ブッチが深呼吸する。ブッチと俺はジーンズにTシャツだが、空気に水分が多いせいか涼しく感じた。

「昼の暑さが噓《うそ》みたいだ」

動けばそれなりに暑いけど、じっとしていたら案外楽に過ごせそうな気温に俺はほっとした。これなら長時間の観測でも耐えられそうだ。

公園に着くとまずブッチが望遠鏡を組み立て、中心に据える。俺はそれを手伝いながら、東屋《あずまや》の方を見た。そこではジョーとギィがベンチに荷物を置き、何やらごそごそと出している。

「さてと。とりあえず体裁は整っちゃったけど、どうする?」

俺がたずねると、二人は立ち上がって望遠鏡のそばに来た。そしてそれぞれ覗《のぞ》くと、義務は果たしたとばかりに顔を上げる。

「結構晴れたかも」

「うん。やっぱり屋上で見るより星が多いな」

ギィが頬に落ちた髪をかき上げながら言った。その隣で、ジョーはもう一度望遠鏡を覗き込む。

「射手座《いてざ》の星雲が綺麗《きれい》」

その言葉につられて覗くと、南の空に煙ったような輝きが見えた。

「へえ。天の川って一括《くく》りにしがちだけど、よく見ると固まりがたくさんあるんだな」

いつもなら大きな星の雲にしか見えないもやが、レンズの中ではいくつもの星団に分かれている。

「夏は水蒸気が多いからクリアじゃないって本に書いてあったけど、そうでもないな」

大きな身体《からだ》をかがめてブッチも覗き込んだ。そしてなんとなくそのまま、全員で射手座のあたりを見上げる。沈黙。さらにまた沈黙。けれどその沈黙が、妙に心地良い。

俺は、静かに懐中電灯の明かりを消した。

じっと眺めていると、自分に向かってぐわっと迫ってくるほどの星空。むっと立ち上る草いきれ。虫の声。仲間の気配。

世界が、くるりと完璧《かんぺき》な円を描いた瞬間。今なら俺、ちょっと死んでもいいかもなんて思う。

あ、でもその前に一つ足りないものがある。

＊

「やっぱり、ギィのコーヒーが飲みたい」

珍しくジョーの声が沈黙を破る。

「実は俺も今、思い出してた」

俺がうなずくと、ギィは懐中電灯を点《つ》けて東屋へ向かう。そして自分のバッグの中から、アウトドア用のコンロを取り出した。さらにコッヘルのような小型の鍋《なべ》を取り出し、そこにペットボトルの水を注ぐ。

「……全部、持って来たのか」

呆《あき》れたようにブッチが言うと、ギィはプラスチックのドリッパーにペーパーフィルターをセットしながら首を振る。

「ドリッパーは百均の小さいやつだし、粉もフィルターも小分けにしか持って来てないよ」

いや、普通それって「全部」の範疇《はんちゅう》じゃないのか。ギィの巨大な荷物を思い出し、俺は笑い出しそうになる。お洒落《しゃれ》ってなんだよ。ギャルファッションってなんだよ。

「ところで」

ブッチがプラスチックのカップを並べながら、ふと思い出したように言った。

「最近、俺のバイト先で不思議なことがあってな」

「不思議なことって？」

「ピザの注文なんだが、アラカルトがやけに多いんだ」

それを聞いて、俺は首を傾げる。ブッチのバイトしているイタリアンレストランはいわゆるピザのチェーン店ではないから、アラカルトのピザはあまりなかった気がする。俺がその疑問を口にすると、ブッチはうなずいた。

「そう。店長はできるだけ正統派のイタリアンを食べてもらいたいらしくて、メニューはぱっと見普通のレストラン風だ。でも客の要望には逆らいきれなかったのか、裏側にはアラカルト用の具材リストが載ってる」

「それって『エクストラチーズ』とか、そういうやつ？」

「ああ。でも悔しいのか、すごく小さい字で載ってる」

そういうアメリカ的なトッピングは、イタリアンシェフの誇りを傷つけるのだろうか。

「でもなんで突然、ピザの話を思い出したの」

小鍋の横にしゃがんでいたジョーが顔を上げる。するとブッチは自分の荷物に近づき、懐中電灯で中を照らしつつごそごそと探った。

「ギィを見てて思い出した。俺も、持って来てたから」

出て来たのはなにやら怪しいビニール袋と、デリバリー用のメニュー。

「こっちは後で腹へったとき用」

そのメニューを裏返して、さらに照らす。するとそこには枠で囲まれた『追加トッピング』の文字が見えた。

「ホントに字、細かっ！」

思わず声を上げると、ギィが覗き込んでゲラゲラと笑う。

「絶対『頼むな』って言ってるよ、このメニュー」

「だから普段は表に載ってるピザの注文がほとんどで、もしあったとしてもオリーブが苦手だからツナに替えてくれとか、そんなもんだ。だけど夏休みに入ってから、一週間に二度くらいの割合でアラカルトの注文が入るようになった」

「ピザの好きな人が越して来たとか」

蒸らし中のコーヒーを見つめながら、ジョーがつぶやく。そうやって湯気の上に身を乗り出してるから、観測場所でのジョーはいつもコーヒーの香りがする。

「でも極端なんだ。おかしな注文をするのは主に二人のお客さんなんだけど、片方はとにかくシンプルで、もう片方はごっちゃごちゃ」

「ブッチはその二人に届けたことがある？」

俺がたずねると、ブッチはデリバリー係は自分しかいないのだと答えた。

「レストランがメインだから夜しか配達しないし、そんなに混まないから。たまに連休とかクリスマスとかに入る奴はいる。そいつが今日も入ってくれてるわけだけど」

「その二人って、どんな奴ら？」

「シンプルな方は女の人。年はわかんないけど、若いＯＬっぽい。いつも夜遅くて、ラストオーダーギリギリになるけど、部屋の外で待っててくれるから会計は早い」

若い女性が夜遅くに部屋の外で待ってる、という部分に俺はちょっとひっかかった。男の前で部屋のドアを開けるのが恐《こわ》いとか？

「もう一人は中年のおっさん。やっぱり結構遅い時間だけど、とにかく頼む物全部がトッピング。一番すごいときは、八種類も載せてた」

「すごいお金持ち……」

　確かに。メニューを見るとベースのピザはMで千円。Lで千三百円。トッピングは二百円から三百円だから、最高で三千七百円になる。これはもう、店でフルコースが食べられる値段だ。

「まあ基本的には四種類くらいなんだけど、それでも毎回オリジナルってのは珍しい。しかもこの二人は、ほぼ毎週頼んでる」

「どんだけピザ好きなんだ、ブラザー」

　俺がおどけていると、最後の湯を注ぎきったギィが「ほら、もう出来たから」とジョーにカップを手渡していた。ジョーはそれを両手で包むようにして持つと、ふらふら違う方へと歩いてゆく。ああして一人星空とコーヒーを味わうのが、ジョーは大好きなのだ。

「あんたたちも」

　差し出されたカップから立ち上る香りに、ブッチが目を細める。俺たちは特にコーヒー党というわけではなかったが、何故《なぜ》かギィのいれるコーヒーはおいしく感じる。

「アイスにしようかとも思ったんだけど、さすがに氷持ってくるのは面倒だからね」

「いや。けっこう涼しいからホットの方がうまいよ」

しばし黙ってコーヒーをすすりながら、考える。春の観測会でもそうだったけど、こんなネタがあると超絶個人主義の俺たちも会話が持つものだ。まあ別に会話がなくたって成り立つ関係ではあるけど、スパイ的にはこの方がいい。

ピザをアラカルトで毎週頼む二人の人物。その二人の間に関係はないのだろうか。

「そういえば、曜日はどうなんだ？」

「ばらばらだな。でも女の人の方は週末が多くて、おっさんは週の中頃って感じ」

「ふうん。ちなみにそいつら、一人暮らし？」

ギィが辺りを歩きながらたずねる。

「女の人はワンルームマンションだから確実に一人暮らしだな。家電《いえでん》ひいてないのか、いつも携帯からかかってくるし。でもおっさんの方は、ちょっとわかんない。一軒家なんだけど、家族の気配はないし」

「妻子に逃げられたから、自炊できてないとか」

戻って来たジョーの意見に、俺はがっくりとうなだれる。

「そりゃないよ、ハニー」

「私は蜂蜜《はちみつ》じゃないし、あなたの恋人でもない。ところでブッチ、そのトッピング内容を教えて」

「女の人はわかりやすいよ。トマトソースのみ。チーズのみ。ルッコラのみ。基本的に一種類」

ダイエットでもしているのだろうか。あるいは素直に金銭的問題か。

「おっさんはもう、何でもあり。むしろ好みがないってくらい」

「ふうん……」

つかの間、全員が考え込む。しかし、考えるにもこれでは情報が少なすぎた。そのとき、ブッチが新たに一枚の紙を出してくる。

「一応、書き出してきたんだけど。見にくいかな」

パソコンで書いたらしく、プリントアウトされた紙にはずらりとトッピングのメニューが並んでいる。たとえばある日のおっさんの注文は、『ダイスポテト、オニオン、ルッコラ、大エビ』。あるいは『スライストマト、ルッコラ、オニオン、エクストラチーズ』。

「普通に、うまそうじゃん」

「はあ？　この八種類を見ても、そう言えるかっての」

ギィの指差す場所を見ると、確かにこれはすごかった。

「エクストラチーズ、コーン、生ハム、エビ、イタリアンソーセージ、テリヤキチキン、アンチョビ、ピーマン……あー、いいなこれ」
携帯電話を見ると、時刻はすでに十一時。夕食から二時間以上が経過していた。

「ていうかそれ、マジで神をも恐れぬカロリー。一人で食ったらメタボまっしぐらだろ」

「本当。特に生ハムとソーセージとテリヤキが同居してる時点でアウト」

女子には不評なゴージャスピザだが、俺の胃袋には十分訴えかけてくる。

「……俺、腹へってきちゃった」

わざとらしく腹を押さえると、ブッチがさっきのビニール袋を開ける。すると中から、トマトが丸ごと一個とニンニクの小房がひとかけ、おまけにラスクのようなものが出てきた。

「これを、どうすんの」

ギィがたずねるとブッチはコンロの火をつけ、それにまずラスクをかざす。小麦粉の焼けるいい匂《にお》いがしてきたところで、ポケットから折りたたみ式の小型ナイフを出してニンニクとトマトを真ん中から二つに切る。そしてニンニク、トマトの順番でラスクにこすりつけた。

「なんちゃってイタリアン」

手渡されたラスクをかじると、カリカリのパンが香ばしい。次いでニンニクの匂いと、トマトの酸味がじゅわっと広がる。口の中で合わさると、確かにこれはピザの前段階だ。

「あ、うまい」

「うん。おいしい」

口々に言いながら、サクサクと食べてしまう。

「店長が教えてくれたんだ。金のない学生時代に、バンド仲間によく作ってたメニューだって」

ブッチは耳の部分のラスクを、ガリガリとかじっている。それを食べ終えたところで、俺は再び紙を広げた。注文の曜日は確かにバラバラだったけど、女性の方の時間は同じくらいの日が多い。十一時半から十二時の間だ。そしてメニューの裏面に書かれた『デリバリータイム』は十二時まで。

「帰りが遅くなった日は、頼んでるってことなのかな」

「そういえば終電ってそのくらいかも。各停が十一時半だったような」

横で紙を照らしてくれていたジョーが、思い出したように言った。

「残業した日の贅沢《ぜいたく》とか」

「だったら普通のピザを頼んだらいいと思う。この『マルゲリータ』なんか、千五百円でそんなに変わらないし」

「そっか」

でも終電と残業という考え方は悪くない。するとギィが首をひねる。

「もしかしたら値段、じゃないのかもよ」

「どういうことだい、ダーリン」

「だって具が一種類でも、最低千二百円はするわけでしょ。だったら残業のない日に外で食べたっていいはず。なのにそれをしないってことは、もしかしたらこの人はシンプルなピザが食べたいだけなのかも」

だってお店に具が一種類のピザなんて、ないじゃん。そう言ってギィはメニューを指差す。

「店にないものを食べたいから、って理由もありか」

なるほど、とブッチが腕組みをした。でも俺は、その女性の行動のどこかがひっかかっている。ただ食べたいだけでデリバリーを呼んでいるんだったら、別に終電である必要性はないし。

「じゃあ次はおっさんの方だけど」

「具の選び方はバラバラ。三種類の日もあれば、八種類の日もある」

とりあえず法則性がないと、考える手がかりが見つからない。そこで俺はブッチにたずねた。

「会ってみた感じはどうなんだ」

「そうだな、これといって特徴はないんだが。でも一度だけ聞かれたことがあるな。君はここの出身かって」

「じゃあもしかして、引っ越して間もない人って可能性もあるんじゃ」

近所に詳しくないから。あるいは道具が揃《そろ》っていないからデリバリーを頼む。それはちょっとありそうな感じがした。

「でも、それにしたって最初の注文から一ヶ月以上経《た》ってる。そろそろ慣れてもいいと思うけど」

ジョーの意見はもっともだ。けど、頼んでみて気に入ったからということもある。毎回注文が違うのは、味を試しているからとも考えられるし。

「全部偶然、と言うにはなんかありそうなんだよな」

ギィがトマトの残りを食べながらつぶやく。そしてヘタの際《きわ》まで食べ進んだとき、あっと声を上げた。

「二人に共通してることがあった」

「何だ」

ギィはトマトの汁に濡《ぬ》れた指で、まっすぐブッチを指差す。

「あんただ」


「俺？」

指差された当人は、びっくりした様子でさらに自分を指差す。

「そう。だって夜のデリバリーは一人だって言ってただろ。ということは、その二人に会ってるのは全部ブッチ、あんたってことになる」

なるほど。あまりにも前提として自然だったから、そこは見落としていた。

「だとしたら、ブッチに会うことが目的の可能性もある」

「そういえば、デリバリーの男目当てのお客さんもいるって話、聞いたことあるな」

うんうん、と納得するブッチの後頭部をギィが手を伸ばしてはたく。

「自意識過剰だっての。それが目的だったら、部屋の中に招き入れてるはずだし！」

「ところで部屋の外で受け取るって言ってたけど、そのとき彼女はどんな服を着てるんだい」

「うーん。女の人の服はよくわからないけど、多分部屋着じゃないと思う。ストッキングはいて、ハイヒールだったし」

それを聞いた俺たちは顔を見合わせる。

「……それは、毎回？」

「そうだけど」

多分、外できちんとした格好で待っているということは、歓迎よりも警戒の意味合いが強いんじゃないだろうか。それはつまり、ブッチが大柄で恐いから。しかしそれを口にするのははばかられたので、皆一瞬黙り込む。

けれどわざわざ外出着に着替えるのもおかしな話だから、家に帰りつくなり注文をしていると考えた方が良さそうだ。しかしジョーが、さらにそれを覆《くつがえ》す。

「携帯で電話してくるってことは、家に帰る前に注文してる可能性もあると思う」

「あ、そうか。終電で駅に着いた時点で注文すれば、家に帰ってすぐにピザが届くってことだ」

「トッピングが一種類なのは、手元にメニューがないからかも」

しかし俺の補足は、ギィに一蹴《いっしゅう》される。

「そんなに頼んでるんだったら、メニューぐらい写メで撮ってるって」

「じゃあホントに、ただのシンプルピザ好きってことかい、ベイベー」

「そうかもね」

案外普通の結末に落ち着いたところで、ブッチが時計を見た。

「もう十二時前だ。そろそろ戻るか」

その言葉に全員がうなずいて、帰り支度をはじめた。ブッチと俺は望遠鏡を分解し、ギィとジョーはコーヒー用具をバッグにしまった。

「そういえば、風呂《ふろ》は何時まで入れるんだっけ」

「温泉だから二十四時間大丈夫だってさ」

「なら安心」

ちょっとカラダ冷えたし。そう言って腕をさするギィを見て、俺はふといけないことを考える。

……ギィはやっぱ、あれかな。けっこういい身体《からだ》してるよな。

＊

結果的に、俺はブッチのいい身体を思いっきり見せつけられることになった。

「すっげ筋肉」

張り合う気もなくさせるほどの、力強さ。

「農作業してたらこうなっただけだ」

ブッチはシャンプーの泡に顔をしかめながら、お湯を被《かぶ》る。

「ビバアグリカルチャー、って感じだな」

俺も農家に生まれたかったよ。湯船にじっくりつかるというブッチを残して先に風呂から出ると、ロビーの椅子《いす》にジョーが座っている。なま乾きの髪に首回りの開いたTシャツとハーフパンツ。まるで家にいる彼女を見るようで新鮮だ。ていうか、ちょっと可愛《かわい》い。俺は思わずそばに近寄って笑いかける。

「湯上がり美人だね、ベイベー」

「私は赤ちゃんじゃないし、あなたの恋人でもない。それに」

すっ、と指を上げてジョーは入り口の方を指す。

「湯上がり美人はあっち」

見るとそこには、自販機でジュースを買うギィの姿があった。こちらはいつもの茶髪を大きなクリップでひとまとめにし、ヨガウェアのような身体にぴったりとしたVネックのタンクトップを着ている。そして特筆すべきはその下半身で、ローライズのホットパンツから白くて長い脚がすらりと伸びていた。

「私、眠くなっちゃったから。おやすみなさい」

そう言ってジョーが立ち上がったとき、俺は慌《あわ》ててギィから目をそらした。

「あ、お、おやすみ」

顔をそむけたまま立ち尽くしていると、そこにジュースを持ったギィが帰ってくる。

「あれ。ジョーは」

「ね、眠くなったから先に寝るって」

「ふーん」

よくわからない緊張に苛《さいな》まれている俺の横で、ギィは椅子に腰かけた。そして手に持ったジュースを投げて寄越す。

「座れば。ジョーの分と思って買ったんだけど」

「ああ、サンキュ」

隣の椅子に腰を下ろして、缶ジュースのプルタブに指をかけた。しかし、次の瞬間俺の目はある一点に釘《くぎ》づけとなる。同じように缶を開けようとしているギィが、前屈《まえかが》みになっているのだ。それも、Vネックのタンクトップで。

「あれ。なんか開かない」

お湯で爪《つめ》がふやけたかな。そう言いながら、ギィは顔を上げた。

「こっちも開けてくれる」

「あ、うん」

指を強く引くと、小さな破裂音をたてて缶が開く。それを渡そうと手を伸ばすと、今度はギィの顔がアップで迫った。

「うわっ」

思わず声を上げると、ギィがむっとしたような表情になる。

「うわっ、ってなんだ。失礼だろ」

化粧を落とした、つるつるの肌のギィ。なんだよ。アイメイクなんかしなくても、充分まつげが長いじゃないか。

「ごめんごめん。すっぴんに驚いちゃって」

「ケンカ売ってんのか」

眉《まゆ》を寄せたまま、ジュースを飲み始めるギィ。その仰向《あおむ》いた喉元《のどもと》の白さは、ひっそりした真夜中のロビーでやけに目立つ。

横顔をぼんやり見つめていると、昼間のクマの痕跡《こんせき》が少しだけ残っているのがわかった。しかしよく見ると、それはクマだけではない。俺ははっとして、ギィの目元を観察する。

誰が。誰がこんなことを。

＊

翌朝、遅く起きた俺たちは昼食後に近くの川に出かけることにした。

昨日見た林道をもう少し先に進むと、やがて山の裾野《すその》のような野原が左右に姿を現す。その中心を縫うように流れるのは、渓流の面影を残す小川だった。舗装道路を外れて近づくと、川沿いに大きな石が転がっているのが見える。

「あそこをベースキャンプにするか」

ブッチが指差した木陰のある場所を目指し、雑草の中を進んだ。

「うわ。なんか蛇とかいそうだし」

ハーフパンツを穿《は》いたギィが、おっかなびっくり歩く。ジョーはそんなギィの前を、草を丁寧に踏み分けながら進む。ほどなく川岸にたどり着くと、全員が軽く歓声を上げた。

「綺麗《きれい》」

澄んだ水を手でくみ上げたジョーが、嬉《うれ》しそうにしぶきを散らす。夏の日射《ひざ》しを浴びてきらきらと光る水の粒は、たちまち俺たち全員に降りそそいだ。

「冷てー」

ここまでの道のりで火照《ほて》った頰に、水が心地よい。俺はたまらずスニーカーを脱ぎ捨て、浅瀬の中に足を入れた。

「超気持ちいい!」

俺は水しぶきをはね上げて、ばしゃばしゃと歩き回る。それが引き金になったのか、皆それぞれに靴を脱いで川に入りはじめた。おかしかったのは、ブッチがあの体格でしずしずと進んでいたこと。

「いや、滑って転んで溺《おぼ》れたら恐《こわ》いから」

それはそうだけど、なあ。一番深くてもふくらはぎまでしかない水深の川を見つめて、俺は笑った。その隣ではギィがげらげらと笑いながらブッチの背を押していた。

「ちょ、やめろって。ギィ!」

慌てた声でブッチが振り向く。こいつのこんな必死な表情、初めて見る。

「ほらほら、溺れるぞ」

さらに押そうとするギィから逃げようとして、ブッチはくるりと体を返した。すると押すべき場所を失ったギィの両手は、そのまま何もない空間を押してゆく。

「危ない！」

ジョーの声が、少し離れた場所から聞こえた。そして俺は次の瞬間、裸足《はだし》で川底を蹴《け》って走り出す。

スローモーションのように前に向かって倒れこんでゆくギィ。正面には、石がごろごろ転がる浅瀬。かわした体勢のまま、驚いた表情で固まっているブッチ。必死で右手を伸ばすと、ギィの二の腕に触れた。俺はあらん限りの力で、それを自分の方に引き寄せる。

気づくと、大きな水音と衝撃と共に俺は左側から川底に転んでいた。ギィは俺の右半身に尻餅《しりもち》をつくような形で倒れ込み、顔をしかめている。

「いって……」

俺が声を上げると、ジョーとブッチが近づいて来るのが見えた。

「だ、大丈夫?!」

「怪我《けが》はないか？」

「うん。まあ血は出てないみたいだけど」

身体を確認しようとしたところで、俺はギィに声をかける。

「とりあえず、どいてくれないかな。ハニー」

「えっ？　あ、ご、ごめん!!」

我に返ったように、ギィはがばりと身を起こした。見たところ、半身がずぶぬれになってはいるものの怪我はなさそうだ。

「それにしても、よかった」

ジョーがタオルを差し出して大きな息をつく。

「ゲージが引っ張らなきゃ、顔から岩場に突っ込んでた」

「いや。俺が変に避《よ》けたせいだ。ごめん」

そう言ってブッチが俺とギィに頭を下げた。するとギィは慌てて顔の前で手を振る。

「違うって。あたしがふざけてたから悪いんだって！　マジごめん、二人とも」

ギィが激しく頭を下げると、水滴がぱっと俺の方に飛び散る。

「わあ！　ご、ごめん。ゲージ」

とっさにぐしょ濡《ぬ》れのパンツから自分のハンカチを取り出したギィは、それを俺の顔面に押しつけた。

「わー！　マジ悪い！　ごめん！」

言いながら、慌ただしくハンカチを絞ってそれで俺を拭《ふ》こうとする。マンガのような流れに、俺は思わずふき出して笑った。

「いいって。気にすんなよ、ベイベー。ちょうど水遊びがしたかったところなんだ」

「あ、で、でも」

行き場のない両手を組み合わせて、指をもぞもぞさせているギィ。俺はそんな彼女に向かって、にっこりと笑う。

「悪いと思うんなら、今夜もおいしいコーヒーをいれてくれないか。ハニー」

「え、うん。まあそれくらいするけど……」

さらに俺はブッチを振り返った。

「ところで名誉の事故に免じて、ブッチにもお願いがあるんだけど」

「何だ？」

「今度ピザ食わせて」

それを聞いたブッチは、そんなことなら何枚でもとうなずく。しかしギィはがっくりと肩を落として、静かにつぶやいた。

「ゲージ、あんたは……」

「ん？」

「ばか？」

日当りのいい大きな石の上に、脱いだTシャツを広げて干す。と同時に、濡れた身体《からだ》自体も寝そべって陽にさらす。ギィは紫外線が嫌だと言っていたが、ジョーがうつぶせになればいいと説き伏せた。

しばし全員でカメのように陽を浴びていると、再び昨日の謎《なぞ》が頭をもたげて来る。

「あのさ、トッピングの話だけど」

「やっぱり気になってたんだ」

ポケットからごそごそと紙を出して、ジョーが目の前に広げた。

「私も気になったから、ブッチに写させてもらったの」

「さすが用意がいいね。ジョー」

「女の方は昨日の結論でいいとして、問題は男の方だね」

ギィが首を伸ばして、覗《のぞ》き込む。

「なんか、これ変な注文だね」

そう言って指差したのは、『ルッコラ、オニオン、オニオン、ダイスポテト』の文字。

「本当。オニオンが二つなんて」

しかもポテトとルッコラなんて、取り合わせ的にもうまそうじゃない。俺は頭の中でつぶやいてみる。ルッコラ、オニオン、オニオン、ダイスポテト。すると同じことを考えていたのか、ギィが小さく声を出した。

「L、O、O、D……」

「そうか。暗号かも！」

だとしたら、なんてスパイ向きなネタなんだろう。俺はこの四文字を使って、なんとか単語を組み立てようとしてみた。しかし。

「LOODもDOOLも、ないな」

ブッチの言葉に俺はうなだれる。せっかく面白くなりそうだったのに。そんな俺を尻目に、ジョーはふと首を傾《かし》げる。

「ちょっと待って。もしかしたらルッコラってRじゃないかな」

「R？」

俺はがばっと身を起こした。その隣で、ブッチがぽんと手を叩《たた》く。

「DOOR。ドアだ」

＊

一つ単語が出来ると、次々と言葉が出て来た。ギィの読み上げるトッピングの頭文字を、ジョーがペンで書きつけてゆく。

「スライストマト、ルッコラ、オニオン、エクストラチーズ。ん？　エクストラチーズってEでいいの？」

「合ってる。S、R、O、E」

書き出された文字の順番を、頭の中で組み替える。

「ROSE。バラだ」

「ところで大エビとか貝柱って、英語でなんて言うんだろ？」

「ビッグシュリンプだとBで、スカロップだとSだけど」

ジョーの言葉に俺は首を傾げる。

「大エビだとロブスターとか、他の訳がありそうだな」

「なら、とりあえずそのまま読んでみる」

そう言ってジョーは『貝柱』の横に『K』とふった。

「次、ちょっと長いやついくよ。エクストラチーズ、ルッコラ、生ハム、オニオン、ベジミート、エクストラチーズ、マヨネーズ、バジル……。ベジミート？　何これ？」

「たしか大豆で出来た肉もどき。店長はベジタリアン用とか言ってたけど、ダイエットで頼む人が多かったような」

「そこまでしてピザ食うなっての」

ぼそりともらされたギィの言葉に、皆が苦笑する。

「ベジミート、はB？」

「いや。ベジタブルだからVじゃないかな、ハニー」

「蜂蜜《はちみつ》じゃないから。ということはE、R、N、O、V、E、M、B……」

しかしここで、推理は暗礁《あんしょう》に乗り上げた。単語がわからないのだ。

「逆さまならいざ知らず、順番がわからないと組み合わせが無限大だよ」

「じゃあ四文字をもう一個。ロングソーセージ、スライストマト、イタリアンソーセージ、エクストラチーズ」

「L、S、I、E……」

しばし、沈黙が落ちる。すると今まで気づかなかった川のせせらぎが聞こえてきた。

照りつける太陽と、涼しげな水音。目を閉じると、まぶたの裏にまで光が射し込んでくる。太陽のイメージ。

「……ライズ？」

「ナイス、ゲージ」

ジョーが『LIES』と書き込む。そうか。音では合ってたけど、『嘘《うそ》』の方か。

「ドアとバラと嘘。何が言いたいんだろう」

ブッチの問いかけに、再び全員が考え込む。

「長い単語がわかれば、もうちょっとなんとかなるんだけどなあ」

「だよねえ」

晴れた空を仰いで、ギィが眩《まぶ》しそうに目を細めた。

散歩から戻ったあとは、また仮眠をとって夜に備えることになった。しかし俺は単語が気になってしょうがなかったので、ブッチが寝ている間も解読に時間を費やす。

とりあえず、長くて手がつけられない単語は三つ。

ERNOVEMBとCEPATIENとONILLUSI。そしてなんとかなりそうなのがENHEAV。

「アーベン？　アッフェン？　エンハーブ？」

ベッドに横たわって発音してみる。しかし知ったような単語にはならない。考え込んでいるうちにとろとろと眠くなり、気づいたときはすでに夕食の時間だった。

食卓で顔を合わせても、全員がそれについて考え込んで上の空だったため、田代は不思議がっていた。

「お前たち、ＵＦＯでも見たのか？」

「いえ。そういうわけじゃないんですけど」

適当な言い訳を考えながら田代の顔を見た俺は、ふとインターネットの可能性に思い至った。適当な文字の羅列でも、辞書機能や検索システムに突っ込んだら何か出てくるかもしれない。

「あの、先生。星に関してちょっと調べたいことができたんで、パソコン貸してもらえませんか」

俺がたずねると、田代は申し訳なさそうに首を振った。

「悪い。あのパソコンは文書作成専用にしてるから、ネットにつないでないんだよ」

「そうなんですか……」

つまり、ネトゲも2ちゃんもできないってことか。田代が案外真面目《まじめ》だったことに感心しつつも、俺は肩を落とした。

*

食後、再び観測場所に着いたときにジョーが思い出したようにつぶやく。

「そういえば、一つわかったかもしれない」

「マジで？　ていうかどれが？」

ジョーは皆の視線を集めながら、ポケットから紙を取り出してENHEAVの文字を指した。

「ヘヴン」

「あ、そっか！」

HEAVEN。天国だ。

「ドアとバラと嘘と天国。なんか映画のタイトルみたいな組み合わせだな」

「特にバラと嘘なんかそれっぽくね？」

「バラと嘘。天国のドア。確かにそれっぽいかも」

しかし皆がうなずき合っている間、俺は別のことを考えていた。天国のドアは、映画じゃない。でもバラと嘘がわからない。俺はあたりをうろうろと歩き回りながら、他の単語のヒントを探そうと考え続けた。

「あー、検索してー！」

考え過ぎて苛々《いらいら》してきたので、皆から離れて星空を見上げる。そうすると、気持ちがすっと落ち着いてきた。この星空の効用を知っただけでも、天文部に入った価値がある。

そして俺は、口笛で静かにメロディを奏《かな》ではじめた。今からもう三十年以上も昔の曲。スパイの勉強と称して手当り次第に聴かなければ、出会わなかったかもしれない旋律。もしこれが正解なら、俺はピザのおっさんが結構好きかもしれないな、などと思う。

しばし一人で星空と曲のコラボレーションを楽しんでいたら、鼻先に香ばしいものが突き出された。

「いい曲じゃん」

いつの間にかそばに来ていたギィが、コーヒーのカップを持っている。俺はそれを受け取ると、深く香りを吸い込んだ。

「サンキュー、ハニー」

「その、昼間はありがと。本当はカフェモカとか作ってやりたかったんだけど、ここじゃ他になくてさ」

「その気持ちだけで、最高にデリシャスって感じ」

一口飲むと、いつものギィの味がふわりと広がった。

「別にいつものコーヒーだけど」

ふいっと顔をそらして、ギィは星空を見上げる。実際、工夫を凝らしたコーヒーなんかより、こっちの方がずっとおいしいと思うんだけどな。

しばしギィは星座を探すように、指で空をなぞっていた。見つけにくい星を探すときには、こうして明るい星からいくつ、と数えるのが近道でもあるのだ。するとギィはふと指を止めて、こっちを見た。

「ゲージ……わかった」

「え？」

「今、星を数えてて気づいたんだ。二文字ずらせばいいんじゃないかな」

そう言って、懐中電灯で照らした地面を木の枝でひっかく。

「ジョーがヘヴンってわかった単語は、ENHEAV。正しい綴《つづ》りはHEAVEN。それって、頭のENを取って最後にくっつけた感じじゃないかな」

「そうか。てことは」

俺は同じように木の枝を拾って、地面に文字を書く。ERNOVEMBとCEPATIENとONILLUSI。その頭二文字を拾って、最後にくっつけると。

「NOVEMBER、PATIENCE、ILLUSION……」

頭の中で、ヒントが閃《ひらめ》いた。三人の候補から、一人が絞り込まれる。

「わかった、かも知れない……！」

俺は満天の星空を見上げて、呆然《ぼうぜん》とつぶやいた。


「曲のタイトル？」

ブッチがきょとんとした表情で繰り返す。

「そう。天国のドアは『KNOCKIN' ON HEAVEN'S DOOR』だと思うんだ。元はボブ・ディランが作った曲なんだけど、名曲だから大勢のアーティストがカバーしてる」

それを聞いたギィは、腕組みをして首を傾げた。

「なんか似たようなタイトル、聞いたことあるかも。『天国への階段』とか」

「惜しい。それはレッド・ツェッペリンの方。これも名曲だけどね」

俺は自分がメモに使っていた紙を広げると、そこに全《すべ》ての単語を書き出す。

「すごく有名な曲だけど、カバーで有名なのは二人。エリック・クラプトンとガンズ・アンド・ローゼズってバンド。だから候補は作者自身も入れて三人だったわけなんだけど」

「もしかしてバラは、そのローゼズに当たるわけ？」

「ビンゴ。このバンドのボーカルで中心人物の名前がアクセル・ローズっていうんだ」

さらに俺はLIESとILLUSIONを指差した。

「多分、これはそのバンドのアルバムタイトルだと思う。残りの二つは今ここじゃわからないから、明日駅前のCDショップで調べるけど」

なるほどねえ。うなずくギィとブッチを尻目《しりめ》に、ジョーがぽつりと言う。

「でもそのバンドを示してるのはわかったけど、それって一体誰へ向けたメッセージなのかな」

「注文してるぐらいだから、店にいる誰かじゃないかなあ」

するとブッチは首をひねる。

「少なくとも俺じゃないな。だって俺はそんなバンド知らないし」

「ヒントは発表年だよ。少なくとも、十年以上は前の作品だ」

「じゃあ、そのおっさんが若いときに聴いてたとか？」

ギィの質問に俺はうなずく。

「多分、店にいる中でその男性に近い年の人が、メッセージの相手だと思うよ」

＊

その晩は、早く答え合わせをしたくて全員の気持ちがはやっていた。だから宿に帰るなりさっさと風呂《ふろ》に入り、皆ぱたりと寝てしまった。翌朝起きて、湯上がりの彼女を見損ねたことに気づいた俺は激しく後悔したのだが、時すでに遅し。朝食の席で顔を合わせた彼女は、もういつものギャルだった。

「それじゃ、後はいつものようにやってくれ。夜までは家に帰るなり、好きにしていいぞ」

地元の駅に着いてそう言うと、田代は軽く手を振って去ってゆく。その姿が視界から消えたところで、俺たちはそのまま駅ビルの中にあるＣＤショップに向かった。

「あった。ガンズ」

立ち並ぶ棚の前で、ジョーが手招きをする。寡黙《かもく》な彼女には似合わないロックのCDを何枚かするりと抜き出すと、ジャケットを見つめた。

「ゲージの言う通り」

そのタイトルは『LIES』と『USE YOUR ILLUSION』のⅠとⅡ。それらの収録曲を調べてみると、『NOVEMBER RAIN』と『PATIENCE』というタイトルが見つかった。

そして俺は、まだメッセージに使用されていない一枚を指差す。

「これを使って、逆にメッセージを送ればいい」

そのタイトルをメモに取ったあと、俺たちは店を出て階段の踊り場で作戦を練った。

「今はまだ昼前だろ。だから相手は仕事中かもしれない」

「夏休みかもしれないじゃん」

ギィの意見に、ジョーが首を振る。

「お盆が終わったら、ほとんどの会社の人は仕事」

「じゃあメッセージは夜に送るにしても、とりあえず俺は店に行って受け手の方を特定してくる」

わかり次第、メールするから。そう言ってブッチがメモの内容を携帯電話に打ち込んだ。

「そしたら、六時に部室ってことで」

待ち合わせを決めると、俺たちはそこで別れた。

俺は一度家に帰って洗濯物を置き、食事をとってから軽くシャワーを浴びる。部屋で新たに荷物を詰めていると、さっそくブッチからのメールが届いた。

『受け手は店長だった。おっさんより若く見えるけど、同い年だったらしい』

なるほど、店長の同級生だったか。俺は軽くうなずきながら、さらに画面をスクロールする。

『ところで昨日、女性の方からまた注文があった。代打のやつが行ったとき、「明日も注文したいが、いつもの人はもう来ないのか」と真剣に聞かれたそうだ』

え。もしかして冗談じゃなく、ブッチが目当てだったのかよ。俺は半信半疑でメールを読み進んだ。するとブッチは、こんな文章で最後を締めくくっていた。

『モテる男はつらいメーン』

俺は肩が震えるほどの笑いをこらえて、部屋の中を転げ回る。

夕方、再び集まったときに俺は言葉を失った。ギィが、再び濃いアイメイクをしている。しかもよく見ればそれはただのクマではなく、何かにぶつけたような跡であることは明らかだった。

「ギィ」

俺はジョーとブッチが望遠鏡を組み立てている間に、ギィに声をかける。

「んだよ」

だるそうにこちらを見上げるギィ。その痛々しい目元を見て、俺は頭にかっと血が上った。

「別れちゃえよ」

「え？」

「そんな男やめて、俺にしとけよ」

自分でも、何を言ったのかわからなかった。ただ、ギィがぽかんとした表情をしているのだけが見えた。

「ゲージ」

ギィは、一旦《いったん》うつむいてから勢いよく顔を上げる。

「冗談でもマジ嬉《うれ》しいよ。ありがと」

ありがとう。でも、ありがとう。ありがとう。俺の頭の中で声がこだました。俺は一体、いくつのありがとうを手にしたことか。

しかし次の瞬間、俺は叫んでいた。

「ありがとう、だけじゃ駄目なんだよ！」

言葉で女の子を笑わせることは出来る。でも今は、実際的な面で助けたいんだ。ギィのことが好きだとかつきあいたいとかそういうんじゃなくて、彼女に怪我《けが》をさせるような奴《やつ》を、俺は許したくない。

「話してくれ。なんでも力になるから」

ギィが目を丸くして俺を見ている。そして今度はまだ星も出ていないのに、空を見上げた。

「ありがと、ゲージ。でも彼氏じゃないんだ」

「え」

「男は男でも、家にいる奴ともめててさ」

確かギィは姉妹だったはず。ということは、父親か。

「だから大丈夫。でもマジでヤバくなったときは、連絡する」

彼女が上を向いているのは、何かを見ているからではないのだと今さらながらに気づく。

「約束だよ、ハニー」

俺は精一杯おどけた声で、呼びかける。

「俺は女の子の味方なんだから」


組み立て終わった望遠鏡のそばに行くと、ジョーがコーヒー用の水で濡《ぬ》らしたハンカチをギィに差し出した。しかしギィはメイクで汚れるからとそれを断ろうとする。するとジョーはなんと、無理やり手を伸ばしてギィの顔にハンカチを押しつけた。

「うわっ、何すんだよ。ジョー」

「ちゃんと冷やして」

「だから汚れるって」

逃げようとするギィの腕をがっちりと掴《つか》んで、ジョーはひたひたの布を目のあたりに当てる。

「ギィの顔よりハンカチの汚れが気になるわけなんて、ないから」

「……わかったって、もう」

濡れたハンカチの向こうで、さらに湿ったような声が響く。薄暗くなってきた屋上で、一つに重なるシルエット。本来ならそれは、どっちが相手でも俺とが適当じゃないかと思うんだけど。

　そして一部始終を黙って見守っていたブッチは、最後に近づいてきてジョーと俺の頭を黙ってぽんぽんと叩《たた》いた。


「ところで、ちょっと用事ができたから三十分ほど抜けるよ」

　そう言ってブッチは、屋上の隅に置いてあったヘルメットを持ち上げる。

「バイト先でおつかいでも頼まれたの」

「ま、そんなとこ」

　すぐ戻るから。そう言い残して、姿を消した。そしてブッチが階段へと消えたあと、突然あたりに大きな破裂音が響く。携帯電話の画面を見ると、時刻は六時半。

「そっか。今日、花火大会だ」

　音のした方角を眺めて、ギィがつぶやく。光が見えないのは、大会は予定通り開催されるという意味で打ち上げられた空砲だからだろう。

「多分七時からだと思うけど、ブッチは間に合うかな」

「ああ、ギリかも」

　せっかくこんな絶好の場所にいるのだから、早く帰ってくればいい。そんな話をしながら、俺はふと送り迎えをした少女を思い出した。そういえば、花火を一緒に見たいって言ってたな。うまくいったかな。でも帰りの道は危ないから、やっぱり誰かに送ってもらわないといけないだろうな。

「帰りが危ない……」

　頭の中に、小さなひっかかりが生まれた。終電。駅から電話。それってまるで送り迎えみたいじゃないか？

「ゲージ？」

「あのさ、例の女の人。今日もピザを取りたいって言ってたんだよな」

「ああ、そう書いてあるよ」

　メールの画面を開いて、ギィが確認する。

「きっと、帰りが恐《こわ》いんだ。だから一度頼んでブッチが来たとき、これはって思ったんじゃないかな」

「ガタイがいいからって？」

　半笑いのギィの前に、ジョーがすっと片手を上げた。

「でもちょっと待って。帰りが恐いなら、もっと違う方法があるんじゃない」

たとえばタクシーとか。そう言われると、確かにそっちの方が自然だ。

「ピザより安くて、確実に家まで送ってくれるもんな」

「でもここの駅って、そんなに台数多くないよ。だからいつもすごい行列ができてる」

バイトが遅番のとき、よく見るんだ。そう言ってギィは続ける。

「タクシーを待ってたら、日付が変わる。それで強そうな配達係の来るピザを頼む……そして部屋の前で待つ」

「やっぱりそこがおかしい。部屋の前。ていうか、家までの道は恐くないのかな」

だって普通、その行程を警戒するから俺みたいなバイトが成り立つわけであって。たとえばストーカーにしたって、襲うなら人気のない道だよな。

しかしギィははっとした表情で、俺とジョーを見た。

「合鍵《あいかぎ》だ」

「合鍵？」

「だから、別れた男かなんかに合鍵を渡してて、でもまだ忙しくて家の鍵を替えてないんだよ」

それはいかにもそっち方面で世慣れたギィらしい発言だったが、俺にはその意味が今ひとつわからなかった。

「……つまり？」

同じように意味を計りかねたジョーが質問する。

「だからあ、つまりその女は家の外が恐いんじゃなくて、家の中が恐いんだよ！」

＊

家の中？　きょとんとした俺たちに向かって、ギィは懸命に説明した。

「自分に怨《うら》みを持ってる人物が、部屋の合鍵を持ってる。でもって仕事の都合かなんかでまだ鍵が替えられない。しかも残業で夜が遅い。この三つが重なったら、その部屋に一人じゃ入りたくないと思うってこと」

「あ、じゃあその人は家から出てきたんじゃなくて、ブッチが来るまで外で待ってたってこと？」

ジョーの問いかけに、ギィは激しくうなずく。

「今財布を取ってくる、とか言いながらドアを開けてたんだ。それならもし中に不審な人物がいても、安心だから」

「そっか。彼女に必要だったのは送る人じゃなくて、ドアを開ける瞬間にそこにいてくれる人だったんだ」

「そういうこと。にしてもお前ら、スパイのくせに理解が遅すぎ！」

　ギィに頭ごなしに叱《しか》られて、二人で顔を見合わせる。やっぱりギィは、こうでなくちゃいけない。

「あ、だったら今日のデリバリーってどうなるんだろう」

「まあ、代打が女じゃなければセーフってとこかな。ブッチに伝えておけば、代打のやつにそれを言うかどうか決めると思うし」

　んじゃメールしとくわ。ギィが携帯電話の画面を開いたところで、声が聞こえた。見ると、ブッチがなにやら箱を持って帰ってきたところだった。

「おーい、帰ったぞー」

「どこのオヤジだっての」

　ぶつぶつ言いながらも、ギィは携帯電話をぱちんと閉じて手伝いに向かう。そして懐中電灯を片手にブッチのそばに近づいた俺たちは、それが一つの箱ではなく、平たい箱をいくつも積み重ねたものであることに気づく。

「うお。これってもしかしてピザ？」

　立ち上る香りに、俺は浮き足立つ。

「うん、店長から。例の暗号を解いてくれたお礼だってさ」

一枚は途中で田代のところに差し入れてきたけど。どさりと地面に置いて、ブッチは得意げに笑った。

「あれ、言ったんだ？」

俺はブッチを肘《ひじ》で突《つつ》く。

「ああ。店長ってば、電話かかってくるのが待ちきれなくて、自分からかけちゃったんだよね。そしたら幸い、相手も今日は早く帰ってきてたみたいで」

「結果は当然？」

「大当たり」

皆がわっ、と声を上げる。

駅ビルでアルバムのタイトルを調べたとき、俺はお返しのメッセージにまだ使われていないタイトル『APPETITE FOR DESTRUCTION』を使おうと提案した。そしてその単語に気づいたジョーが、こう言うよう指示したのだ。『前菜はいかがですか』と。

「相手は、店長が学生の頃のバンド仲間だってさ。転勤で何年かぶりにこの街に戻ってくることになったとき、店長がピザのデリバリーをしてるのを知って、こっそり謎《なぞ》かけをしてたらしい。なんでも、キーワードが十個になってもわからなかったら種明かしする予定だったそうだ」

「ああ、転勤だから一軒家に先に住んでたってこと」

ジョーが納得したようにうなずく。

「にしてもヒマなオヤジ」

呆《あき》れた表情のギィに、ブッチは笑いながら箱を差し出した。

「ま、ピザに免じて許してやってくれ」

蓋《ふた》を開けると、ほかほかの湯気が立ち上る。チーズの焦《こ》げたたまらない匂《にお》い。

「しょうがないなー」

口元が緩みかけているギィと共に、全員がピザに手を伸ばす。そして俺が三角形の頂点をかじろうとしたそのとき。

どん、と音が響いた。

花火大会が始まったのだ。

「あ、綺麗《きれい》……」

ピザを片手に持ったまま、ジョーが空を見る。それに釣られて、俺も光を見上げる。

しかし花火は予想外に遠い場所で打ち上げているらしく、ここから見るとまるで小さな光の花束のようだった。

「ちっちゃ……」

そうつぶやきながらも、ギィは優しい瞳《ひとみ》で遠い輝きを見つめている。その横顔を見つめて、俺もまた優しい気分になった。

最初は、ジョーが俺のスイートハートだと思ってたのに。

＊

ぽこぽこと打ち上げられ、音ばかり派手な花火を見ながら、俺たちはピザを食べた。

中でもゴージャスだったのは、イタリアンソーセージ、テリヤキチキン、スライストマト、スライストマト、オニオン、エクストラチーズ、アンチョビ、ショルダーベーコン、焼肉の載った一枚。

「いくらなんでも、やり過ぎだって」

「でもうまいぞ」

ブッチと俺は、こぼれ落ちそうな具と悪戦苦闘しながら食べ進む。

「そのメタボなピザは、男に任せたから」

そう言い残したギィとジョーは、いつものようにコーヒーをいれにコンロの方へ行ってしまった。ブッチはちらりと俺を見ると、空いた指で箱の脇《わき》に書かれたトッピング表を指す。

「わかるか」

「もちろん」

親切にも頭から読めるよう書かれた表は、こう言っていた。

『IT'S　SO　EASY』

そして俺の頭の中には、その曲が流れ始める。

具を載せ過ぎのピザで腹がぱんぱんにふくれた頃、ちょうどコーヒーが出来上がった。

「ほら」

ギィは俺の手にカップを持たせると、次に自分のポケットから何かを取り出した。

「こないだのお礼。今夜だけスペシャル」

コーヒークリームが入っているような、小さなプラスチックの容器。その蓋をぷちんと開けて、カップの中に流し込む。するとたちまち、ほのかなアルコールと強いコーヒーの香りが立ち上る。

「なにこれ？」

「カルーア。コーヒーのリキュール」

口に運ぶと、いつもより香りが甘く濃くなっていた。

「おいしいよ、スイートハート」

「……あったりまえじゃん」

ふいと横を向いたギィの後ろから、夜風が吹いてくる。それに乗って届くのは、どんな香水よりも俺が好ましいと感じる、コーヒーの香り。秘蔵のクッキーも持ってきていたけど、この味を壊したくない。

「あのさ」

俺が口を開きかけた瞬間、再びどん、と派手な音が響いた。さらに間をおかずどんどんどん、と音は続く。

「ゲージ、ギィ。最後の連発だぞ！」

ブッチの声で、俺たちは空を見上げる。ブッチから少し離れたところでは、同じようにジョーが顔を上げていた。

「きっと今、ものすごくたくさんの人が同じものを見てるんだろうな」

ギィが光を見つめながらつぶやく。同じ時間に、同じ空か。なんかロマンチックだよな。そこまで考えた俺は、はたと思い至る。

「それ、俺たちがいつもやってることだよ」

「え？　あ、そう言われれば、そうか」

なあんだ。そう言ってギィは笑った。

遠くで小さく輝く炎の花。同じ空を見つめ続ける仲間。いつもより甘いコーヒーの香り。夜風。

会えないから地獄だと思っていた夏休み。けど、そんな地獄のミッションも余裕でスルー。タイトロープの上の道化師とは、俺のことだ。

ほら、人生はスペシャルで特別。

そうだろう？

片道切符のハニー

人の身体《からだ》には、いくつもの穴があいている。男性で七個、女性で八個。けれど私の身体には十二個の穴がある。

もとからあった数を差し引いて、残るのは四。不吉な数字は、私がこれまでに受けた致命的な傷を示している。

そう長くない人生の中で四回、こてんぱんに叩《たた》き潰《つぶ》された。防ぐすべもないまま攻撃を受けて地に倒れ伏した私は、砂を噛《か》みながら敵を心から憎んだ。しかし今になってみれば、自分が未熟だったからこそ招いた災いだとも思える。

まずは死ななかっただけでも良しとしよう。そう考えた私は、四つの風穴を決意の印として、スパイの世界に身を投じた。

「邪魔だよこら。どけっつーの」

敵地の人間を軽く威嚇《いかく》しながら、私は進んだ。とはいえ、表立って武器を向けるようなことはない。声を荒げ、下品な言葉づかいをするのは、乱暴者を装《よそお》っている方が楽だからだ。恐れるよりは恐れられるべし。そして口を閉ざすよりは口を閉ざさせるべし。私のスパイ哲学は、ディフェンスではなくオフェンスに重点を置いているのだ。

スパイには、個人の特性に応じて色々なタイプがいる。たとえばとにかく目立たないよう、存在を敵地に溶け込ませる王道のスパイ。あるいは口八丁で双方のエリアを行き来するコウモリタイプ。さらには一切の情報を抱え込んだまま、いざというときまで口を開かない石のようなタイプなど。

しかし私とて、周囲に溶け込んで目立たなくなるというスパイの常道を忘れたわけではない。その証拠に、ある種の戦闘服を身につけることによって私はあるグループの一員とみなされている。

その名は、ギャル。

＊

「ていうかさー、学祭とかってマジうざくない？」

ギャル友の藍子《あいこ》と桃《もも》が、歩きながらちらりとこっちを見た。

「ねー。クッキー二百枚焼けとか、マフィン三十個作れとか、先輩たち卒業したくせに口出してくるし」

ホント迷惑。二人は、口々に祭りについての不満を口にする。おそらく、部外者である私に気を使っているのだろう。

「まあでも、とりあえず頑張んなよ。焼くだけ焼いたら自由時間だってあるだろうし」

入学当初、彼女らと共に入った料理部を私は一人で飛び出した。『料理中は私語禁止』という先輩の理不尽な命令が嫌だったのだが、実はちょうどその頃、私は戦闘の真っ最中だった。だから正直なところ、部活にまで気を使う余裕がなかったのだ。

「まあねー、あたしたちだって作るのは嫌いじゃないんだけどさー」

胸元の英字アクセサリーをいじりながら、桃が口を尖《とが》らせる。

「やっぱりヤッシーがいないと、面白くないよー」

おそろいのネックレスを揺らして、藍子が私を見た。同じ部活にいないのに、この二人は私のことを決してハブにはしない。普通の仲良しグループだったら、ほぼ確実に二対一の微妙さが出てくるはずなのに。

「サンキュ。でも部活が全《すべ》てじゃないじゃん？」

それにあんたたちが店番の時間には、絶対顔を出すしさ。そう約束すると、二人はようやく安心したように笑った。

「だあね。そしたら学祭終わったあと、あたしらだけの打ち上げしよう！」

「うん。約束！」

携帯電話のカレンダーにそれぞれ予定を打ち込んで、私たちは別れる。シャツの第二ボタンの間に揺れる、私たちの絆《きずな》。か細く華奢《きゃしゃ》な金色の鎖は、他人が思うより案外強い。

廊下を歩きながら、私は窓の外を見た。葉が落ちたせいで、妙に風通しのいい景色。私はいつもこんな風にすっきりとしていたい。隠し事などせず、考えていることと言うことは同じで、他人も自分も迷わせない。なのに。

ずっと誰にも言えないでいることが、私には一つだけある。

私の本名は安田朱美《あけみ》。けれど今は潜入捜査中のスパイだ。コードネームはギィ。そんな感じでひとつよろしく。

＊

スパイにとって、敵は必ずしも外部にいるとは限らない。一番厄介なのは、味方のふりをした敵だ。

「また遅くなったな。早く帰れといつも言ってるだろう！」

バイトから帰った私に向かって、振り返りざまに声を荒げる男。

「あー、もうそんな時間だったっけ」

本当は知っているのに、私はまるで今初めて時計を見たかのような顔をする。

「もう三年だっていうのに、人生を捨てる気か」

「ジンセイねえ。ていうか勉強、嫌いだしー」

頭の足りないギャル。相手にする価値もない奴《やつ》。私はそれを演じ続けるスパイ。仕事は完璧《かんぺき》だ。

「……お前ってやつは」

いつからこんな風になってしまったんだ。男はぶつぶつと文句を言いながら、湯呑《ゆの》みを私に差し出した。私が黙って立っていると、苛立《いらだ》ったようにその湯呑みを揺らす。

それでも私が動かないと、赤い目で睨《にら》みつけてきた。

一瞬、気持ちが後ろに下がってしまいそうになる。けれど私は唇の端を無理やり引き上げて笑顔を作る。玄関を開ける直前にこってりと塗ったリップグロスが私の武器だ。蛍光灯の下でもぎらぎらと好戦的に輝く唇を、きゅっと持ち上げる。

「お茶」

弱さを見せちゃ駄目だ。私はゆっくりと、首を傾《かし》げた。

「お茶、飲みたいわけ？」

男はぐっと唇を噛み締めて、それでも無言で湯呑みを突き出す。

「ポットにお湯があるなら入れてあげてもいいけどさあ。何茶がいいわけ。緑茶？焙《ほう》じ茶？」

答えはない。男はさも憎々しげな眼差《まなざ》しを私に向けたあと、そのまま顔をそむけた。私は「なにそれー。超失礼ー」と文句を言いながら、ごく自然な動きでキッチンに向かう。

「ただいま」

声をかけると、台所の隅で小型のテレビを見ていた女が立ち上がった。

「おかえり」

「また、飲んでたけど」

「止めたんだけど、一杯だけって言うから」

馬鹿《ばか》じゃないの。そう言いたかったけど、言わなかった。私の視線を気にしたのか、女は目をそらして冷蔵庫を開ける。

「今日はそぼろ丼《どん》。あっちゃん、好きでしょ」

私はラップのかかった具を受け取り、自分で電子レンジに突っ込んだ。

「着替えてくる」

そう言って背を向けると、女が再び腰を降ろす気配がした。私は階段を上りながら、英字のネックレスをぐっと握りしめる。助けて助けて助けて。私のお父さんとお母さんを返して。お姉ちゃんを返して。私の家族を返して。

私のお父さんは、とても優しい人だった。いつも笑顔を絶やさず、大きな声など出したことがない。毎日忙しそうに仕事をしていたけど、週末の夜には必ず何かお土産を買ってきてくれた。だからお姉ちゃんと私は金曜日のお父さんが大好きで、玄関のドアが開くやいなや飛びついて喜んだものだった。

お母さんも優しい人で、本当に大好きだった。私たちがちょっとやんちゃなことをしてても笑って許し、鼻先をこつんとつついた後に、いつもおいしいご飯を作ってくれる。そぼろご飯に、オムライス。ふわふわとした卵の料理が上手で、私はいつもその二つをリクエストしていたっけ。

四つ歳上《としうえ》のお姉ちゃんは背が高くて、バスケが上手《うま》かった。妹に対してものすごく優しいわけではなかったけど、私が困ったときには必ず助けにきてくれる。頼りになるお姉ちゃんだった。

けれどある日、そんな私たちに災難が降りかかった。突然病気でお父さんが倒れたのだ。お父さんが意識不明の間、私たちはお医者さんから「無理な残業がたたって脳の血管が詰まりかけたのです」と聞かされた。しかしお父さんは無事回復し、障害も残らなかった。私たちは皆で涙を流して喜び、家族の絆を確かめ合った。しかし会社に復帰して一年後、お父さんは不景気による人員削減であっけなく首を切られた。

そしてその日を最後に、私のお父さんはいなくなった。私が中一で、お姉ちゃんが高二の春だった。

「大丈夫。身体はもう治ったんだし、お父さんは頑張るよ」

最初、男はお父さんの顔をしていた。だから私たちは油断してしまったのだ。

再就職が決まったお祝いの席で、男は焼酎《しょうちゅう》を五杯飲んだ。けれどおめでたい日だから私たちは誰もそれを止めなかった。そして毎晩一杯の晩酌がボトル単位に増え、金曜日に下げてくるお土産がお酒の瓶に変わった頃、ようやく私たちは異変に気づいた。

「ねえ、ちょっと飲み過ぎなんじゃないかしら」

恐る恐るたずねたお母さんに向かって、男は不機嫌そうに答えた。

「何言ってるんだ。このくらい普通だろう」

「でも」

「俺の稼いだ金で買ってるんだ。それのどこが悪い。お前らだって、俺の金で飯を食ってるんだからな」

そんなやりとりを目の前で見て、私はただ呆然《ぼうぜん》と突っ立っていた。これは、私の知ってるお父さんじゃない。

「でもこのままじゃ、また倒《や》れちゃうよ！」

ある夜、何度も晩酌を止めるよう忠告したお姉ちゃんに男はグラスを投げつけた。厚手のガラスで出来たグラスはお姉ちゃんの顔に当たり、額がぱくりと割れて血が噴き出した。これには男も驚いたらしく、翌日お姉ちゃんに謝っていたけれど、そのときすでにお姉ちゃんは決意を固めていたのだという。

「朱美。私はこの家を出るよ。あんたを残すのは悪いと思うけど、危険な状態になったらいつでも私のところに来ていいから」

この街から遠く離れた場所の大学に推薦を決めたお姉ちゃんは、最後の夜、私に一通の封筒をくれた。中には、いざというときのための交通費とアパートの住所。以来、私は攻撃を受けるたびにその封筒を取り出しては眺めている。

これは国境を越えるためのパスポート。敵地を出るための片道切符。それがあるからこそ、私はここにとどまって戦うことができるのだ。


キッチンに降りてゆくと、女が再び立ち上がった。私のお母さんと同じ顔をした、見知らぬ女。酔った男が私に何度手を上げても、何の口出しもしなかったどこかの女。

私は食器棚からどんぶりを取り出すと、炊飯器からご飯をよそってそぼろと卵をのせる。野菜がないと思ったので、レタスと貝割れ大根をポン酢であえて簡単なサラダを作った。

「おいしそうね」

機嫌をうかがうように、女が声をかけてくる。

「食べたいの？　食べるなら、作るけど」

私はこの女に何の感情も抱いてはいない。だから道で通りすがる他人と同じくらいの対応はする。

「じゃあ、お言葉に甘えて作ってもらおうかしら」

私はうなずくと流しで野菜を洗い、もう一度サラダを作った。これはいつもバイトでやっていることと同じ。オーダーされたら作る。それだけのことだ。

テーブルにつくと、女が椅子《いす》を動かして向かい合わせに座った。私がそぼろ丼を食べ出すと、一緒に箸《はし》を動かしはじめる。いつもと同じ、静かな食卓。ただ炒《い》り卵の味だけがお母さんとよく似ていて、私は一人奥歯を嚙《か》み締める。スパイは、敵地で感情をあらわにしてはいけない。

私のお母さんは、どこへ行ったんだろう。

＊

十月。校内はどこかそわそわとした雰囲気に包まれている。教室の壁には書きかけの看板が立てかけられ、授業中にもあちこちで打ち合わせのメモが飛び交う。

『ヤッシーは天文部で何するの？』

藍子から回ってきた手紙に、私は苦笑する。答えるようなことが、ほとんどないのだ。

『展示だけど、めんどいから去年センパイが書いた模造紙を写そうかなって』

もとより天文に興味のない集団だ。展示をすると決めただけでも奇跡に近い。

『ちょーテキトー。でも楽そう！』

毎年やっているのだからと顧問の田代に説得された私たちは、しぶしぶ慣れない作業をこなしていた。星の成り立ちだとか、星座の物語なんてネットで検索すればあっという間にわかる。それをわざわざ展示するのはちょっとださいとゲージは主張していたけど、他に思いつくこともないので当座はそれでお茶を濁す予定だ。

「ギィの喫茶店なら、やる意義があったと思うけど」

天文部の部室でジョーがぼそりとつぶやく。

「うん。あれは金が取れる味だ」

その隣でブッチが極太マジックを手に、深くうなずいた。

「まあね。カフェは好きだけど、料理部とかクラス単位でコスプレ喫茶やるところも多いし」

「でも味は確実にギィの方が上だと思う」

「サンキュ」

ちょっと過大評価だけど、それでもほめてもらうのは嬉《うれ》しい。私は二人に笑いかけると、先輩の残した展示をなぞるために紙を広げる。几帳面《きちょうめん》なジョーは一度内容を写してから自分の字で書いているけど、私は安直なトレース方式でいくことにした。ブッチからマジックを受け取ったそのとき、騒がしい音と共に部室のドアが開く。

「ごめんごめんごめん、作業進んでる？」

息を切らして滑り込んできたのはゲージ。制服の襟を広げて、ネクタイを緩めながら腰を降ろす。

「遅いっつの」

私は顔を上げて、じろりとゲージをにらみつけた。その瞬間、ゲージの表情がぐるぐるっと変わる。まず最初にはっとしたような顔、そして思い直した感じの笑顔。

「許しておくれよベイベー」

いつもの顔で手を合わせるゲージは、本当にわかりやすい。

『そんな男やめて、俺にしとけよ』

夏休み、花火大会の日に屋上でそう言われた。

私の痣《あざ》を見て、仲間として本当に心配してくれたのだとわかっている。けど、それでもそんなことを言われたのは初めてだから嬉しいし心強かった。つまり私にしてみれば感謝こそすれ、気にすることなどまったくない状況なのだが。

「と、ところでギィは今日バイトだっけ」

なのにゲージは、一人でぎくしゃくとしている。

「そう。だから悪いけど五時半までしかいられない」

「残念だな、ハニー」

音がしそうなほど固い動きで、マジックに手を伸ばす。ゲージからは遠かったので取ってやると、渡そうとした瞬間に取り落とした。この微妙な感じ。ジョーとブッチが興味津々《しんしん》といった表情でこちらを見ている。

まったくもう。少女マンガかよ！

＊

時間ギリギリまで学祭の作業を手伝って、私は部室を後にした。駅までの道を小走りで進み、ビルの二階へと駆け上る。階段脇《わき》の目立たないドアを開けると、コーヒーショップのバックヤードが見えた。

「ギリギリですみません！」

カウンターにいる店長に声をかけてから、ロッカーで素早く制服に着替える。

「ここんとこ、いつも滑り込みだな。何かあるのか」

カップをドリップマシンの下に置いて、店長がこっちを振り向いた。

「学祭が近いんですよ」

「ああ、そういえば文化の日も近いもんな。青春だなあ」

青春。嫌っていうほど聞き慣れた単語だけど、いったい青春っていつから始まっていつ終わるものなんだろう。少なくとも、私は今自分が青春まっただ中とは思えないんだけど。

「ああ、じゃあシフト変えなくていいのかな」

「気にしないで下さい。そんな一生懸命参加してませんから」

返却済みの食器をカウンターの端から回収して、食器洗浄機に突っ込む。スイッチを入れた後、今度は夜の軽食ラッシュに備えてドッグパンの下ごしらえをし、野菜を冷蔵庫にセットしておく。バイトも三年目になると、手順なんて考えなくても動けるようになるものだ。

「でも高三の学祭っていったら、特別だろう。せめてその前後の日くらいはあけておいた方がいいぞ」

「あけておくって、どういう意味ですか」

私がたずねると、店長は眼鏡のつるを押し上げてにやりと笑う。

「だってほら、後夜祭のフォークダンスとかに誘われるかもしれないだろ」

「はあっ？」

フォークもなにも、うちの学校にはそもそもダンスの習慣とかないんですけど。そう言うと、店長はがっくりと肩を落とす。

「ああ、ロマンがないなあ。キャンプファイヤーとフォークダンスは、青春に不可欠な要素だってのに」

「……いつの時代の青春ですか、それ」

さらにフード回りを整えていると、レジにいる同僚の女の子が振り向いた。

「ざっと三十年くらい前じゃないですかね」

「うわ、古！」

ていうか私たち生まれてないし。それを聞いた店長は、悔しそうに力説する。

「もしフォークダンスがなくたって、後夜祭ってのは何かが起こるもんだよ」

「店長は、私に休んでほしいんですか」

「いやいやいや。安田さんがいないのは本当に痛いんだけど、やっぱりねえ、最後の学祭はなあ」

遠い目をして、店長はため息をつく。人間は歳《とし》を取るほどセンチメンタルになるのだとどこかで聞いたことがあるけど、それは本当なのかもしれない。

「わかりました。じゃあ学祭の前後は休ませて下さい」

「うん。その方がいいよ」

「ありがとうございます」

とはいえ私は中年のロマンに迎合したわけではない。もしかしたら学祭の前後に観測会が入れられるかもと皆で話していたので、それに予定を合わせただけだ。

「ところで安田さん、もう試験って終わったんだっけ」

同僚の女の子が思い出したようにたずねる。彼女はこの近くの大学に通っている女子大生だ。

「はい。六月にあったんで、取れましたよ」

「そっかー、すごいな。私が高校生のときなんて、資格を取ろうなんて考えてもみなかった」

今の高校生だってそうですよ。心の中で私はつぶやく。ほとんどの生徒は進学するし、そうじゃないのは専門学校に行ったりする。在学中にいきなり資格を取りに走る私なんて、明らかに少数派だ。

「でも、これで安田さんはいつでも店が開けるってわけだ」

「そうですけど、免許持ってるってだけじゃどうしようもないですよ」

まずはお金を貯《た》めないと。私がそう言うと、店長はうなずいた。

「よし。じゃあ今夜も頑張るか。そろそろラッシュアワーだしな」

その言葉を聞いたかのように、入り口から仕事帰りの人がちらほらと入ってくる。この時間はサラリーマンの帰宅に合わせて、電車の本数が多い。

「Sブレンドとパニーニ、Mホットラテとプレーンドッグお願いします」

レジの彼女が素早く注文をさばき、声を上げる。それを聞いた店長はドリップマシンの下にそれぞれのカップを置き、私はパニーニとドッグパンをトースターに入れた。三年の間に培《つちか》った、流れるような連携。これが気持ちよくて、私は必要以上にバイトを入れてしまうのかも知れない。

調理師免許を取ろうと思ったのは、ほんの偶然からだった。

高校に入学してまだ一週間も経《た》たない頃、私は件《くだん》のギャル友と知り合い、買い物に出かけた。私はまだそこまでギャルっぽい格好をしていなかったのだけど、彼女たちとは気が合ったのでお揃《そろ》いのネックレスを買うことにした。

新しい友達とのお揃いが嬉しくて、私は制服の胸元を開け、金の鎖を見せるような格好で家に帰った。するとそれを見た男は、下品だから外せと声を荒げた。私が逆らうと手を上げ、平手で頰を打った。

「誰の金だと思ってるんだ」

初めて男からぶたれた。それもお父さんとそっくり同じ顔をした男から。

その衝撃で、しばらく私は立ち上がれずにいた。

「俺が稼いだ金で、そんな下らない物を買うんじゃない」

ことあるごとに金の話を持ち出す男に、私は殺意を覚えた。金金金。金があれば何をしてもいいのか。

「でもこれは、自分で貯めたお金で買ったんだよ！」

鎖を握りしめた私は、男に必死で訴える。

「そのおこづかいは、誰の財布から出てると思ってるんだ」

おじいちゃんやおばあちゃん、それに他の親戚《しんせき》から貰《もら》ったお年玉も入っているから、少なくとも百パーセントあなたのじゃない。私がそう言うと、男は再度私に手を上げた。打たれた頬は痛いというよりただ熱くて、じんじんとしびれる。ちょっと待って。これって現実だよね。私は目の前の男を見上げて目を見開いた。

私のお父さんは優しい人だ。だから私が誰かからぶたれるようなことがあったら、きっと私を守ってくれる。私のお母さんも優しい人だ。自分の娘が中年男にののしられていたら、絶対にそいつを叱《しか》りつけてくれるだろう。

なのに。

嘘《うそ》だ嘘だ嘘だ。私はそのまま踵《きびす》を返して家を飛び出すと、目的もなく夜の街をさまよった。帰りたくない。帰れない。人気のない場所でひとしきり泣いた後、私はふと胸元の鎖に手を触れる。男に引っ張られたせいで金具が歪《ゆが》んでいたけど、それはけなげに私の身体《からだ》にしがみついていてくれた。

私は涙を拭《ぬぐ》って立ち上がると、金具を直してもらうために駅ビルのアクセサリーショップに向かった。今日買ったばかりなので無料で修理してくれるという店員さんに頭を下げ、ぶらぶらと店内を見ながら出来上がりを待っていた。するとそのとき、小さな小さな輝きが目に入った。

「ピアス……？」

きらきらした大振りなアクセサリーの中で、金色にちかりと光る粒。ペンの先で点を打ったような静かな光に、私は目をこらす。

「小さくても十八金ですから、おすすめですよ」

金具の直ったネックレスを手に、店員さんがそのピアスをそっと取り上げた。並べると、ネックレスととても相性がいい。私はその値段を見て、心を決めた。

「これ、買います」

財布に残っていたお金で、ピアスを買って穴もあけてもらった。すっとする脱脂綿と、ぶたれるより遥《はる》かに優しい、ちくりとした痛み。これは私の決意の印。忘れないよう身体に刻みつけた誓約書。

ここから出るためには、とにかく早く自活しなければ。そう考えた私は翌日からアルバイトを探し、このコーヒーショップを見つけた。家に住むあの男と女に対しては、いかにもギャルが夜遊びで遅くなったように見せかけ、時給の高い夜番を重点的にこなした。そして樹脂のファーストピアスが外れる頃、あることに気がついた。もしかして飲食店で働くということは、今後の自活に直結するんじゃないだろうか。

私はさっそく隣のビルに入っている書店に行き、資格のコーナーで立ち読みをした。調理師免許は、中卒の学歴と飲食店で二年以上の調理経験があればあとは筆記試験を受けるだけで取れるらしい。

そこで私は部活をできる限り楽なものに変えて、残りの時間をアルバイトに費やすことにした。厳密に言えば二年間フルに働いたわけではないのだが、店長は提出用の調理業務従事証明書に少しだけ手心を加えてサインをしてくれた。そしてここで稼いだバイト代で試験を受け、私は免許を手にすることができたというわけ。

これがあれば、遠い街に行ってもすぐに働くことができる。免許は私にとって、お姉ちゃんのくれた封筒と同じ。敵地を出るための片道切符なのだ。

＊

学祭のせいで、色々なことがいつもと違う。その中でも一番違うのは、ほぼ毎日天文部の三人と顔を合わせることだ。

「なんか、へんな感じ」

私がつぶやくと、ブッチがうなずく。

「うっかり飽きてしまいそうだ」

「倦怠期《けんたいき》かよ、ブラザー」

大げさに両手を広げるゲージを見て、私とジョーは苦笑した。三年間、ほどよい距離感で一月に一度の夜を共にしてきた私たちは、これ以上ないってほどの個人主義者の集まりだ。現地集合の現地解散が基本で、用事があるとき以外は別行動を貫いてきた。

そんな私たちが、毎日顔を合わせていたらどうなるのか。夏の合宿で三日間は一緒に過ごしていたけれど、学祭まであと一週間。さらに学祭は二日間あるので、今回は段違いの長さだ。

「飽きるのかな」

ジョーがごく自然にたずねる。ジョーは、良いことも悪いことも特別に扱わない。そのフラットな感じが女子には珍しくて、私は気に入っている。

「その前に、この作業に飽きるって」

マジックを置いて、私は立ち上がった。模造紙を写すだけの単純作業は、気分を腐らせる。

「田代のとこ行って、観測会どうなったか聞いてくる」

「あ、じゃあ俺も」

ゲージがいかにもついでといった風情《ふぜい》で、腰を上げた。しばし二人で、校内を歩く。

私たちの微妙な沈黙は、あちこちで鳴り響く金槌《かなづち》や糸ノコの音のおかげでさり気なくフォローされている。

「あのさ」

意を決したようにゲージが口を開いた。

「何」

「その、どうなんだ。家の方」

ずっと聞かなかったくせに、どうして今さらここで聞くかな。私は大きくため息をつくと、足を止めてゲージを睨《にら》みつけた。

「一回しか言わないから」

「お、おう」

「父親はアル中気味でひどい暴力は今までに四回。飲んでないときは普通のヒト。母親は怖がって口出しできず。お姉ちゃんはとっとと家を出た。私も卒業したら出る予定。以上」

言ってしまった。私は半分すっきりした気分で、ゲージを見る。驚いた顔。そりゃそうだよね。多分ゲージが想像していたより、私の状況はずっと重い。

それにしてもあのとき、なんで私は口を滑らせてしまったんだろう。いつものように「カレシがDVっぽくて」とか「ケンカだよ」なんて流せばよかったのに、なぜかストレートに答えてしまった。そして答えてしまったばっかりに、こんな状況に陥っている。

ゲージはいい家の子だ。それは彼を見ていればすぐわかる。歪んだところがなくて、まっすぐに人に向かってくるから。そんな彼が、女の子から家庭内暴力を告白されたらどうなるか。私にはわかりきってたはずなのに。

「何か質問は」

深刻な表情のゲージの後ろを、ベニヤ板を持った集団が通り過ぎてゆく。セピア色の廊下。職員室はすぐそこだってのに、本当に何やってるんだか。

「出るって、進学？」

「なわけないだろ。この時期に何もしてないんだからさ」

ちなみにジョーとゲージは推薦を狙《ねら》って夏休み明けに書類を提出し、ブッチは家業を継ぐようなことを言っていた。推薦の結果は学祭の後くらいに届くらしいが、まあジョーに関しては安泰だろう。

「じゃあ、就職？」

「みたいなもん。とりあえず自活したいから、まずはお姉ちゃんのとこに行って、仕事が見つかったら一人暮らししようと思ってる」

はい、じゃあこの話は終わり。私がぱんと手を打つと、ゲージは催眠術から覚めたみたいにまばたきをした。

「……言わせてごめんよ、ハニー」

「そう思うなら、私の分の模造紙も書くように」

私はゲージに背を向けると、職員室の戸を開ける。

部室に戻ると、作業を進めていたジョーが顔を上げた。

「で、どうだったの」

「後夜祭の日、どうせ残って仕事しなくちゃいけないからオッケーだって」

「さすが田代。裏切らないな」

ブッチが楽しそうに消しゴムをかけている。どうやら身体の大きさに似合わず、細かい作業が好きらしい。

「後夜祭って何時までだっけ、ベイベー」

「私は赤ちゃんでも恋人でもないけど、確か五時から七時だったと思う」

ゲージの軽口を律儀《りちぎ》に返すジョーは、最近少しだけその部分を端折《はしょ》るようになった。そのせいで文章がちょっと変になっていて、聞いているとおかしい。

「七時終了なら、観察にはちょうどいいな」

「キャンプファイヤーがちゃんと消えてるといいけど」

後夜祭にフォークダンスはないが、キャンプファイヤーは健在だ。しかし炎は人を興奮させるのか、毎年時間通りに終わった例《ため》しがない。

＊

日々の作業はそれでもなんとか順調に進み、私たちは学祭の当日を迎えた。午前十時に開場のアナウンスが流れると同時に、人が校内になだれ込む。

「別に有名校ってわけじゃないのに、結構来るよな」

展示室として割り当てられた教室の窓から、ゲージが首を出した。

「入り口の辺りの焼きそば屋とか、大変そう」

ジョーが隣の窓から外を指さす。

「ま、うちらはどうせヒマだから関係ないけど」

私はパネル運びで疲れた腕を伸ばし、廊下を眺めた。人っ子一人通っていない。それもそのはず。ここは校舎の最上階にしてどん詰まり。要するに、最も人が訪れないであろう場所なのだ。

隣はやはり集客など考えていない展示の囲碁部。さらにその向こうはキャラかぶりの将棋部と、やる気のないラインナップが続く。

「おお、一応形にはなったな」

最初の客として訪れた田代は、教室を見回して満足そうにうなずいた。その内容が去年とまったく同じだということに気づかないあたりは、さすがだ。

「ま、展示なんてのは一度飾ってしまえば終わりだからな。どうせ観測会もあることだし、学祭中はゆっくりしろよ」

なま暖かい言葉に、私たちは同じくなま暖かい笑顔で返事をする。

「明日の夜は、後夜祭の頃から屋上にいると思います」

「そうか。俺は後始末でばたばたしてるかもしれないから、なんかあったら呼べよ」

にしてもファイヤーは面倒くさいよな。田代は展示を眺めながら教室を歩き回る。

「いいんですかあ？　先生がそんなこと言って」

ゲージが茶々を入れると、田代は開き直った。

「いいんだよ。どうせ他の客はいないし、実際あのファイヤーは毎年悩みの種なんだ」

もう、なあ」

「ああ。天文部みたいな文化系のクラブは関係ないけど、体育会系の奴《やつ》らがホントに
あいつら、火を見ると興奮する野獣なんだよ。とても生徒や父兄には聞かせられないような台詞《せりふ》を、田代は深いため息とともに吐き出した。

「ケンカ、多いですからね」

過去二回の学祭でも、私はファイヤー中のケンカを目にした。こぜりあい程度のものから部を上げての戦争まであって、あれは確かに先生でも手に余るだろう。

「なのについに今年、ファイヤー係が回ってきちゃったんだよなあ」

おそらく、誰もやりたがらないから毎年持ち回りなのだろう。

「もし先生が倒れてたら、宿直室に運ぶくらいのことはしますよ」

ブッチが力こぶを作ってみせると、田代は大げさなため息をついた。

「ま、そんときは頼むよ」

俺も体力は温存しとかないとな。力なく笑って教室を後にする。

「ギィ。ファイヤーってそんなに危ないの」

ジョーが驚いた表情で私を振り返った。

「そうなんですか」

「もしかして後夜祭、参加したことないんだっけ」

「うん。これまでは観測会も別の週だったし、後夜祭は任意の参加だったから」

「そう言えば、俺も参加したことがない」

ブッチは思い出したように腕組みをした。確かに任意参加だと、ジョーやブッチのようなタイプには縁のない行事かもしれない。私やゲージは校内にお祭り好きな友達がいるから自然に参加していたけれど、二人の交友関係は想像するだに地味そうだ。

「今年は観測会もあることだし、せっかくだから参加してみる？」

「屋上から見るっていう手もあるしね」

私とゲージの言葉に、二人はうなずく。

「ま、とりあえずこうしてるのもなんだから、店番を決めてちょっと回らない？」

学祭のパンフレットを広げて、ゲージが提案した。そこでジャンケンをした結果、私とジョー、そしてゲージとブッチがペアに決まった。

「そりゃないよ、ハニー。学祭を男と回るなんて！」

ゲージの悲痛な叫びを背に、私とジョーは廊下に出る。

「さてと。どこか行きたいとこある？」

「正直、これといってない。戻る直前に何か食べるものを買えればそれで充分」

「ふむ」

私はパンフレットを開いて、料理部の場所を探す。確か初日の午前中は桃と藍子が店番をしているはずだ。

「じゃあつきあってもらうことになるけど、いいかな。それとも別行動がよければ、そうするけど」

「ギィにつきあう」

意思の確認が取れたところで、私たちは歩き始める。校舎の階段を降りると、いきなり人の数が増えた。さらに一階へ足を踏み入れたとたん、私はジョーとはぐれそうになる。

「何、この人出」

「お化け屋敷と占いの館《やかた》が並んでるから、それに並んでるんじゃないの」

にしてもウザいなこいつら。私が低い声でぼそりとつぶやくと、周囲の生徒がすっと退《ひ》いた。

「すごい」

「いやいや。威嚇《いかく》してるだけだから」

歩きやすくなった廊下を先に進むと、ようやく料理部の看板が見えてきた。隣の手芸部と共同で、雑貨屋カフェをやっているらしい。

「やってるー？」

先輩がいないのを確認してから入ると、桃と藍子がカウンターの中から手を振った。

「ヤッシー、いらっしゃい！　安くしとくよー」

「おすすめは何？」

テーブルの上には、彼女たちの焼いたクッキーやスコーンが綺麗《きれい》にラッピングされて並んでいる。

「あ、私はそれ。チョコチップ入りのクッキーがおすすめ」

「あたしはこれ。アイシングかけたメッセージクッキー。楽しいよ！」

「すごい。マジで売り物って感じ。二人とも上手《うま》くなったよね」

私はチョコチップクッキーを手に取って、しげしげと眺めた。お世辞じゃなくて、これは本当によく出来ている。

「あの、これ下さい」

ジョーがメッセージクッキーを手に取って、藍子に差し出した。

「友達？」

「うん。部活のね」

「したら半額でいいよ」

「そんな申し訳ない」

恐縮するジョーに「トモダチプライスだから」と桃はお釣りを渡す。そしてジョーが雑貨を見ている間に私も二袋ばかり買って、しばしお喋《しゃべ》りを楽しんだ。

「なんかいいのあった？」

「うん。ビーズ細工とか編み物とか、すごく可愛《かわい》い」

明日まで残ってたら買おうかな。ジョーが真剣な表情で考え込んでいる。そういえば彼女と一緒に買い物するのは、これが初めてだ。

「どれが気になってるわけ」

「あのサクランボ柄のお財布と、モヘアのセーター」

見ると確かに両方とも、市販のものと遜色《そんしょく》がないほど出来がいい。けれど値段もそれなりで、財布は千円。セーターは三千円もする。素人《しろうと》の趣味は材料が良ければ高くついてしまうものだが、学祭で三千円はちょっと出せない気がする。

「まあ、売れ残ったら値下げ交渉っていう手もあるしね」

私はジョーの背中を叩《たた》くと、再び混み合う廊下に出た。ざっと見るつもりで歩いていると、ジョーがある教室の前で立ち止まる。

「ここ、見ていっていい？」

『Jバザー』と書かれた会場には、本から洋服まで様々な品がずらりと並んでいた。しかしサッカー部の男子が主催しているせいか並べ方が乱雑で、床に広げたシートの上は宝探しのような状態になっている。壁には意味もなくサッカー選手のポスターがベタベタと貼《は》られ、さらに部屋の隅には『ファイヤーセット限定販売』という文字。ファイヤーというのは後夜祭のそれだろうから、それに付随したものを売っているのだろうが、説明もないのでわけがわからない。

正直、私にとっては何の魅力も感じない場所だったが、ジョーは懸命に山を崩していた。

「あっ」

何かを見つけたのか、小さな声を上げる。

「掘り出し物でもあったの」

「これ。すごく可愛い」

そう言って持ち上げたのは、ビニール袋に入ったままのVネックセーター。色は生成りの白で、ざっくりとした手編みっぽい質感がなかなかいい。衿元《えりもと》にはスクール風にラインが入り、胸にはアルファベットのJが縫いつけられている。本当はJリーグのJなんだろうけど、ジョーのコードネーム的にもバッチリだ。しかも『未使用』と書かれたタグも付いていて、値段は三百円。

「いいね。でもサイズは」

「聞いてみる」

ジョーは店番の男子に声をかけ、セーターを袋から出して当ててみてもいいかたずねている。ジョーはぶっきらぼうだけど見かけは美少女だから、声をかけられた男子は緊張しながらも嬉《うれ》しそうにうなずいていた。

「どうかな」

袋から出したセーターを身体《からだ》に当て、ジョーは首を傾《かし》げる。ここには姿見なんて親切なものはないから、私の目が鏡がわりだ。

セーターは、明らかにサイズが大きかった。けれど横幅がさほど広くないおかげか、ジョーが当てると白いワンピースっぽく見える。

「あ、これ可愛いや。買いだよ、買い」

「いいと思う？」

「うん。今着てもいいし、ジーンズの上に着てもチュニック風で可愛いと思う」

私の言葉にうなずいたジョーは、財布を開いてセーターを手に入れた。

「いきなり買い物しちゃった」

「いいんじゃない。三千円が三百円ですんで」

喋りながら歩き、途中の屋台で焼きそばやたこ焼きを買う。そしてコスプレ写真屋や華道部の花なんかを見つつ、私たちは教室に戻った。

「待ちくたびれて死にそうだよ、ハニー」

ぐったりと受付に突っ伏すゲージを無視して、ブッチにたずねる。

「お客は」

「OBだっていうおじいさんが一人。あとは迷い込んだ小学生が二人」

まあ、そんなとこだろう。私とジョーは展示パネルの裏に机を寄せ、買ってきた軽食を載せる。

「お、うまそう」

「適当に食べていいから」

ペットボトルを出して、私はたこ焼きを口に放り込んだ。む。ちょっと焼きが甘いな。

交代でゲージとブッチが出かけてから、私たちは誰も来ない教室で窓際《まどぎわ》に椅子《いす》を寄せた。秋の日射《ひざ》しはぽかぽかと暖かくて、ひなたぼっこにはもってこいだ。

ぬくもりを求めて太陽に顔を向けると、目を開けていられないほど眩《まぶ》しい。日焼け止めを塗っていないのは気になるけど、それよりも心地良さの方が勝った。暗いまぶたの裏がちかちかと光り出すのを見ていると、いつかの川を思い出す。きらきらの水と、熱く焼けた石。

「ギィ」

「なに」

ジョーの声に、目を閉じたまま答える。

「綺麗」

「えっ？」

「輪郭が金色になって、ピアスが光ってる」

思わず耳を触ると、そこにはあの日のピアス。左右に二つずつの穴は、徐々に増えた決意の数を示している。

「……ありがと」

声がかすれないように、細心の注意を払った。ときどきジョーは、こんな風にきゅっと私の弱いところを突く。まっすぐな言葉と、迷いのない瞳《ひとみ》。本当に綺麗なのは、ジョーの方なんだけどな。

私が振り向くと、ジョーはじっとこっちを見ている。セミロングの黒髪に、真っ白な肌。ほら、お人形さんみたいだ。

沈黙。でもこの沈黙は嫌なものじゃない。私とジョーは、視線を外してからも同じ位置でひなたぼっこを続けている。光に満ちた、黄金色の時間。気持ちいい。すべての沈黙が、こんな風であったらいいのに。

「いやあ、回った回った！」

その静けさを打ち破るように、ゲージがブッチを連れて帰ってきた。

「あーもう。うるさいなー」

立ち上がって近づいた私に、ゲージは食べ物のパックを手渡す。

「さっきのお返し。めちゃウマだよ、ベイベー」

「ていうか異常にニンニク臭いんだけど！」

「そりゃそうさ。ラグビー部特製ガーリッククレープだもん」

なんでこいつはキワモノに手を出すかな。私は臭《にお》いまくるパックをゲージに返した。

「こんなの食べたら、一日中ニンニクだっての」

つれない返事だよスイートハート！　そう嘆くゲージの後ろから、ブッチがパックを取って蓋《ふた》を開けた。

「じゃあ皆で一口ずつ食べよう。どんな味かくらいは気になるだろう」

「うーん……まあ、ね」

それでも尻込《しりご》みする私の横から、ジョーがパックを覗《のぞ》き込む。

「私、食べてみたい」

「マジで!?」

「もしかしたら予想外のおいしさがあるかもしれないし」

半ばジョーに説得された形で、私は一口大に分けたクレープに手を伸ばした。

「……」

速攻後悔。そしてゲージをタコ殴り決定。だから運動部の男子が作ったものなんか、信用できないんだって！

＊

午後四時。校外からの客は帰りはじめ、そろそろまったりと暇な時間になってきた。日も傾いてきてうっすら寒い教室で、ジョーは午前中に買ったセーターにさっそく袖《そで》を通していた。

「やっぱりいいじゃん、それ。よく似合ってる」

「ありがとう。すごくあったかいから、買ってよかった」

「モデルも裸足《はだし》で逃げ出すくらい可愛いよ、ベイベー」

私がゲージをじろりと睨《にら》みつけていると、ジョーがパンフレットを置いて立ち上がる。

「私、やっぱりあのお財布を買ってこようと思うんだけど」

「何だいハニー。あのお財布って」

「蜂蜜《はちみつ》じゃないし恋人じゃないけど、手芸部の雑貨屋さんで売ってたやつが気になったから」

つきあおうか、と声をかけるとジョーは首を振った。

「買ってくるだけだから、すぐ戻る」

「じゃあ俺がお供するよ」

ジョーの後ろを追いかけるようにして、ゲージが姿を消す。私はブッチと顔を見合わせると、肩をすくめた。

言葉の通り、ジョーは十分もしないうちに戻ってきた。しかし何故《なぜ》だか表情がぱっとしない。

「売れちゃってたの？」

私がたずねると、ふるふると首を振る。

「え。じゃあ売約済みだったとか」

そうでもないらしい。黙ってうつむくジョーの隣で困惑しているゲージに、私は視線で説明をうながした。

「なんか、多分誤解があったんだと思うけど」

「どういうこと」

「あんたには売らない、って言われたんだ」

「はあっ？」

だって午前中は普通に買い物できてたじゃん。私が言うと、ジョーは悲しそうに首を傾げた。

「これ下さい、って言っただけなんだけど」

「店番は手芸部の子なんだよね？」

「多分。でも午前中の人と同じかどうかはわからない」

あのとき、私たちは知らないうちに何か失礼なことをしていたんだろうか。でもそれにしたって、態度が唐突すぎる。

「ジョーが欲しい財布はあったんだよ。なのに店番の子はすっごい顔でこっちを睨んでてさ、声をかけたらあんたには売らないって言うんだ」

「誰かに間違われたのかな」

ブッチが片手で頭をかいた。

「ゲージがついてったから、カップルに思われたとか」

「でも男子禁制の店じゃなかったんだよ、ハニー」

ということは、考えたくはないけど私が原因か。料理部でまけてもらったのを見ていて、すごく不快だったとか。

「なんにせよ、いわれのない誤解だと思うんだよ、ハニー。ジョーも相手のことを知らないって言うし」

「そうだろうね。だからとりあえず行ってくるよ。一緒にやってる料理部の子に話を聞けば、何かわかるかもしれない」

私が部屋を出ようとすると、ゲージがついてこようとした。そこで私はゲージを押しとどめて、ブッチを手招きする。

「二回目は違う面子《メンツ》で行かないと、同じことになる可能性がある」

「ふむ。確かに」

私はうなずいたブッチと共に階段を降り、雑貨屋カフェに向かった。念のため教室を外から覗き込むと、間の悪いことに料理部の先輩が顔を出している。そこで私は苦肉の策として、ブッチを単身で送り込むことにした。

「で、何をすればいいんだ」

「雑貨の方のコーナーに行って、安い物を買ってみて。それで大丈夫なようなら、ビーズで出来たサクランボ柄のお財布を探すの。でもって妹にとかなんとか言って買ってきて」

お金は私が払うから。そう言って背中を押すと、ブッチはためらいながらも雑貨の置いてある方へと近づいていった。女子率の高い室内に送り込むのは酷だと思ったが、ブッチは天文部の中で唯一《ゆいいつ》面の割れていない人材だからしょうがない。

やがてブッチは意を決したように、店番の女の子に声をかけた。ミディアムヘアでおとなしい感じのその子は、午前にはいなかった人物だ。彼女は最初ブッチに驚いたようだったが、軽くうなずいて商品を袋に入れている。その間彼女は愛想のいい微笑《ほほえ》みを浮かべていたので、ブッチも油断したのだろう。

机の隅を指さして、ブッチが何か言った途端に表情が変わった。そして包んでいた商品を机の下に隠し、ブッチがお金を差し出しても受け取ろうとはしない。

もしかして、あのお財布自体が地雷なんじゃないかな。私はふとそんなことを思った。そのとき、窓辺に貼《は》りついている私の肩を誰かが叩《たた》く。

「ヤッシー、こんなとこで何してるの」

藍子が不思議そうな表情でこっちを見ていた。

「え？　あ、その、部活の仲間を連れてきたんだけど、先輩が中にいるから、ちょっと入りにくくてさ」

「そっか。もしかしてあの男子？」

彼女は室内を見ると、ブッチを指さす。

「うん。超浮いてるでしょ。でも妹に何かあげたいらしくってさ」

「ふーん、見かけによらず優しいんだね」

やっぱりあのガタイは圧迫感があるのかな。彼女の感想を聞いて、私は苦笑した。

「ところで、手芸部って料理部と仲いいの？」

「あー、なんか先輩の代が仲よかったみたいだね。今年はなんとなくその流れで一緒にやってるって感じ」

「今、店番してる人は何年生かな」

むっとした表情でブッチの相手をしている女の子を示すと、多分二年生だと言う。

「うちらの代じゃ、もうそこまで交流はないんだけどさ。でもなんか態度悪いね、あいつ」

「機嫌でも悪かったのかな。それとも男は嫌いとか」

「あ、それはないでしょ。だってあいつ、前にオトコと歩いてたし」

そうなんだ。てことはやっぱり、誤解なのかも。

「ヤッシー、先輩帰るみたいだよ。反対側から入れば」

藍子にうながされて、私は手芸部側の入り口から中に入った。そしてブッチに近づくと、店番の彼女と向き合う。すると彼女は、目に見えて表情を変えた。仲間を呼んだと思われたのかもしれない。

「ねえ。なんで売ってくれないの？」

単刀直入にたずねてみると、彼女は怒りを隠そうともせず答えた。

「なんで？　それ聞くんだ？」

「多分、誤解があるんだと思うから。そもそも私たちは、あんたやこの部に関して、なんら悪いことはしてないはずだし」

「……へえ」

おとなしい顔の彼女は、予想外にはすっぱな表情をする。この子、多分見た目が地味なだけで、それなりに経験がある。

「何が良くなかったのかわからないけどさ、悪意はないからとりあえず普通のお客さんとして扱ってくれないかな」

まずは低姿勢。戦闘が得意なスパイといえど、いきなり手を出したりはしないのだ。なのに彼女は、そんな私の態度を鼻で笑った。

「無理。ていうか意味わかんない。どうせあんたもこの男も、あの暗い女の仲間なんでしょ。気持ち悪い」

ジョーのことを指してるんだ。そう思った瞬間、頭に血が上った。

「あんたさあ、いいかげんにしなよ？」

ドスの利《き》いた声を出して睨みつけると、彼女は少し怯《ひる》んで後ろへ下がる。しかし思い直したように顔を上げ、私とブッチを交互に見た。

「それはこっちの台詞《せりふ》なんだけど。どこまで馬鹿《ばか》にしたら気が済むわけ？　サイテーじゃない？」

「……馬鹿にした？」

思わず素の表情で聞き返すと、彼女は激昂《げきこう》する。

「ふざけないで！」

「え？　だって何が何だか」

「誰だか知らないけど、もう帰ってよ！　そんなに笑いたいなら、笑えばいいでしょ！　どうせあの女だって、セット使われただけのくせに！」

そう言い捨てるなり、脱兎《だっと》のごとくしきりの向こう側に駆け込んでしまった。その場に残された私とブッチは、ものすごく気まずい感じで他のお客さんたちから見つめられている。

「こっちがいじめたわけじゃないっての」

ぼそりとつぶやくと、ブッチが無言で両手を上げた。

「何それ」

「痴漢はしていません、のサイン」

「バカ」

ブッチの背中を叩いて、私は出口へ向かう。そこへ桃が追いかけてきた。

「何あれ。ていうかヤッシーとあいつ、何かワケアリ？」

「ううん。なんもナシ。でもなんか誤解してるみたいでさ、話聞かねーったら」

「あー、ねえ。メンドクサそうなタイプだよねえ」

騒ぎを起こしたのに、無条件にこっちを信じてくれる友達。女同士に友情は成り立たないなんて言った奴《やつ》はどこのどいつだ。

「面倒くさそう、ってことは普段からキレやすいのか」

ブッチの質問に、彼女は軽く首を傾《かし》げる。

「なんだろう。キレやすいっていうよりは、粘着っぽいっていうか、そんな感じ？

一緒に店作ってるときとか、超細かいとこまで口出ししてきたから」

「手芸部らしいな」

「差別発言だろ、それ」

私はブッチの背中を、今度はかなり力を込めて叩いた。ブッチは「脊髄《せきずい》への攻撃は禁止」などとプロレスっぽいことを言いながら逃げる。

「とにかく、なんか聞けそうなことあったら聞いとくよ」

「サンキュ。うるさくしてゴメン。また明日ね」

桃に手を振って教室を後にすると、私たちは天文部の展示室に戻った。

「無事かい、ハニー」

「んー、微妙？　悪化させたような気もするし」

不安そうなジョーの隣に、私は腰を降ろす。

「でも、ものすごい誤解だってのはわかった」

「どういうこと」

私はブッチから聞いた雑貨屋での会話と、その後の騒ぎまで詳しく語って聞かせた。

「最初、俺は携帯のストラップを買おうとした。そのときはごく普通の対応だったから、安心して例の財布を指さしたんだ。あ、これ妹が欲しがってたやつだって」

「それ、まずくないか。ブラザー」

だって欲しがってたって言葉で、自動的にそれを買おうとしたジョーを思い出すじゃん。ゲージがなかなか鋭い意見を出す。

「うん。それで地雷踏んじゃったみたいなんだよね」

「ごめんメーン」

ふざけてるのか。私がじろりと睨《にら》むと、ブッチは大きな身体《からだ》を縮めてみせた。

「とにかく、キーワードは『馬鹿にしてる』と『笑いにきた』ってこと。はた迷惑な話だけど、あの子の中ではジョーを中心とした私たちが、ものすごい悪者になってるみたい」

「私、あの人に会ったのは多分今日が初めてだと思う……」

「だよね。私もそうだと思うし」

初対面の相手が自分を笑いにきたと思う状況っていうのは、一体どんな感じなんだろう。そもそも、なんで「この人物が自分を笑いにきた」ってわかるのか。

「メインがジョーってことは、何かジョーにしかない特徴がポイントなんじゃないかな」

私と行って、ジョーだけがそう思われるってことは。

「黒髪。色白。真面目《まじめ》そう。無口。スカートの丈が普通」

指を折ってブッチが数える。

「背は普通だし、判断基準にならないか。あとは……」

ちらりと私の方を見る。はいはい、わかってますって。

「美少女。ていうか美人でしょ」

投げやりな口調で、私は自分から申告した。すると何故《なぜ》か矢のような早さでゲージが否定する。

「違う違う違う！　ジョーは正統派で清純派の美少女。でもってギィは現代風でエッジの立った美人。アンダスタン？」

「そこは別にどうだっていいから！」

いちいち恥ずかしいタイミングで滑り込んでこないでよ。私は心の中で文句を言う。

「それはそれとして、今までの条件に当てはまる人物って、ジョーしかいないんだろうか」

「うーん……」

確かにジョーは美少女だけど、この学校一ってほどの強烈な綺麗《きれい》さじゃない。それに黒髪で真面目そうな女の子なんて、きっと他に何人もいる。しばし考え込んでいると、五時のチャイムが鳴り響いた。

『本日の開校時間は終わりました。残っている生徒は、すみやかに下校して下さい』

釈然としない気持ちは残っていたものの、私たちはとりあえず立ち上がる。謎《なぞ》は、明日まで持ち越しだ。

＊

暗くなった道を歩きながら、私は謎について考える。さっきはそこまで話が進まなかったけど、気になっていた言葉があるのだ。

『どうせあの女だって、セット使われただけのくせに！』

セット？　そう聞いて私が思い浮かべるのはヘアサロンでの髪のセット。でなければ映画なんかのセット。まあ、一番ありがちなのは何かを集めた『なんとかセット』だろうけど、今は学祭だから演劇部のセットっていう可能性もある。でもそれを使われるっていうのは、どういう意味なんだろう。

普段より早く家に着くと、女がリビングでテレビを見ていた。

「ただいま。あの人は」

「今日は九時過ぎになるらしいわ」

「ふうん」

それなら平和なうちに夕食をとってしまいたい。私がそう言うと、女は悲しそうな顔でうなずいた。

ご飯とお味噌汁《みそしる》は出来ていたから、後はブリの照り焼きを焼いて食卓についた。女と私は向かい合って、しばしもくもくとご飯を食べる。ジョーのときとは違って、この沈黙は不快だ。テレビ番組の笑い声が、空気の中を上滑りしながら漂っている。

黙り込む私に、女が何気ない風でたずねた。

「……あっちゃんは、卒業したらどこへ行くのかしら」

「え？」

「あなたは、ここを出て行くんでしょう？」

何でいきなり。私が驚いて黙っていると、女は寂しそうに微笑《ほほえ》んだ。

「わかってるのよ、それくらい」

だってあっちゃん、一度リビングに住宅情報誌を忘れていったでしょ。女はさらに続けた。

「ずっと駅ビルでアルバイトして、お金を貯《た》めてるのも知ってるわ。近所の奥さんが教えてくれたから」

「な……」

私は混乱して、言葉を失った。スパイ活動がここまでばれていたなんて、あり得ない。

「あっちゃんを見た奥さんはね、お嬢さんすごく丁寧でしっかりしてるわねって、ほめてた。嬉《うれ》しかったわ」

そうか。同じ街なんだから、年配の人に見られることも想定しておくべきだった。私は自分の落ち度を呪《のろ》う。

しかし女は、箸《はし》をぱちりと置いて私を見た。すごく久しぶりに見る、まっすぐな視線。

「ごめんなさい」

私はまだ、口を開くことが出来ない。

「あなたのことを守れなくて、ごめんなさい」

なんで今、そんなこと言うの。この女、ゲージと同じくらいタイミングが悪い。

「やめてよ。なんでそんな――」

「だって、なかなか言うチャンスがなかったから」

「じゃあ、あの人は」

「知らないわ。遅く帰ってくるのも、あなたが遊んでるんだって信じてる」

それを聞いて、少しほっとした。あの男にだけは知られたくなかったから。

「お父さんは、弱い人よ」

「知ってる」

強かったらあんな状態にはならないだろうからね。そっと皮肉をつぶやく。しかし次の瞬間、私は自分の耳を疑った。

「優しくて弱いから、現実を直視できないの。でもお姉ちゃんに続いてあなたまで家を出れば、少しは身に染《し》みるかもしれない」

ちょっと待って。身に染みるって、私はあの男を改心させるために家を出るわけじゃないんだけど。

「……いつか、私たちを許して」

おいおいおい。私は心の中で、マンガのようにコケた。

なんのかんの言って、この女もあの男とおんなじだ。優しさを隠れ蓑《みの》に、結局自分たちのことしか考えてない。

一瞬でも気を許しそうになった自分が馬鹿《ばか》だった。私は部屋に戻り、猪木《いのき》になったつもりで自分に強烈なビンタをお見舞いする。

許す前提で家出する馬鹿いるかよ。


翌朝、私はいかにも「内緒ね」という表情で女に笑いかける。すると女は喜びを隠そうともせず、私の皿にイチゴを数粒載せた。それを見ていた男は不思議そうな顔をしたものの、いつものように新聞に目を落とした。

理解したふり。されたふり。自分の落ち度をカバーするため、今日から私は新しいミッションに入った。幸い調理師免許に関してまでは知られていないようだから、チャンスはある。あの女は、家を出た私がやがて金銭的な面で自分に頼ってくると信じているのだ。そしてその点こそが、私のアドバンテージとなる。

もう一段深く潜って、今度こそ確実に不穏分子としての自分を消し去る。そう。今ならまだ間に合う。越境後の私は、決して追わせない。

＊

いつもより少し時間に余裕のある朝。私は学校へ行く途中で、バイト先に寄ってコーヒー豆を買う。

「観測会なのか？」

「はい。ただキャンプファイヤーの後なんで、煙とかちょっと気になりますけど」

私が買った豆を挽《ひ》いていると、カウンターの中で店長が大きなため息をついた。

「ああ、いいなあ。キャンプファイヤー、もう一度やりたいなあ」

「どんだけ行事好きなんですか」

「行事じゃなくて、キャンプファイヤーが好きなんだよ。暗い夜の中、炎で照らされると、いつものクラスメートが違う感じに見えたりしてさ。んもうとにかくロマンチックなんだって」

ロマンチックねえ。単純に火を見て興奮してるだけなんじゃないかなあ。だからこそ喧嘩《けんか》が多くて大変って田代もこぼしてたわけだし。朝シフトの女の子が隣で苦笑しているのに、店長はうっとりと遠い目をした。

「……キャンプファイヤーの夜は、必ずカップルが生まれるんだ」

「はいはい」

私は粉を袋に詰めると、店を後にした。

教室に顔を出すと、すでに皆が揃《そろ》っていた。

「おはよ」

「何か変わったことは」

「まったくナシ」

展示が剝《は》がれたりもしないし、内容にクレームをつけられたりもしていない。だから私たちがやるべきことと言えば、ほとんど記入されていないゲストノートのページを一枚めくるだけ。

「暇、かも」

ゲージが壁にもたれて目を閉じる。

「夜に備えて寝ておくとか」

パネルの裏の私物コーナーに腰かけて、ブッチがあくびをした。

「寝るにはまだ早いだろ」

私は受付に座っているジョーの横を通り過ぎ、窓ガラスに手をつく。どことなく手持ちぶさたな感じ。外は晴れているけど、空気は秋らしく冷たい。なのに室内はぼんやりと暖かくて、静かだ。

「そういえば、昨日ジョーの件について考えたんだけどさ」

ゲージの声に皆がはっと顔を上げる。

「できれば今日、解決しときたくない？」

「今日？」

「だって学祭中じゃないと、あの子と接点ないよね。この後わざわざ二年のクラスまで行って呼び出しかけるのも大げさだし、そこまですることでもない。だったら、今日のうちにスッキリしときたいなって思ったんだけど」

確かに、学祭が終わってまで追いかけることじゃないのかもしれない。でもジョーはずっと気になるだろう。そこで私は片手を上げる。

「賛成。ジョーさえ嫌でなきゃ」

「俺も」

ブッチも座ったまま手のひらを見せた。最後にジョーを見ると、静かにうなずく。

「理由もなく恨まれてるのは、支障がなくても不快」

意思の確認が取れたところで、私は昨日の帰り道で考えていた『セット』についての話をした。

「セットを使われる、って……。城の背景立てて写メ撮ったりしたとか」

「でも使われる、という文脈だったら舞台のセットより何か救急セットみたいな印象がある」

ブッチがセットセット、と繰り返す。

「セットと言えばセットメニュー。半チャンセットに、餃子《ギョーザ》セット。ランチのセットものって多いよな」

「ランチを使われるってどういう状況だよ、ブラザー」

ブッチとゲージの漫才を聞きながら、私もセットについて考えた。使われるってことは、多分そのセットは食べ物じゃなくて実用的なものだ。そして自分じゃなくて、他者が使うもの。

「……エステとか？」

私がつぶやくと、ゲージが首を傾《かし》げた。

「ハニー、どこをどうするとエステが出てくるんだい」

「『使われた』と『くせに』って言葉にはまりやすいのは、なんか美容っぽいイメージかなと」

どうせあの女だってエステセットを使われただけのくせに。ブッチが当てはめて発音する。

「ああ、それならジョーが美人だってことへの反論になるな」

「ということは、彼女はエステセットを使って失敗したとか？」

ジョーの言葉で、私は彼女の顔を思い出す。確かに美人じゃない。でもどちらかといったら可愛《かわい》い部類で、モテそうな感じだった。

「んー、なんかスッキリしないなあ」

やっぱり違う方向で考えてみるべきなのかも。私は彼女を思い出す。初対面で敵だと判断した理由。

「ていうかさ、そもそもなんで午前中は無事だったのかな」

ふと、ゲージの発言に引っかかるものを感じた。

「店番が違ったとか」

ジョーの答えは確かにそうだと思う。でも、もし私たちの方が午前と違う状態だったら？　例えば午前中にあの子が不信感を抱き、それを決定づけるような何かがあったとしたら。

「午前は二人で、午後も二人……」

違うのは、一緒に行った相手が私かゲージかという部分。だけど他にも何かないのだろうか。そこでふと、私はジョーを見た。髪型は昨日と同じ。制服もいつもと同じ。袖口《そでぐち》も折り返してないし、胸元も開けてない。でもって昨日と同じセーターを着ている。セーター？

「ジョー、そのセーターって昨日の午前中に買ったんだよね」

「え？　そうだけど」

「違うっていったら、そこしか残ってないかなって」

初対面の人をその人だって思うには、何か目印がないといけない。でもジョーの外見だけじゃ、特定するには足りない。だとしたら、午後になってから着たセーターが有力だと思ったのだ。

「それ、どこで買ったんだいスイート」

「お菓子じゃないし恋人じゃないけど、確か運動部のバザー」

私はパンフレットを開いて、一階の地図を指す。

「これ。サッカー部がやってる『Jバザー』」

「Jリーグに引っ掛けてるのかな」

「そういえばこのセーターにも、Jがついてる」

私とゲージとジョーが地図を覗《のぞ》き込んでいると、突然ブッチがジョーの肩に手をかけた。

「脱いでくれ」

「えっ？」

「セーター、脱いでみてくれないか」

セクハラかと思うような発言に首を傾げながらも、ジョーはセーターを脱ぐ。それを受け取ったブッチは、裏返して私たちに見せた。

「なんのタグもない」

つまり手作り。それが意味するところに思い至った私は、怒りが込み上げてくる。

「それがどうかしたの？」

とぼけた発言をするゲージを、私は軽くどついた。

「あのさ、これは手芸部じゃなくて、サッカー部のバザーで売られてたんだって！」

「それはわかってるよ」

「じゃあこれは誰が作ったんだって話」

無理やりに考えるなら、部員の家族。お母さんがバザー用にと編んでくれたとか、息子としては恥ずかしくて着られないから売りに出したとか。でも一番ありがちで嫌なパターンは。

「……もしかして、恋愛がらみ？」

「そう。彼女か後輩かわからないけど、女からプレゼントされたものに袖も通さず、売りに出した部員がいるってこと」

それ、駄目じゃん！　全員の心の声をゲージが代弁した。

「あ。だとするとあの子が怒ってたのって」

ジョーがブッチから渡されたセーターを見つめて、悲しそうな顔をする。

「これの作者だからなんじゃないかな」

私はどんよりとした気分で、Jのイニシャルを眺めた。もしかして、Jリーグじゃなくて淳一とか譲治とかのJなのかな。

「そりゃ怒るわ」

ゲージがため息をつくと、ブッチがそれに異を唱えた。

「いや。怒るのはおかしくないか」

「どうして。だって自分が編んだセーターを、別人が着て現れたんだよ？　怒るだろ、ブラザー」

「ショックだとは思う。でも何故《なぜ》その矛先がジョーにいくのかがわからない。まずはバザーに出した男に腹を立てるのが先だろうに」

あ、そうか。全員が納得する。

「つまりあの子は、これがバザーに出されたことを知らなかった」

「売られたってことを知らなきゃ、ジョーが男から直に貰《もら》ったと考えるのが普通だよね」

そこで私はある結論にたどり着き、衝撃を受けた。

「ジョー、あんた顔も知らない男の今カノになってるよ！」

＊

手芸部の彼女は元カノで、その眼の前に自分が編んだセーターを誇らしげに着た今カノが姿を現した。手っ取り早くいうと、状況はそんな感じだったんじゃないだろうか。

「うわー、そりゃ馬鹿《ばか》にしにきたって思うわ」

ていうか宣戦布告。あるいは勝利宣言。彼は私のものだから、もう手を出さないでね、みたいな感じ。

「昼ドラの世界じゃん、それ」

こわー、と言いながらゲージは両手で身体《からだ》をさする。

「でも、それなら解決は簡単だ。バザーで買ったと言いに行けばいい」

「だよね」

私がうなずくより先に、ジョーはセーターを畳んで立ち上がった。

「行ってくる」

何となく一人で向かわせるのも嫌だったので、私も後を追う。階段を降り、一階の廊下に出ると昨日と同じ喧噪《けんそう》が私たちを包んだ。人波をかき分けるようにして進み、雑貨屋カフェに辿《たど》り着くとちょうど彼女が店番をしている。今日は日曜日なので外部からの客も多く、料理部のカフェも賑《にぎ》わっていた。

手芸部の彼女はこちらに気づいたものの、幸い接客中なので私たちを追い払うことが出来ない。私は周囲の客足が途絶えないことを祈りつつ、彼女のそばに近づいた。

「ちょっと」

私が声をかけると、聞こえなかったように無視をする。するとジョーがセーターを差し出して言った。

「これ、昨日バザーで買ったの」

「え」

一瞬、彼女の動きが止まる。それを逃さないようにジョーはたたみかけた。

「『未使用』って書いてあったから買ったんだけど、もしかしてあなたの作品かと思って」

彼女は不審そうな表情で、ジョーと私を交互に見つめる。

「昨日、あんたがあまりに喧嘩腰《けんかごし》だったから理由を考えてみたの。そしたらこのセーターが原因なんじゃないかなって思ってさ。違う？」

そう言うと、ほんの少し雰囲気がゆるんだ。

「……一つ聞きたいんだけど」

「何」

「バザーって、どこの」

うわ。あえてジョーが言わなかったのに。自ら踏み込んだか。

「サッカー部」

それを聞いた瞬間、彼女は唇をぎゅっと噛《か》んだ。

「……何も知らずに、着てきたってこと？」

「そう」

ジョーがうなずくと、彼女は苦しそうな笑みを浮かべる。

「それで言いにきたってことは、大体わかっちゃったってことだよね」

私は黙って首を縦に振った。するとジョーがいきなりおかしなことを言い出す。

「ところでこれ、返した方がいい？」

「は？」

当たり前じゃん。気持ちの詰まった手編みのセーターなんか、男に叩《たた》き返してやればいいのに。私がぶつぶつ文句を言っていると、ジョーはさらに続けた。

「すごく着やすくて、編み目も綺麗《きれい》。あったかいし、市販の品かと思うくらい出来がいい。もし良かったら、このまま着ていたいんだけど」

そう言って、丁寧に畳んだセーターを愛《いと》おしそうに撫《な》でる。

「これ、とても好き」

彼女は今にも泣き出しそうな表情でジョーを見ると、何度もうなずいた。

救われたセーター。救われた彼女。ジョーはスパイのくせに聖人みたいだ。

結局、彼女は私たちが想像したとおりの状況に陥っていた。さらに想像よりもまずかったのは、新しい彼女は『黒髪で落ち着いたタイプ』という情報が先に届いていたこと。

「だからてっきりこの人だ、って思い込んじゃって」

なのに違う男の人を連れて来たから、余計びっくりしたのだと彼女は言う。

「彼なんかもうとっくに振ってやったわよ。あんなオトコに引っかかって馬鹿みたい。そう言われてるみたいで。だから……」

ごめんなさい。彼女はそう言って頭を下げた。

「ちなみに相手の奴《やつ》、そんなにコロコロ女変えるの？」

「多分。学祭ごとに違う女連れてるって誰かが言ってたし」

うわあ、嫌な奴。思わずつぶやくと、彼女がくすりと笑った。

「うん。嫌な奴だった」

「えーと、余計な詮索《せんさく》かも知れないけど、名前にJがついたりする？」

ものすごくベタだけど、当たり。彼女は苦笑しながら、机の下からサクランボ柄の財布を取り出す。

「これも私が作ったの。よかったら、貰って」

しかしジョーはそれを押しとどめて、自分の財布を出した。

「ちゃんと買わせて。私はどうやら、あなたの作るものが好きみたいだから」

「でも」

「価値を認めたからこそ、お金を払いたい。払わせて?」

ああもう。私はジョーを眺めてため息をつく。どうせ恋をするなら、こういう人相手にするべきだと思うよ。

＊

彼女はこれでいいとして、やっぱり相手の男には一言文句を言ってやりたい。教室を出たところで私がそう訴えると、ジョーもうなずいた。

「ちょっと、聞きたいんだけど」

サッカー部のバザー会場に行き、店番の男子に声をかける。

「ここの部員で、名前にJのつく人って誰?」

「え？　えーと、純也《じゅんや》先輩かな」

一年生と思《おぼ》しき男子は、質問の意図などまるで考えずに正直に答えた。

「他にはいない？」

「あ、はい」

答えた後で彼は、ふと不思議そうに私の顔を見る。

「あの、それが何か……」

そこで私は不必要なほどに前屈《まえかが》みになって、彼の耳元に口を寄せた。

「『J』って人がカッコいいって聞いたから、会ってみたかったの。でも恥ずかしいから、本人にはナイショよ」

彼はキラキラのグロスに眼がくらんだように、赤くなってうなずく。

「どこに行けば会えるかな」

「えっと、店番には入らないので、キャンプファイヤー前の撤収時間に来ると思います」

なるほど。店番は一年に任せて、自分は遊び回ってるのか。いかにも体育会系らしい上下関係だ。

私が彼に話しかけている間、ジョーは再びバザーの品をひっくり返している。そこで彼にお礼を言ってからジョーに近づくと、手元に集めてあった品を示して見せた。

「これもこれもこれも、多分プレゼント」

刺繍《ししゅう》の入ったタオルやソックスはいかにもだけど、海外のクラブチームのTシャツ？　明らかな市販品に私が首をひねると、ジョーはタグにひっそりと縫いつけられた『WIN』の文字を指さした。

「うっわー……」

せめて切り取って売れよな。私はその羞恥心《しゅうちしん》のなさに腹が立った。

「あと、あのポスター。『セット』ってあれのことじゃないかな」

ジョーに言われてみると、そこには『ファイヤーセット』と書かれたポスターが貼《は》ってある。確かに昨日も目にしていたけど、すっかり忘れていた。でも手芸部の彼女とサッカー部がつながった以上、これは無視できない感じがする。そこで私は再度店番の男子に声をかけた。

「ねえ、あの『ファイヤーセット』って何？」

「あ、あの」

おかしなことに、彼は口ごもったまま辺りを見回す。その動揺した表情は、まるで味方を捜すいじめられっこみたいだ。

「その、お菓子のセットなんです」

「お菓子？」

「はい。キャンプファイヤーのときに食べるおやつセットみたいなもので、スナックとジュースのペットボトルが入ってます」

それはなかなか気が利《き》いている。私は情報を貰ったお礼ついでに、そのセットを買いたいと申し出た。すると彼は何故か首を振る。

「何。売り切れなの」

「そうじゃなくて、割高なんです。買わない方がいい」

値段を聞くと、小袋のポテチとコーラで五百円。明らかに暴利だ。

「教えてくれてありがと。でも売り上げが減ってセンパイに怒られない？」

普段は出さないトーンの声で、にっこり。ゲージが見たら笑い死にしそうだけど、
一年生男子は頬を染めてうつむく。

「大丈夫です。あのセットは、どうせ男子にしか売らないから」

「男子？」

私が繰り返すと、彼ははっとした表情で顔を背けた。そしてその後は、私が何をたずねてもちゃんと答えてくれない。

何かまずいことを言っちゃったんだな。私は彼との会話を諦《あきら》めると、ジョーと共に会場を出た。

＊

男子にしか売らないセット。それを考えると、行き着く先は一つ。昼食を終えた私たちは、ペットボトルのお茶を手に話し合っている。

「要するに、先生にバレたらまずいものを売ってるんだと思うんだけど」

「まずいものって、もしかしてAVとか？」

微妙に嬉《うれ》しそうな顔で、ゲージが身を乗り出した。

「でなきゃ花火とかクラッカーとかの火薬」

ブッチの意見に、私とジョーはうなずく。H路線もありかもしれないが、『ファイヤー』と謳《うた》っているからには、やはり今日使えるもののような気がしたからだ。

「あ、でも『使われる』ものなんだよね」

その内容は手芸部の彼女に聞けばわかる。そうわかってはいても、不快なことを聞きに行くのは気が進まない。私はじっとゲージを見つめる。

「まあ、早い話が買いに行けってことだよね」

察しの良い彼は、立ち上がってブッチをうながした。

「乞《こ》うご期待！」

映画の予告編のような台詞《せりふ》を残して、ゲージとブッチは教室を出てゆく。

しかし、すぐに戻ってくると思っていた二人はなかなか帰ってこない。

「まさか本当にAVで、そのチョイスに時間がかかってるとか？」

私が冗談を飛ばしていると、ちょうど二人が姿を現した。

「どうだった？」

ジョーがたずねると、ゲージがものすごく微妙な表情をする。口をへの字に曲げて、困ったような悲しいような、そんな顔。

「なんか、あったわけ」

再度たずねると、ブッチは黙ってパネルの裏側に回り、私たちを手招きした。

「そっちじゃ、開けられないから」

茶色い紙袋を持っているところを見ると、それが『ファイヤーセット』なのだろう。

私たちが裏側に回ると、ブッチは二つの袋を机の上に載せた。

「念のため、別々に買ってみた。そうしたら中身も違った。それでまずは、俺のを開ける」

ブッチがそこからつかみ出したのは、小さなミネラルウォーターのペットボトル。見ると、三百ミリリットルと書いてある。そしてもう一本は五百ミリリットルのコーラ。

「これだけ？」

おかしな取り合わせに、私は首を傾《かし》げた。けれどそれを見つめていたジョーが、小さく声を上げる。

「このボトル、開封されてる」

「え？」

ジョーが指さしたのは、ミネラルウォーターのボトル。

「俺は開けてない」

ブッチはそう言いながら、ボトルの栓をひねり、私に差し出した。

「何、飲めっていうわけ」

「飲まなくていい。匂《にお》いを嗅《か》いでみてくれれば」

鼻先に近づけると、水は何故《なぜ》か甘い匂いがする。より深く嗅ぐと、むっとアルコールが立ち上った。

「これ、焼酎《しょうちゅう》!」

無色透明なお酒は、ペットボトルに移し替えれば水にしか見えない。これなら教師が間近に迫らない限り、飲酒をしているとはわからないだろう。

「……こんなの売ってたから、キャンプファイヤーが荒れたんだ」

田代の愚痴を思い出して、ちょっと気の毒に思った。

「でも、これを『使われる』ってことは、もっとよくないことだよね」

ジョーが真剣な表情で私を見る。水のようなお酒。いつもとは違うシチュエーション。ちょっとカッコいい先輩。ここまで揃《そろ》ったら、答えは一つだ。

「酔わされたんだよ」

好きだったんだとは思う。でも、普通の状態でそうなるのと、酔った状態でそうなるのとでは明らかに行為の意味が違ってくる。

「あーもう! いちいち腹立つな、あの部!」

怒りに任せて、足で椅子《いす》を蹴飛《けと》ばした。じんとしびれるほどの衝撃があったけど、それでも気持ちはおさまらない。お酒に罪はない。でもお酒を飲んで暴れたり、女の子をどうこうしようとする奴《やつ》なんか、死ねばいいと思う。

しかしそんな私の袖《そで》を、ジョーが軽く引っ張った。

「ゲージの袋が、まだ開いてない」

そういえばそうだった。戻ってからずっと口をつぐんでいたゲージは、ブッチにうながされてようやく喋《しゃべ》り出す。

「……まず最初にブッチが行って、『ファイヤーセットが欲しいんだけど』って聞いたら、先生には言わないってことを約束した上であれが出てきた。戻ってきたブッチにそれを見せてもらった俺は、店番の奴に『ファイヤーセットって一種類しかないの？』ってたずねた」

「そしたら？」

「店番の奴じゃなくて、側《そば》にいた三年っぽい奴が俺をじろじろ見て聞いたんだ。『彼女とかいんの？』って」

まあ、確かにブッチに女の影はない。お洒落《しゃれ》なゲージだからこそ、そんな質問が出たんだろう。

「それにイエスと答えたら、この袋が出てきた」

ジョーが覗《のぞ》き込もうとするのを、ブッチが制して手を入れた。まずは例の焼酎ボトル。それにコーラ。ここまではまったく同じだ。そして最後に出てきたのは。

「やだ……！」

ジョーが顔を背ける。私は目の前に連なったビニールを、呆然《ぼうぜん》と見つめた。

そういうものがあることは知っている。でも私はまだそれを使うような経験をしたことがない。だって、ギャルはただの隠れ蓑《みの》だから。

＊

お酒とジュースとコンドーム。それが『ファイヤーセット』の正体だった。これなら『使われた』という表現もぴったりくる。

「彼女に聞きに行かなくて、良かった」

ジョーのつぶやきに、私は激しくうなずいた。聞いてたら、きっと後悔していただろう。

「要するに、このセットは三種類あったんだ」

疲れたような声で、ゲージは説明する。

「先生や女子みたいに、ばれては困る相手にはスナックとジュース。騒ぎたいだけの普通の男子には酒。そして女目当ての奴にはこのセットが出てくる」

「でも、ゲージの場合は特別だったと思う。三番目のセットは、それを知っている奴にしか売らないはずだから」

じゃあ、なんで出てきたの。ジョーがたずねると、ゲージはうつむいたまま答える。

「そこに三年がいたからだと思うよ。一年には、その見極めが許されてないんだろうし」

両手で顔を覆《おお》って、くぐもった声で続けた。

「そいついわく、コーラが一番バレにくいんだってさ。でもってバレたらバレたで、炎の前で告白すればたいがいの女は落ちるんだそうだ」

「……サイテー」

マジで殺してやりたい。私がつぶやくと、ゲージはうなずく。

「俺も、本当に最低だと思う」

「俺も」

ブッチが袋の口を固く閉じた。するとジョーが、その袋に手を伸ばす。

「ちょ、触っちゃ駄目だよ、ジョー！」

慌《あわ》てて奪おうとするものの、ジョーは素早い手つきで袋からコンドームを取り出した。

「な、何すんの」

三個つなぎのそれを広げてから、展示に使った油性マジックを手にする。

「名前、純也だったよね」

言うなり、その名前をパッケージの上からでかでかと書いた。しかもご丁寧なことに、『サッカー部所属』とまで。

「これを、職員室の前にでも落としておく」

ぱちりとキャップを締めて、ジョーは得意げに微笑《ほほえ》んだ。なんという冷静さ。さすが有能なスパイは、器が違う。

「だってこれ、どうせ学校じゃ捨てられないし、でも持ち帰って捨てるのも嫌でしょ。だったら、本人に返せばいいかなって」

それならペットボトルも返さなきゃなあ。ブッチの提案で、私たちは二本のペットボトルにそれぞれ名前を入れた。

「でもこっちはただのゴミと思われるかもしれないから、わかるようにしておいた方がいいと思うよ」

ゲージの意見で、ペットボトルにはそれぞれ『酒』と書いたメモを貼《は》りつける。置いてくるのは、キャンプファイヤーの警備で先生が減る五時以降。これなら顔も知らない『J』に一発食らわせてやることも出来るし、理想的だ。

「んー、でも今回の被害者に間に合うかどうか」

私が微妙なタイミングに頭を悩ませていると、ブッチが「あとは先生の対応次第」と肩を叩《たた》いた。

夕暮れ。四時に学祭終了のアナウンスが流れると同時に、私たちは素早く片付けに入る。展示が単純なのが幸いして、模造紙を剝《は》がしたら後はパネルを所定の場所に運ぶだけの簡単な撤収だった。

私物やマジックなどを部室に持って行くと、途中の廊下を藍子と桃が歩いている。

「お疲れ」

「あーヤッシー、お疲れちゃーん！」

桃が笑いながら、ハイタッチをしてきた。

「あのさ、例の手芸部の子、無事和解したから」

「マジ？　良かったねえ。そしたらこれあげる」

クッキーの袋を下げた藍子は、その一つを差し出す。

「いいの？」

「うん。どうせ売れ残りだし、よかったら部活のヒトと食べてよ」

「サンキュ。でも材料費くらい出させてよ」

私が財布を出すと、じゃ百円、と桃が手を出した。

「まいどありー」

「八百屋かっての」

キャンプファイヤーを見て帰るという二人に、私は別れ際《ぎわ》忠告した。

「ジュースに酒混ぜて、女の子をどうかしようって奴もいるみたいだから、飲み物すすめる男子には気をつけてね」

「何それ。ほとんど犯罪じゃん」

「うん。見つけたら死刑にしてやって」

オゲー、と言いながら二人はガッツポーズを作る。


寒さ対策に部室で私服に着替え、屋上で観測会の準備をしているとキャンプファイヤーの開始を告げるアナウンスが流れた。屋上の端から校庭を見ると、野外ステージでは早くもバンド演奏が始まっている。そしてその音楽に合わせて走り込んできた生徒が、中央に炎を投げ込んだ。

「聖火ランナーみたいだな」

それを見ていたブッチが、ぼそりとつぶやく。

「毎年あの役は人気で、抽選なんだよブラザー」

ゲージがスプーンで校庭を指す。今日は秋野菜の他に、ブッチが茹《ゆ》で栗《ぐり》を持ってきてくれたのだ。

「その他にも、あのステージでコスプレミスコンとかフィーリングカップルとか色々あって盛り上がるんだけど……聞いてる？」

「聞いてる聞いてる」

スプーンで栗をほじりながら、皆適当に返事をする。ほんのり甘くてぽくぽくした茹で栗は、カニと同じくらい人を無口にさせるのだ。

結局、キャンプファイヤーが燃えている間は、どうせ明るくて星が見えにくいので食事に専念することにした。ダッチオーブンを真似《まね》て土鍋《どなべ》の中に仕込んだサツマイモは、二つに割ると中からもわっと白い湯気が上がる。

「やっぱ秋は、栗と芋！」

ぱくりと頬張ると、しっとりと甘い。そこにジョーが、禁断の包みを差し出す。

「ギィ、この際カロリーは無視して」

言われるがままに個包装のバターをサツマイモに載せると、あっという間に熱で柔らかく溶けた。金色の液体が伝う部分を慌てて齧《かじ》ると、口の中が一気に洋菓子寄りになる。

「これは、スイートポテトっぽい」

肉好きのブッチまでもが、感心したように口を動かしていた。

「さて、じゃあじゃんじゃん焼いていこうか。ベイベー」

「赤ちゃんじゃないし恋人じゃないけど、串《くし》の方をお願い」

ジョーは空いた土鍋でお米を研いで、コンロの上で炊《た》き始める。その隣ではゲージが焼き網に焼き鳥や野菜串を載せ、くるくるとひっくり返していた。

「どんどん焼けるから、食べて食べて」

「オッケー」

この時間を楽しみに食事を控えていた私は、野菜串を中心に食べまくる。薄く切ったカボチャに人参《にんじん》、それにレンコン。直火《じかび》焼きするとどれも驚くほど甘くて、塩だけでどんどんいけた。

「やっぱり直火はいいな」

肉派のブッチは、ネギマや正肉の串を山のように重ねている。やがて土鍋のご飯が炊き上がり、ジョーが蓋《ふた》を取ると夜空に盛大な湯気が上がった。

「新米は、ギィの瞳《ひとみ》のように光ってるね」

ゲージの下らない冗談はさておき、私は家から持参したタッパーを開く。本日のメインは、それぞれが持ち寄った「ご飯の友」でのミニマムなバイキングだ。

私は白菜とナスの浅漬けで、ジョーはちりめん山椒《ざんしょう》。ゲージはナメタケの瓶詰めと海苔《のり》の佃煮《つくだに》を得意そうに並べ、最後にブッチが牛肉の大和煮《やまとに》缶を開けた。

「日本人に生まれて良かった……」

白菜でごはんを包んだジョーが、しみじみとつぶやく。土鍋で炊いた新米は限りなく甘く、さらにそこにお焦《こ》げの香りが加わるもんだからもうたまらない。

おいしくて楽しくて笑顔に満ちてて。食事の時間が、いつもこうだったら本当に幸せなのに。

＊

七時。合図とともにようやく火が消されると、あたりに煙の匂《にお》いが漂った。ちょうど食後のコーヒーを入れていた私は、サーバーを片手に立ち上がる。ジョー、ブッチ、ゲージと注いで最後に自分のカップに注ぐと、さっそくジョーがふらりと離れていった。

私も落ち着いて飲もうと反対側の端に行くと、何故《なぜ》かゲージがついてくる。

「何」

「あのさ、ここんとこちょっと考えてたんだけど」

コンクリートの縁石に腰をかけて、外側に足を降ろした。屋上は建物本体より少し狭く作ってあるので、足の下にも広いスペースがあって恐《こわ》くはない。ゲージは私の隣に腰を下ろすと、突然信じられないような台詞《せりふ》を口にする。

「ギィ、俺と結婚しない？」

瞬間、鼻にコーヒーが逆流するほどの勢いで私は吹き出した。

「な、何言ってんだよ！」

つきあってもいないのに結婚とか、あり得ないし！　動揺した私は、ハンカチを探そうとして、カップを倒しそうになる。それを片手で受け止めたゲージは、笑顔で続けた。

「嫌？」

「嫌とかそういうんじゃなくて、わけわかんないし！」

そうなりたくはないのに、勝手に頬が熱くなる。スパイはいつだって冷静で、自分の感情を隠しているべきなのに。

「炎よりもロマンチックな星空をバックにしてるのに、簡単には落ちないね。ハニー」

「……あったり前だろ」

どうにか自分を取り戻した私は、ゲージからカップを受け取った。

「でもさ、合法的に家を出るには最良の方法だとは思わない？」

「明治時代じゃあるまいし」

「でも、古い考えの人は多いよ」

まあ、確かに現代でも男女の分け隔てをする親は存在する。たとえば男は大学に行かすけど、女は短大で充分とか。

「サインして判子をポン、でもってバイト先の店長と田代あたりに名前を書いてもらえば、それでオッケー。簡単なミッションだよ、ハニー」

「オッケー、って」

「自由への道、近道バージョン。て感じ？」

馬鹿《ばか》だ。こいつは本物の馬鹿だ。私はお腹《なか》の底からこみ上げてくる笑いを、コーヒーで飲み下した。

「どうかな？」

「却下」

私はフォーマルハウトを見つめて、静かに答える。秋の南空にぽつんと輝く、ただ一つの一等星。別名を、秋の一つ星。

「でも本当に嬉《うれ》しいから、最後の切り札として考えておく」

一人で輝くことのできる私でいたい。でもそれを見守っていてくれる誰かがいたら、きっともっと遠くまで行ける。

「そっか。さすがだね、マイスイートハート」

ゲージが本気で残念そうな顔をするから、私は思わず余計な一言をつけ加えてしまう。

「……ていうか、大前提として私のこと好きなのかどうか聞いてないし」

瞬間、ものすごく嬉しそうにゲージが笑った。嫌な予感。するとその予感通り、ゲージは夜空に向かって叫ぶ。

「ギィは俺の太陽だー！」

今見えてないっての。私はゲージの後頭部を、平手で力一杯はたいた。

「いってぇ！　勇気を出して告白したのに、そりゃないよベイベー」

「勇気は認めるから」

私は料理部の二人に貰《もら》ったクッキーを取り出すと、有無を言わさずゲージの口にくわえさせる。

「しばらく黙ってて」

これ、ジョーとブッチにも配ってくるから。私はそう言い残すと、赤くなった頰を見られないように歩き出した。

＊

私の手元には今、三枚の切符がある。一つはお姉ちゃんがくれた封筒。次が調理師免許。そして最後の一枚は、ゲージからの言葉。

越境する準備は整った。あとは金の鎖を身につけて、仕事が終わると同時に列車に飛び乗ればそれでいい。

ジョー、ゲージ、ブッチ。私は同じ敵地で共に戦うスパイを愛《いと》おしく思う。

行き場のない夜を共有する我が同胞よ。
願わくば、あなたたちのコーヒーがいつも香り高きものでありますように。

化石と爆弾

俺は爆弾を持って歩いている。

一見それとはわからない状態に細工された強力な兵器。それが入った鞄《かばん》を提げて、俺は定められた時間に所定の場所へと向かう。

もちろんこれは極秘任務であり、保持していること自体が重大事項だ。もし俺が事故にでもあったら、この地域一帯は広い範囲で爆発にさらされてしまうだろう。けれどこの地の人間を無闇《むやみ》に傷つけることは、俺の本意ではない。だから外に出るときは、それなりに気を使う。問題の品は鞄の奥底にしまい込み、辺りをよく観察して、事前に決めたルートを確実にたどる。

「おはよう」

なじみになった若い男が、声をかけてきた。

「ああ、おはよう」

俺はごく自然な態度で挨拶《あいさつ》を返し、鞄をさり気なく反対側の手に持ちかえる。

「今日も寒いなあ」

男は警戒心のかけらもない表情で、話しかけてきた。彼は俺のことを、ただの隣人だと思っている。そう信じ込ませたのは俺だが、もし彼にこの鞄の中身を明かしたら一体どんな顔をするのだろうか。

「そういえば今日の体育、キーパー頼みたいんだけど」

「いいよ」

「マジで？　したらけっこうイケるかも」

男は嬉《うれ》しそうに笑うと、先を歩いていた仲間に声をかける。

「おーい、黄川田《きがわだ》オッケーだってさ」

するとこちらを振り返った集団が、わっと喜んだ。この無邪気さ。屈託のなさ。この土地の人間に接していると、俺はときどきすべてを捨ててこの中に入ってしまいたくなる。

そう、爆弾のことなど忘れて。

俺はスパイだ。といっても華やかな諜報《ちょうほう》合戦を繰り返すタイプではなく、危険物を運ぶのがメインの地味な運び屋。だから普段は違う土地に住んでいる。

「やっぱお前の体は貴重だよな」

背中を軽く叩《たた》かれて、俺は苦笑する。確かに俺は上背があって体格もいい。本来ならこういう外見は、武闘派と思われて警戒の対象になるはずだ。なのにこの土地の人間は、気やすく接してくれる。

それにひきかえ、俺が普段潜んでいる土地は人の質が良くない。まず外見から人を判断する。それから力関係。こちらが少しでも弱い立場にあると、容赦なく叩きにくる。俺がスパイだったからいいようなものの、普通の人間だったらとうに逃げ出していただろう。

仕方なしに害のなさそうな人物を演じてはいるものの、潜入系のスパイではないから演技はあまり得意じゃない。しかもこちらに好意的でない相手だと、余計に辛《つら》い。殺しは趣味じゃないが、正直、この辺りになら小型の爆弾を落としてもいいとすら思ってしまう。

職務を放棄しようかと思ったこともあったが、そのときは同時期に潜入しているスパイ仲間が支えになった。同じ土地で、それぞれ違うミッションを抱えて戦う同志たち。彼らがいなければ、俺はもっと早い段階でこの地を去っていたかもしれない。仲間と運搬先の人間に恵まれたおかげで、俺はここまでやってくることができたのだ。

二月。長いミッションの終わりが、そこまで近づいている。

＊

ものごころついたときから、俺は最前線で暮らしていた。両親は共にこの地の出身だが、悪い人間ではない。実の子である弟とは人種の違う俺のことも、わけへだてなく育ててくれた。それには感謝しているし、愛情すら感じている。ただ、彼らはこの土地に根ざした思想に洗脳されていて、ときどき言葉が届かなくなる。その瞬間が、俺はいつも悲しい。

「おい、帰ったのか」

突然、背後から声がかけられた。振り返ると、そこには一人の老人が腕組みをして立っている。

「ああ、ただいま」

「なんだ、その返事は。いつもぼーっとして。あいつは本当に子育てを間違ったようだな」

老人は不機嫌そうに、俺のことをねめつけた。そこで俺は、無言で軽く頭を下げる。

「お前には口がついていないのか」

俺は口の中でもごもごと、ごめんなさいと聞こえるような発音をする。本当は「ごめんだホイ」とつぶやいているのだが、それを悟られたことはない。

「十七にもなって、きちんとした口の利《き》き方も知らないとは」

まったくうどの大木だな。老人はそう言い捨てると、そのまま廊下を引き返していった。この人物こそ、洗脳思想の源。俺がこの土地で一番の敵とみなしている奴《やつ》だ。

俺はつかの間その痩《や》せた背中を睨《にら》みつけると、口の中でもう一度呪文《じゅもん》を唱える。

「ごめんだホイ。あっちむいてホイ」

似たような言葉を重ねることを、ラップというらしい。スパイ仲間のゲージから教えられた知識を元に、俺はこの呪文を編み出した。

「ブラザー、下らなさは時として地球を救うんだぜ」

口八丁が武器のゲージ。十の無意味な台詞《せりふ》の中に、一の真実を混ぜ込む男。彼から教えられた技は、確かに今俺を救っている。

廊下をゆっくりと歩きながら、縁側から庭を見る。サツキや沈丁花《じんちょうげ》などの灌木《かんぼく》に柿《かき》の木、それに小さな池と飛び石。古式ゆかしい日本家屋にはつきものの、定番のセットだ。今は冬だから寂しいものだが、俺はそんな庭が嫌いじゃない。

寂しさとうっとうしさ。どっちを取るかと聞かれたら、俺は迷わず寂しさを選ぶ。うっとうしさに罪はないが、俺はとにかく身軽でいたい。いつ、どこへでもすぐに旅立てるような自分でいたい。だからべったりしてくるような友人は作らないし、仲間も選んだ。

寂しさはきりりと澄んでいて、冬に似ている。

自分の部屋に戻ると、まずコートを脱いでハンガーにかけた。畳の上に無理やり絨《じゅう》毯《たん》を敷いた、不思議な洋室。壁際《かべぎわ》にある机の上には、イタリアンレストランのバイト代で買った中古のパソコンが置いてある。制服のままそれを立ち上げて、フリーメールの画面にログインすると、思った通り新着メールが届いていた。

『連絡』

スパムかと思うほど、ありきたりなタイトル。けれど俺は、迷わずそれをクリックする。

『毎日寒いね。ところで君の決心が変わらないなら、こちらとしては受け入れる準備がある。四月以降、来れる日があったら事前に連絡してくれれば迎えに行くよ』

それを見て、俺は静かにうなずく。道は決まった。あとはミッションを全うするのみだ。

そのとき、俺の耳に足音が聞こえてくる。ゆっくりとした足取りは、例の老人のものだ。俺は素早くパソコンの画面をスリープモードにして、手近な本を開く。

「おい」

案の定、いきなり襖《ふすま》を開けてくる。

「何」

「まだ着替えもせずに、何をやっとるんだ。早く支度してハウスの様子を見てこい」

「わかったよ」

俺は立ち上がると、わざとゆっくり制服を脱いだ。農作業で鍛えられた上半身は、体育教師に格闘技をやっているのかとたずねられたほど引き締まっている。

老人はそんな俺の体を憎々しげに見ると、襖をぴしゃりと閉じた。俺はほんの少しだけすっとした気持ちで、作業用のジャージに着替える。そして防寒用にフリースを羽織り、携帯電話をポケットに入れて外へ出た。

頬を、すっと冷たい風が撫《な》でる。夕暮れに差しかかった道を二分ほど歩くと、道路の脇《わき》にビニールハウスの群れが見えてきた。俺はまず外側に設置された重油タンクに近づき、残量をチェックする。冬場は消費が激しいから、寒い日が続くと一週間でなくなってしまうこともある。けれど今はまだ余裕があるようなので、目盛りの数を携帯電話のメモに打ち込んで中に入った。

ビニールをめくると、ふわりと甘い匂《にお》いが漂った。今年のイチゴは、色づくのが遅い。このままだと、出荷は二月中旬になりそうだ。ハウス内に吊《つ》るされた寒暖計の温度を確認して、俺は畝《うね》の間をゆっくりと進む。直線距離にして二十メートルほどの、中型のハウス。イチゴは腰を屈《かが》めなければならないので、老人はめったに入ってこない。

温まった甘い空気に、土の感触。俺はあの人の匂いを思い出す。

＊

昔から、人の年齢をどうこう言う奴が嫌いだった。

子供の頃は「まだ子供のくせに」と言われることに抵抗はなかった。けれど大きくなるに従って、自分が暮らしている場所ではやけに年齢の話が多いことに気づく。

「四十をとうに過ぎて、何やっとるんだ、お前は」

これは老人が俺の母親を叱《しか》る時の決まり文句だ。父親に対してはこう。

「まだ四十を越えたばかりの青二才のくせに、何を言う」

ちなみに俺の両親は同い年で、父親は婿《むこ》養子だ。その力関係は、老人がまだ中年だった頃から少しも変わってはいない。そしておそらく、これから先も変わらないだろう。なぜなら時の流れが一定である以上、老人が若返ることはなく、俺たちが老人を追い抜くこともないからだ。

代々農家だったというこの家では、年功序列が骨の髄までしみ込んでいる。老人に育てられた母親はともかくとして、中途参入のはずの父親までもがその思想に染まっているのがすごい。

「祐一、おじいちゃんは大切にしなきゃ駄目だぞ」

ここまではわかる。年寄りを粗末にしようなんて気は、俺にだってない。

「だっておじいちゃんの言うことは、いつも正しいんだからな」

でも、これはおかしいだろう。いくら農業のすべてを教えてくれた師匠だからといって、盲目的すぎる。ここまでくると、いっそ宗教と言ってもいいんじゃないか。

本来、この家には老人のストッパー役である祖母がいたはずだった。しかし残念なことに、俺が物心つく前に彼女はもうこの世を去っていた。

「おばあちゃんがいればねえ」

母親は、老人から叱られるたびにため息をつく。そのくせ、自分では何も変えようとしない。いつも老人の言葉にうなずき、たとえ俺が罵《ののし》られたとしても黙って悲しそうな顔をするだけだ。

そして恐ろしいことに、洗脳は俺の下の代にまで及んでいる。ただしここだけは少し状況が違って、弟は老人から猫可愛《かわい》がりされていた。

「だっておじいちゃんはすごく優しいよ」

母親似で小柄な弟は、確かに俺から見ても可愛い。性格も素直だし、老人はここにきてやっと理想の孫を見つけたのかもしれない。だから弟はごく自然に老人を敬い、年功序列に何の疑問も抱かないのだ。ただ、ときどき老人につらく当たられる俺を見ては悲しそうな顔をする。

歳《とし》が上であることが偉いだなんて、一体どこのどいつが言いだしたんだろう。知識が豊富で人生経験が豊かな大人には憧《あこが》れるけど、でも年上ってだけで全員がそうとは限らない。親に関しても、親ってだけで全員が尊敬の対象かというと違う気がする。人間として駄目な奴は、年上でも親でもやっぱり駄目なんだろうし。

じゃあ、なんでそんな屁理屈《へりくつ》が現代にまかり通っているかというと、それは多分、大人にとって都合がいいからだ。理屈抜きに「こっちが偉いんだぞ」と子供の頃から刷り込んでおけば、自分が加齢とともに衰えても丁寧に扱ってもらえる。もしその大人がどうしようもなく馬鹿《ばか》でも、社会的に認められない存在でも、最後の砦《とりで》が残る。年功序列とは、要するに大人のかけた保険なのだ。

統一思想に従わない俺を、老人は目の敵《かたき》にした。ことあるごとに農作業を手伝わせ、そのおかげで俺は中学時代から部活がままならなかった。本当は運動部に入ってみたかったのだが、毎日の練習に出ることを老人は禁じた。

「野菜は生き物だぞ。お前は遊びにかまけて、生き物を見殺しにしてもいいというのか」

そこまで言われると、逆らう気もおきなかった。以来俺はビニールハウスのイチゴを主に任され、その世話に追われている。

そして高校に入った俺は、必須《ひっす》の部活動に時間をとられなさそうな天文部を選んだ。しかし自分でも意外だったのは、星空の観測会にはまってしまったことだった。

これまで、旅行で家を空けたことはある。しかしそれは家族旅行や林間学校といったものがほとんどで、自由な外泊ではなかった。しかし天文部の観測会は自由だった。

これでいいのかと思えるほど自由だった。顧問の田代は付き添いもせずに宿直室で眠ってしまうし、先輩たちも星を見るだけで押し付けがましいことは何も言わなかった。俺は誰にも何にも言われないまま、静かな夜空を見上げた。黒く広大な空を見つめていると、何かが解き放たれるような気がした。

「夜は自由だな」

そのとき、まだ名前もうろ覚えだったゲージが隣でつぶやいた。

「夜は自由で、広いな。どこまでも行けるような気になる」

そう思わない？　と聞かれて俺はうなずいた。そうだ。夜なら俺は自由になれる。

俺が成長するとともに、老人は歳をとる。決して追い抜けないイタチごっこの中で、最近、俺に自由な時間が増えてきた。それは老人が早々と床についた後の時間だ。

夜には老人の目がない。そう考えた俺は、部活のない普段の夜をアルバイトに当てた。家で夕食を食べ、老人が自室に引き上げるのを確認してから家を出る。もし俺が探された場合は、イチゴの様子を見に行っているように言ってくれと家族には頼んだ。彼らは味方ではないが、それくらいの善意は持ち合わせている。

イタリアンレストランのバイトを選んだのは、時給が良かったことと原付の免許があったことが理由だ。「いずれ納品に行かせるから」という理由で老人が俺に課したことが、皮肉にも役に立った。

最初はバイクで夜の街を走り回ることが、ただ自由に感じられて楽しかった。職場の皆はいい奴が多かったし、まかないに出されるイタリアンもうまかった。しかしある夜、ついに俺はあの人と出会う。

＊

「祐ちゃん……？」

ドアを開けたとき、俺は一瞬相手が誰なのか思い出せなかった。

「覚えてない？　苗《なえ》だよ」

目の前で自分のことを指さす女性を見て、俺は驚く。

「なーねえちゃん！」

彼女の名前は黄川田苗。俺の叔母に当たる人だ。

「久しぶりだね。何、今ピザ屋さんのバイトしてるんだ？」

彼女は明るく笑いながら、俺の手からピザの箱を受け取る。明るい色の髪に、色白の肌。化粧もしてすっかり、『きれいなお姉さん』にしか見えない。数年前までは畑で真っ黒になって転げ回っていたのに、まるで嘘《うそ》みたいな変わり様だ。

「なーねえちゃんは、何してるんだっけ」

記憶との落差に驚きながら、俺は首を傾《かし》げた。

「何って、働いてるよ。いわゆるOLってやつ」

だから遅くに帰ってきて、晩ご飯がピザなわけ。彼女は部屋を振り返ると、恥ずかしそうに言った。

「毎日忙しいから、部屋も片づけられないんだ」

「ふうん。じゃあ彼氏とかもいないんだろうね」

「うわ。しっつれい。ていうかそんな暇ないんだから」

ぷんと頬を膨らませて、彼女は俺を見る。そうやっていると、昔のままだ。

なーねえちゃんには、よく遊んでもらった。弟がまだ小さくて俺に手をかけられない頃、母親はなーねえちゃんに俺をよく任せていた。なーねえちゃんは俺の母親とすごく歳が離れていたから、いっそ俺の本当の姉貴のような存在だった。

鬼ごっこもかくれんぼもゲームも、俺はなーねえちゃんから教わった。ちょうど十歳離れた俺と、いつも真剣に勝負してくれたなーねえ。でも案外負けず嫌いで、大人げなく怒ってたこともあったっけ。大学に合格して家を出るときは、本気で泣いて引き止めた。

だってなーねえちゃんはあの家で、唯一《ゆいいつ》味方と呼べる人だったから。

なーねえちゃんと再会してから、俺の夜はさらに楽しさを増した。仕事帰りに待ち合わせてお茶を飲んだり、まかないのピザを差し入れたりしているうちに、俺はすっかり今のなーねえちゃんに馴染《なじ》んだ。

「なーねえちゃん」が「苗ちゃん」になり、やがて「苗」、そして「なー」になる頃、俺は彼女との関係を忘れはじめていた。

今思えば、彼女は仕事に行き詰まっていたんだと思う。彼女はことあるごとに「あーあ、もう祐ちゃんとどっか行っちゃえたらいいなあ」とつぶやき、馬鹿な俺はそれを見事に真に受けた。

「よかったら、俺の育てたイチゴ、見に来ない」

少しでも元気を出してもらいたくて、俺は自分のビニールハウスに彼女を誘った。

「でも……お父さんにはちょっと会いたくないなあ」

老人のことを気にする彼女に、俺はビニールハウスなら絶対来ないことを説明した。

彼女もまた、あの土地で思想に染まらなかったマイノリティなのだ。

「じゃあ、せっかくだから見てみようかな。ついでに味見できたら嬉《うれ》しいけど」

「なーが好きなだけ食べたってなくならないぐらい、豊作だよ」

原チャリの後ろに彼女を乗せて、俺は夜の街を走る。凍えるような二月。でも背中にぴたりと張りつく彼女の体温は、どんなカイロよりも暖かく感じた。

「うわあ。ほわっとあったかいし、いいにおい」

ハウスの脇に原チャリを停め、中に入った俺たちはイチゴの香りに包まれる。

「これ全部、祐ちゃんが育てたの？」

「まあ、そうだね」

「すごーい！ これって完璧《かんぺき》に売り物じゃない」

畝《うね》の側にしゃがみ込んだ彼女は、よく色づいたイチゴをじっと眺めている。その横顔は予想外に真剣で、俺は一瞬声をかけそびれた。

「……きちんと作物を育てて、祐ちゃんは私なんかより全然大人で即戦力って感じがするね。驚いちゃった」

「何言ってんだよ」

なんか悔しいなあ。そう言って彼女は、目の辺りを指で拭《ぬぐ》った。どうしたらいいのかわからないまま立ち尽くしていると、ハウスの向こうにぽつりと明かりが見えた。

「親父《おやじ》だ。やばい」

俺はとっさに、ハウスの電気を消す。もともと入り口付近しか点《つ》けていなかったから、いきなり消えたようには見えないだろう。

「なんなの？」

「すごくたまにだけど、親父がコンビニに行くことがあるんだ。そのときは見回りを兼ねて懐中電灯を持って歩くから、すぐにわかる」

しばらくしたら行っちゃうから、ちょっと我慢して。俺が声を潜めると、彼女はこくりとうなずいた。ハウスの中に立っていると影が見えてしまうかも知れないので、二人して入り口近くにある棚の脇《わき》に腰を降ろす。

「なんかこういうのって楽しいね。かくれんぼのときの押し入れみたいで」

俺の耳もとで、なーがくすくすと笑う。

「……さっきまで泣いてたくせに」

「……泣いてないもん」

つんと顎《あご》をそらしたなーを、俺は思わず自分の方に引き寄せる。

「祐ちゃん……！」

声を上げそうになるなーに顔を寄せて、俺は静かに囁《ささや》く。

「意地っ張り」

「なによ」

「でも、可愛い」

そっと抱きしめると、嫌がらなかった。そこで俺はあたたかくて柔らかなものを胸元に抱え込んだまま、目を閉じる。むせかえるようなイチゴの香りと、彼女の体から立ち上る甘い匂《にお》い。頭のどこかがゆっくりと痺《しび》れてきて、俺たちは自然と唇を合わせていた。

唇は、想像よりもずっとずっと柔らかかった。柔らかくて湿った場所を合わせていると、興奮はどこまでも高まってしまい、俺の手はなーの背中をうろうろする。

「……くすぐったいよ」

「ごめん」

俺の腕の中で、なーが俺を見上げる。昔はなーの方が大きかったのに、今はこんなにも小さくて可愛い。

「なー、可愛い」

馬鹿の一つ覚えのように繰り返す俺に、なーは体重を預けてきた。俺は背中の手を、片方だけそっと手前に引き寄せる。もっとやわらかい場所に触れたい。震える手を胸に当てると、なーは一瞬体を固くした。それにつられて手を止めると、次の瞬間、ふっと力が抜ける。

許されたのだろうか。わからないままに、俺はなーの上着の裾《すそ》から手を差し入れた。こんなことをしてもいいのだろうか。したいけどしたくてたまらないけど、やっぱりしたい。

ふわふわでやわやわの感触は、隔てる布が少ないほど伝わってくる。俺はもう我慢できずに、なーの下着の中に手を入れた。皮膚と皮膚が触れ合い、なーの温かさを直《じか》に感じた瞬間、なーはその手を両手で押しとどめた。

「な、なんで？」

混乱した俺がたずねると、なーは真っ赤な顔を横に振る。

「やっぱり、駄目だよ」

「どうして」

「だって私たち、親戚《しんせき》だし」

「でも姉弟なわけじゃないよ」

俺が訴えると、なーは辛《つら》そうに声を絞り出した。

「……でも祐ちゃんは十六歳で、私は二十六歳なんだよ？」

本当は、力で押さえつけてしまうこともできた。なのに俺は、押しとどめられた手をのろのろと下に降ろした。こんな、こんなところでまで立ちはだかる年齢。歳《とし》は、いつでも俺の邪魔をする。

「ごめんね」とつぶやいたなーは、半べそをかいたままゆっくりと立ち上がった。

「タクシーで帰るから」

そう言い残し、ハウスのビニールをめくって姿を消す。その場に残された俺は呆然《ぼうぜん》と座り込んだまま、月明かりの射《さ》し込む天井を見上げた。しんと静かな夜だったが、頭の中にはごうごうと風が吹き荒れていた。

高校二年の冬のことだった。

そして先輩たちのいなくなった天文部で部長に任命された俺は、やがてイタリアンレストランでのバイト中に仲間とめぐりあい、自分がスパイだったことに気づかされるに至る。

コードネームは、『部長』をもじって『ブッチ』。黄川田祐一という名前は、覚えなくてもいいとだけ言っておく。

＊

「寒いっつってんだろ」

天文部の部室に、ギィの不機嫌そうな声が響く。

ギャル道一直線のギィは、冬場でも制服の胸元をあけ、金色の鎖を覗《のぞ》かせている。そこにマフラーを巻けば多少は暖かくなるんじゃないかと思うけど、口には出さない。なんにせよ、ファッションにまったく興味のない俺としては、尊敬に値する行為だ。

「いくら稀代《きだい》のスパイとはいえ、ドアを開けずに入ってくることはできないよ。ハニー」

いつものようにおどけた調子で、ゲージが笑う。そんな二人を見て、俺は思う。早くつきあってしまえばいいのに。

だってどう見てもゲージはギィのことが好きだし、ギィもそれがまんざらではない感じがするから。

「でもギィ、夜の屋上はもっと寒いと思う」

文庫本を開いていたジョーが、冷静な声を出す。去年の学祭で買ったセーターを着たジョーは、一見正統派の美少女だ。しかしそう思って話しかけてみると、言葉の少なさと突き放したような喋《しゃべ》り方に後ずさってゆく人間も多い。

「うー、まあがっちり防寒して上がればいいか」

「うん。そのかわり寒いぶん、空気は澄んで綺麗《きれい》なんだって」

言葉は少なくても、冷たいわけではない。べたべたとした関係が苦手な俺にとって、ジョーのような人種は愛すべき存在だ。

「そっか。じゃあ今週末」

バイトの早番が入っていると言うギィは、そのまま立ち上がって部室を後にする。

「ブラザー、許可は取ってあったっけ」

ゲージに向かって俺は首を振る。

「取ってないけど、田代の予定は宿直になってるから問題ないと思う」

「じゃあ今から一緒に行こう」

そう言って、ジョーが鞄《かばん》を持って立ち上がった。それを見たゲージが、慌《あわ》てて帰り支度をする。個人主義の本当にいいところは、誰も望まない部長という役職に就いた俺に、すべてを背負わせないことだろう。

「今度の土日？　いいけど、最近お前ら特に適当だな」

ぶつぶつ言いながらも、田代は壁のホワイトボードに『天文部観測会』と書き込んだ。

「急ですみません」

ジョーが真面目《まじめ》な表情で頭を下げると、田代はいや別にいいけどなと口調を濁す。そして手元の日誌を見ながら、感慨深げに言った。

「しかしあれだな、結局最後まで新入部員は入らなかったな」

「そうですねー。でも俺たちと入れ替わりに、有望なルーキーが入ってきますよ」

適当なゲージの台詞《せりふ》に、俺もうなずく。

「こういうのは、縁ですから」

縁か。断ち切られた縁を持つ俺が、何を言ってるんだ。


ビニールハウスでの夜を境に、なーは俺の前から姿を消した。電話をかけても出ない。メールの返信もない。それに我慢できなくなった俺がアパートに行ってみると、そこはすでにもぬけの殻だった。

「苗ちゃん？　社員寮に引っ越したらしいけど、何か用でもあるの？」

勇気を振り絞って母親に尋ねてみると、時すでに遅し。

「いや。前に駅前で見かけたから」

手の届かないところに行ってしまったんだ。そう思うと、膝《ひざ》から下の力が一気に抜けていくようだった。

いくつだからどうとかじゃない。ただ、なーが好きなんだ。今は気になるかもしれないけど、五十歳と六十歳になったらどこがおかしい？　どうせ女の方が長生きなんだから、そんなこと全然問題ないじゃないか。そんなメールを送り続けていた俺に、なーから一度だけ返信があった。

『法律的にも無理だから』

慌ててパソコンで検索をかけると、俺となーは二重の意味で問題があることが分かった。叔母と甥《おい》は結婚できないらしいというのは、うすうすわかっていた。けれど現時点で一番問題なのは、俺の年齢だった。

「十八歳未満は、淫行《いんこう》……」

真摯《しんし》な関係なら必ずしもそれには当たらないとされるが、もし他人にこれを知られた場合、傷つくのは確実に年上の女性であるなーの方だ。

いやらしいことをしようとした。いやらしいことをしたかった。

でも、それは相手がなーだったからだ。

「ふざけんなよ！」

両手で机を叩《たた》いて、俺は突っ伏した。いくら叫んでも、どう努力しても、時間は早送りできない。

「何を騒いでいるんだ」

そんなとき、一番会いたくない奴《やつ》がいきなり襖《ふすま》を開けた。

「……開けるときは、せめて一言かけてほしいんだけど」

「駄目だ。そんなことを許したら、親に見せられないようなものを貯《た》め込むようになるに決まってる」

「何の用」

顔の赤さを悟られないよう、俺はうつむきがちに喋る。そんな俺に、老人は勝ち誇ったように言った。

「この間から、苗のことを聞いているようだな。あいつが遠くへ引っ越してそんなに寂しいか」

ここで嘘《うそ》をつくのは簡単だ。しかし、嘘っぽい嘘をつくより今後もおかしく思われないような言葉を俺は選んだ。

「子供の頃から、実の姉ちゃんみたいによくしてもらったから」

「そうか。ならいい。てっきりお前が色気づいたのかと心配してな」

あんたの予想より、現実はもっとずっと深刻だよ。俺は唇を嚙《か》み締めて、気持ちの嵐《あらし》をやり過ごす。しかし老人は、最後にとどめの一撃を俺に放った。

「まあ、二十代も半ばを過ぎた女など、相手にはならんだろうがな」

「え……」

「三十前になんとかしないと、嫁の貰《もら》い手がなくなる。まったく、あいつも何をやっとるんだか」

だから大学など行くなと言ったんだ。老人は一人で怒りながら、俺の顔をじっと見た。

「お前も、大学なんぞに行くなよ。百姓に必要なのは、経験と体力だ」

身体《からだ》の中に、今度は違う種類の風がごうごうと吹き荒れている。この風は、決して他人に悟られてはならない。自分の中から出してしまったら、力を失う。そんな種類の風だ。

俺は老人の目をじっと真正面から見つめ返すと、静かに答えた。

「大学には、行かないよ」

＊

大学には行かないけれど、別の場所に行く。そのヒントは、イチゴ栽培の中にあった。

なーとのことがあった年の暮れ、俺はインターネットで得た知識を元に、初めてのポリネーションに挑んでいた。ポリネーションとはミツバチによる花粉交配のことで、簡単に言えば養蜂家《ようほうか》のミツバチに受粉の手伝いをしてもらうという方法だ。

外で育つイチゴなら、野生のミツバチが飛んできてくれる。けれど密閉されたビニールハウスに蜂《はち》は入ってこられないし、自然とは開花の時期が違うから、見つけてもらえるかどうかもわからない。そこで考えだされたのが、ミツバチの巣箱をハウス内に入れ、思う存分飛び回ってもらおうという作戦だ。

もちろん、人間が筆で花粉を塗り付ける人工授粉も確立されてはいる。けれどよほどきちんとやらない限り、塗り残しの部分から奇形のようなイチゴが出来てしまう。それにひきかえ、ミツバチが花の中をくるくる歩いてくれた方はきちんとした紡錘形《ぼうすいけい》のイチゴが結実する率が高い。

つまり俺は、不慣れな自分よりもミツバチの方があてになると考えたのだ。

「初心者ですが、よろしくお願いします」

わざわざこの土地まで来てくれた養蜂家さんに頭を下げると、若い男性がさわやかな笑顔を見せる。彼らは移動養蜂といって、花の開花を追って蜜《みつ》をためる方式をとっている。そしてその合間に、イチゴやリンゴの農家とポリネーションの仕事をしているのだ。

「僕も去年、この道に入ったばかりの新人です。うまくいくといいですね」

そう言って男性は、きびきびとした動作で巣箱をトラックから降ろした。

「露地物と同じ方式ということか」

栽培について何かと口出しをしたがる老人も、これには簡単にオーケーを出した。おそらく、自分の知っている知識の範疇《はんちゅう》だったからだろう。

「元気で戻ってくるんだよ」

養蜂業者の中にいた年配の男性が、巣箱に向かってそう声をかけていた。なんでも、ハウスの中は高温多湿なのでミツバチにとってはつらい環境なのだという。

「ひどいときには、半分しか戻ってこないこともあるんだ」

「あまり死なせないように、頑張ります」

「うん。頼んだよ。この子たちは私の大切な子供だからね」

年配の男性が、そう言って俺に微笑《ほほえ》んだ。老人と同じくらいの歳《とし》に見えるが、その優しい雰囲気に俺はほっとする。

「山本さんは、伝説の養蜂家なんだよ」

その人が去った後、若い男性が俺に話しかけてきた。

「伝説、ですか」

「そう。ずっと移動養蜂をやってきた人なんだけど、とにかく群れの管理が上手《うま》くて、山本さんの巣箱にはいつもミツバチが溢《あふ》れてるんだ」

「蜂を大切にしているんですね」

相手がなんにせよ、愛情は大切だ。しかし残念なことに、俺はイチゴをはじめとする作物に興味がない。むしろ老人への反発で、野菜よりも肉が好きになってしまったくらいだ。

どうせ可愛《かわい》がるなら、動いている蜂の方がいい。俺はふと、養蜂という職業に興味を覚えた。昔から昆虫は得意だし、こうして移動を続ける仕事というのは悪くない。

「あの。移動養蜂家になるには、どこへ行けばいいんでしょうね」

「興味がおありですか？　そしたらこのサイト、見てみて下さい。若いなり手は歓迎されるはずですよ」

男性は俺に、インターネットのアドレスが印刷された紙を渡す。

「ただし薄給、体力勝負、街に行かないから恋人はできにくいの三重苦ですよ。それでもよければ、ぜひ」

「はい。ありがとうございます」

俺はビニールハウスの中で飛び回りはじめたミツバチの羽音を聞きながら、想像してみた。自分で育てた蜂の入った巣箱を積んで、日本中を旅する。花の季節は、花を追って。秋から冬は、農家へ行ってポリネーション。生き物相手の仕事だから、やはりいつだって気は抜けないだろう。

でも、自由だ。頭の上がすこんと抜けた青空に変わるくらい、自由だ。

このとき初めて、俺は自分の中の欲求に気づく。

旅がしたい。一つところにとどまらず、どこまでも行ってみたい。

＊

金曜日。授業が終わった後に一旦《いったん》部室へ寄ると、ギィが一人で眉間《みけん》に皺《しわ》を寄せていた。

「何かあったのか」

「……嫌なもん見たんだよね。ていうかあれ、何だったんだろう」

俺が首を傾《かし》げると、ギィは堰《せき》を切ったように話し始める。

「さっき、授業が早めに終わったから、ちょっと教室で友達とダベってたんだ。そのとき窓の外を見てたらさ、何か変なもん下げて歩いてる女がいたんだよね」

「変なもん？」

「そう。片手で持ってたんだけど、白くてだらーんと垂れた毛皮みたいなの。最初はフェイクファーかぬいぐるみかなって思ってたんだけど、なーんかリアルなんだよね」

リアル。ということは、動物そのものに見えるということか。

「死体っぽい、と」

「そう。なんか猟師が仕留めた獲物下げてるみたいな感じ」

「血は見えてたのか」

ギィは首を振る。だとすると、やはりリアルなぬいぐるみなんじゃないだろうか。

俺がそう意見をのべると、うなずきながらもさらに続けた。

「もし超絶リアルなぬいぐるみだとしても、さらにおかしいんだよ、そいつ」

「どのあたりが」

「だってそいつ……」

そこでギイは、まるで怪談を語るかのように言葉を切った。

「そいつ、よく見たらコートもブレザーも着ないでうろうろしてるんだよ！　ていうかセーターだけって、マジおかしくね？」

「ちょっと外に出ただけだからじゃないか」

「違う違う！　バッグはもう片方の手に持ってたし、その後、校門を出て行くところまで見たんだから」

それは確かにちょっと変だ。あたたかい季節ならいざ知らず、一年で一番冷え込む時期にセーターだけとは。お洒落《しゃれ》に命をかけているにしても、せめてマフラーくらいは巻くのが普通だろう。

「帰り間際《まぎわ》、毛皮っぽいものはどうなってたんだ」

「それが、そのまま持ってたんだよね。なんだったんだろ、あれ」

うわ、ホラーじゃん。ギイは両手で自分の身体をごしごしとこすった。俺がそのことについて考えていると、つかの間沈黙が落ちる。ギイがそれに耐えきれないように何か言いかけた瞬間、部室のドアが勢いよく開いた。

「ヨー、メーン！　今日はお客さんを連れてきたぜー！」

ゲージがジョーと一緒に入ってきて、いきなりギィの膝《ひざ》に何かを落とす。

「わ、わあっ！　何だよこれ！」

「あ、ごめん。落ちちゃった」

さっきの話に出てきたような白っぽい毛皮が、ギィの膝の上で盛大に広がっている。まさか死体？　俺もギィにつられて言葉を失っていると、やがてそれがもぞもぞと動きだした。

「なんだ。文化部棟の猫じゃないかメーン」

雑種だけど白い毛並みがきれいで、なんとなく皆に餌《えさ》を貰っているうちいついてしまったシロという名の野良猫《のらねこ》。よく裏庭で見かけるそいつを、ゲージは抱え上げてきたらしい。

いきなり滑り落ちて驚いたのか、猫はようやく顔を上げて辺りのにおいをふんふんと嗅《か》ぎだした。

「……シロちゃん」

ジョーが、猫の背中に手を伸ばす。ギィはそっと猫を持ち上げてジョーに手渡すと、間髪をいれずにゲージの後頭部を勢いよくはたいた。

「びっくりさせんな、この馬鹿《ばか》！」

「ごめんごめん」

「てか、猫に謝れ！」

ほら。とジョーが猫の鼻先を向けると、ゲージはぺこりと頭を下げる。

「大変申し訳ありません。せめてこれで機嫌をなおしてくれないかな、ハニー」

そう言いながらポケットから煮干しを出して、猫に捧《ささ》げた。そんなものを常備しているとは、猫好きなのだろうか。

「ところで、何で二人ともそんなに驚いてたの」

シロを撫《な》でながら、ジョーがたずねる。

「だからさ、それには訳があるんだって」

ギィは俺に話したことをもう一度繰り返し、いかにその人物が不気味だったかを語った。するとゲージは、あっと声を上げる。

「あーそれ、俺も会った！」

「マジかよ」

「うん。校庭の端で焼却炉の場所聞かれたんだ。手にぐしゃぐしゃっとしたぬいぐるみを持ってる子だよね」

どうやら同一人物らしいが、焼却炉とは。俺とギィは顔を見合わせて、つい嫌な想像を膨らませてしまった。

「すっごく好意的に考えると、ペットが死んじゃったけど庭がないとか」

「でも、むき出しで持ってくるのはおかしくないか」

「……じゃあ、死んでる野良猫とかを見つけたとか」

そう考えると、すっげいい奴《やつ》だよね。苦しまぎれにギィが明るい声を出す。

「でも、その人は最後に持って帰ったんだよね」

「ジョー、ホラーに引き戻さないでってば」

心底嫌そうに、ギィが情けない表情をした。恐《こわ》いもの無しに見えたギィにも、苦手はあったということか。

「あと、ゲージに焼却炉をたずねたのも気になる」

これは俺も気になっていた。なぜなら今現在、この学校では焼却炉を使用していないからだ。

ゴミの焼却によるダイオキシンの発生が指摘されてからというもの、公立や私立の区別なく、ほとんどの学校で焼却炉は廃止されている。ただ、この学校はその件に関して案外呑気《のんき》で、つい最近まで用務員さんがたまに使用していた。だから焼却炉自体は残っているのだが、今は燃料も電源も断たれているから、実質的に使用は不可能だ。

「でも、たまに何か裏庭の隅で燃やしてなかったっけ。ベイベー」

「赤ちゃんじゃないけど、あれは確かドラム缶を使っていたんだと思う」

農作業をやっていると、燃やしてしまった方が処理が早いと思うものが大量に出る。しかしやはりそれは環境に良くないと言われているので、俺のところでは有機的な分解法をとっている。しかし堆肥《たいひ》やコンポストを作るわけでもない学校では、いかにも不便だろう。だからこそ用務員さんは、焼却炉の代打としてドラム缶を使っているのだ。

「教育委員会とかにバレたらやばいんじゃね？」

「そこはそれ。先生たちも片目をつぶってんだよ、ハニー」

ゲージがへたくそなウィンクをすると、ギィが顔をしかめた。

「ところで、燃やしたいと考えるのってマジで死体だと思う？」

ギィの質問に、ジョーはうなずく。

「もしここに事故死した生き物の死体があったら、まずは埋めることを考える。でも女子一人だったらそれもけっこう大変だし、ペットみたいに情が移っていなければ、選択肢の一つとして考えはする」

「ゴミ箱は考えないのか？」

俺がたずねると、ジョーは首を振った。

「生き物をゴミとして出すのは、できれば最後の手段にしたい。生ゴミとかと一緒にされてしまうよりは、焼却炉で燃やしたいと思うから」

「ああ、なんかその感覚はわかるな」

ギィが感慨深げにうなずく。

「できるだけ葬《ほうむ》るって方向に行きたいんだよ。だからゴミと一緒だけは嫌だな」

悲しい雰囲気がほのかに漂いはじめたとき、シロがにゃあと声を上げた。

「ゲージ。煮干しのおかわりをご所望だメーン」

わざとらしくうながすと、ゲージは乗ってきてくれた。

「了解。姫、おかわりでございます」

シロが煮干しをくわえると、その前で騎士のような礼をしてみせる。雰囲気が明るくなったところで、俺はもう一つの謎《なぞ》について口火を切った。

「持っている物も気になったけど、ギィの言うように薄着なのも気になる。今の時期に上着もマフラーも無しで帰るなんて、どういうことだ？」

「学校を出てすぐのところに家があるとか」

ジョーの言葉を引き継いでゲージがつなげる。

「ものすごく暑がりとか」

でも校門の正面はパン屋だし、その並びも商店だ。だからといって暑がり説もはいそうですかとはうなずけない。ヒントが少ないのでこれといった答が導きだせないまま、俺たちは再び黙ってしまった。

「これ以上は進まないみたいだから、あとは明日の話題としてとっておいたらどう」

ジョーの提案に、皆がうなずいて立ち上がる。

「ところで、この猫はどこに戻すんだ」

「ああ。裏庭に生物部が作った小屋があるから、その近辺に放せばいいよ」

そこで俺たちは帰り際に裏に回り、シロを小屋の前に降ろした。発泡スチロールの箱で出来た家は、いかにも冬仕様といった風情《ふぜい》だ。

「お前、なかなかいいところに住んでるじゃん」

毛布の敷かれた室内を覗《のぞ》き込んで、ギィがシロの頭を撫でる。確かにこれは、なかなかの御殿だ。

＊

土曜日。昼飯を食べ終わった俺は、父親の管理する畑へと向かう。

「ちょっともらってくよ」

声をかけて、適当な野菜を収穫した。食べごろなのはやはりこの季節ならではの、鍋《なべ》向きな野菜。白菜、春菊、長ネギ、大根。おまけで人参《にんじん》とブロッコリーも追加。ジョーとギィの女子二人は、マヨネーズで食べる温野菜サラダが好物だ。

「おい。春菊はあんまり取るなよ」

父親が遠くで声を上げる。春菊は今が出荷の最盛期なので、ほとんどすべてが売り物に回されるのだ。

「了解」

一束だけ持ち上げて見せて、俺は畑を後にした。それから外の水場で土を落として、大きなスポーツバッグに入れる。本当はカゴの方が運びやすいのだが、老人に見とがめられたときうるさいのでこうするようになった。

離れた場所にいる老人に気取られないよう、長ネギをバッグにしまっていると、気分はスナイパーのようになってくる。これはライフルで、今から俺は独裁者を狙撃《そげき》するんだ。

ダウンジャケットの上から銃火器の入ったバッグを肩にかけて、俺は歩きはじめる。みっちりと水分を蓄えた白菜は核弾頭を中に秘めたケースで、危険を知らせるオレンジ色の人参はバイオハザード用のアンプル。さらに白い大根はプラスチック爆弾の固まりで、春菊は点火用の火薬チップだ。

しかしその中において、ブロッコリーだけは武器ではない。これは俺たちにとってある種特別なものであり、イコンのような存在だ。だから俺は他の野菜を食べずとも、ブロッコリーだけは食べることにしている。

ふと気づいて携帯電話を取り出し、同報メールで野菜のリストを送った。するとほどなくしてジョーから『やっぱり鍋』とメニュー決定のメールが返ってくる。野菜以外の材料は皆が用意してくれるので、俺はそれが何鍋になるかはわからない。とりあえず牛ということはないだろうから、水炊《みずた》きか豚しゃぶといったところか。

校門を入ったところで強い風が吹き、俺は身をすくめた。今日の気温も低い。再び顔を上げて歩き出そうとすると、校庭を生徒が横切るのが見えた。白いブラウスに紺のVネックセーター、それに大きめのデイパックを肩からかけた女子。これはギィの目撃した人物だろうか。

思わず後を追って近づくと、その女子は渡り廊下を文化部棟の方へと向かっている。すると間がいいのか悪いのか、廊下の正面から田代が歩いてきた。文化部棟の管理部屋にでも行っていたのだろうか。

「こんにちは、田代先生」

「おう」

その女子は田代に軽く頭を下げて、文化部棟の方へと進む。もしかすると、どこかの部の幽霊部員なのかもしれない。そのまま追いかけようとしたところで、田代が俺を呼び止めた。

「おーい、黄川田《せ》」

気持ちは急いていたものの、先生を無視するわけにもいかず俺は足を止める。

「なんですか」

「ちょっと気になったんだがな」

田代も今の生徒をおかしいと感じたんだろうか。俺は思わずぐっと身を乗り出した。

「その、今夜のメニューはなんだ」

止まらなきゃよかった。俺はがっくり肩を落として、鍋ですと答える。

「鍋かあ。今夜は寒くなりそうだからなあ」

「……はあ」

「楽しみにしてるぞ。ちなみに俺は春菊が苦手だから入れないでくれよ」

田代はそう言って笑うと、校舎へ向かって去っていった。言われなくたって、貴重な春菊は割当が少ないんだよ。

「で、見失ったの？」

先に部室にいたゲージが、残念そうに机に肘《ひじ》をつく。厚手のタートルネックのセーターと細身のジーンズを身に着けたゲージは、そうやってポーズをつけるとカタログ販売のモデルくらいには見える。

「一応、文化部棟の入り口で、今日来てる部はチェックしたんだけどな」

鍵《かぎ》掛けに鍵がなかったのは、生物部と写真部。どちらも女子が多いとは言えない部だ。

「だったら、ちょっと聞いてくるよブラザー。紺のVネックにデイパックだな」

そう言うなりゲージは立ち上がって、ドアから出てゆく。このフットワークの軽さと人当たりの良さ。さすが情報系のスパイはやることが早い。

「今ゲージが出て行ったけど」

入れ替わりに、長くて女の子っぽいコートを着たジョーが入ってくる。

「ちょっと聞き込み」

自分が例の女子を見たのだと説明すると、ジョーはコートを脱ぎながらうなずいた。中に着ているのは、ほわほわとした毛糸で編まれた長いワンピースのようなセーター。その下にはジーンズを穿《は》いている。

「前の『ちぬ子』みたいなこともあるかもしれない」

しかしほどなくして戻って来たゲージは、俺とジョーに向かって肩をすくめてみせた。

「生物部にも写真部にも女子はいるけど、今日来てる中にそういう格好の子はいないってさ」

「ていうか、土曜の部活に制服着てくる方が珍しいだろ」

ゲージの後ろから、フードつきの短いダウンジャケットを着たギィが姿を現す。俺と同じダウン素材でも、ギィが着ていると雑誌に載っている服みたいにお洒落《しゃれ》っぽく見えるのが不思議だ。中にはジョーと同じようなワンピース風のセーターを身につけていたが、こちらはだらりとして鎖骨の見えそうなタートルネックだった。足下は膝《ひざ》までである細いブーツで、ジーンズが中に入っている。あの細い踵《かかと》は、完全に凶器だ。

「他の学校だと、登校するときは必ず制服かジャージでっていう規則も多いけど」

「ハニー。確かうちの学校は、俺たちが入学する直前にその規則がなくなったらしいよ」

「蜂蜜《はちみつ》でも恋人でもないけど、ありがたい話」

ジョーの言葉に、全員がうなずく。休日に制服を着て集まるなんて規則があったら、面倒くさいことこの上ない。防犯上は制服の方が見分けがついて便利なのだろうが、本気で学校に紛れ込もうと思ったら方法なんていくらでもある。

この学校は焼却炉の件だけではなく全般的にどこかゆるいので、校門だって閉まってはいても乗り越えられる高さだったりするし。

「ちょっと待て。コート着ないで制服のままってことは、もしかして昨日家に帰ってないとか？」

「でもギィは昨日、校門を出るところを見たんだろう」

俺が確かめると、ギィは首を振る。

「校門を出たからって、家に帰るとは限らないって思ったんだよ。たとえば外泊に必要なものをコンビニに買いに行ってたのかもしれないし」

「コンビニなら校門から百メートルくらいのところにあるね。ベイベー」

しかし、その説をとるなら金曜の外泊は想定外の事態ということになる。なぜならもし部活などで予定されていた場合は、着替えの服などを用意しているはずだからだ。

「そういう感じだと、部活とは思えないんだけど」

予想外の外泊で部活でもないときたら、確かに恋愛がらみの要素が強い気がする。

「てかまだ校内にいるってことは、帰れないような状況なのかも」

ギィがふと、不安そうな声を出した。ギィは帰れない家に悩まされているから、そういう話題には敏感なのだ。

「もしそうだとしたら、荷物がやけに大きいのも気になる」

頰に手を当ててジョーがつぶやく。

「どうせなら、ここにくればいいのに」

少なくともここには食料があるし、もし良ければ部室を貸すことだってできるじゃん。ゲージの台詞《せりふ》に、俺はうなずいた。

俺たちは個人主義のスパイだが、同じ夜をわけあえる仲間がいる。けれどもし、その子の夜がただ一人の夜だったとしたら悲しい。そう思ってしまったのだ。

　とりあえず心配な気持ちはあるものの、これといった手がかりもないので俺たちはぼんやりと夜の用意などをしていた。これが熱血青春ものの登場人物だったら、皆で手分けして校内を捜索し、そして彼女を無事保護するのだろう。

けれどスパイ的には、自分たちから関わっていくという態度は慎むべきだ。干渉はせず、とりあえず事態を見守る。もちろん、相手が助けを求めてきた場合はなんとかしようと思うが。

＊

　三時半を過ぎた頃、俺はダウンジャケットを羽織って立ち上がる。

「んじゃ、ちょっと行ってくる」

「行ってらっしゃい、ダーリン」

ゲージの怪しいウィンクに見送られて、俺は部室を出た。今日は四時から六時まで、デリバリーのバイトが入っているのだ。

　建物を出て、渡り廊下に出たところでふと足を止める。尾行に失敗したらスタート地点からやり直せというのは、スパイの鉄則だ。

廊下に立ち、あの女子が向いていた方向を眺める。廊下をそのまま進めば、俺たちの部室がある文化部棟。しかし廊下をそれて奥に行けば左は池のある裏庭、右はゴミ置き場とかつての焼却炉がある裏門になる。

確かゲージは焼却炉の場所をたずねられたと言っていた。しかし現在は裏庭のドラム缶でこっそり焼いているのだから、そこへ行ったと考えるのが妥当だろう。とはいえそれは昨日のことだから、今日はそれが目的ではないかもしれない。

ゆっくりと歩きながら、考える。目撃されたのが校庭と文化部棟周辺だということは、やはり文化部に縁のある人物なのだろうか。部活で文化部棟を使用した経験があるのなら、がらんと広い校舎よりはこちらに泊まりたいと思うだろう。

冬場に外で寝るのは、想像しているよりもシンプルにつらい。俺は老人に家を追い出されてビニールハウスで寝たことを思い出す。徐々に冷えてゆく体、不安をあおる風音。しゃがみこんで両膝を抱え、全身の熱を逃がさないように丸くなる。朝を待ちわび、暗闇《くらやみ》の中で孤独を嚙《か》み締めながらあたたかいものを求める。ラーメン、シチュー、スープ、風呂《ふろ》、コタツ、大型犬、人。

あの頃、俺はよく夢を見ていた。柔らかくてあたたかいものと一緒に、光の中をどこまでも駆けてゆく夢。翌朝、かちかちに固まった関節に顔をしかめて、いっそ目が覚めなければよかったと思ったものだ。

そういえば、なーが出て行った夜も寒かったな。考えないようにしている思い出は、いつでも落とし穴のようにふっと罠《わな》をかける。俺はそれを慎重にまたいで、頭から振り払う。落ちるな。落ちたら終わりだ。


入り口を入った瞬間、あたたかい空気に包まれる。しかしその空気にはもれなく、オリーブオイルとトマトとチーズのフレーバーがついていた。

ここは駅ビルの地下にあるイタリアンレストラン。俺はデリバリー兼裏方として、この店で働いている。

「ちわす」

「おう、お疲れ」

石窯《いしがま》の前で振り返った店長が、俺に手を振った。

「さっそくで悪いけど、今焼き上がるやつ頼めるか」

「はい」

ピザ専用の窯に、木製の巨大なしゃもじのようなものが突っ込まれた。それをピザの下に滑らせて、店長は器用にピザを取り出す。俺はその間に紙のケースを組み立て、唐辛子《とうがらし》とニンニクの小袋、それにナプキンを揃《そろ》えて脇《わき》に置いた。

「マリナーラ、ですか」

ほのかにオレガノの匂《にお》いを感じた俺は、ちらりと店長を見る。すると店長は得意満面の笑みで、俺に伝票を突きつけた。

「惜しい。シーフードスペシャルだ」

「上のチーズが多いか少ないかの差じゃないですか」

「大きな違いだろう」

俺は壁に貼《は》られた『ピザ当てダービー』の表に一つバツを書き込む。これは店長と歴代のバイク便アルバイトの間で行われる勝負で、窯から出す前のピザの種類を当てるというものだ。一ヶ月に半分以上正解したら、豪華イタリアンの賄《まかな》いが出る。

「今まで、これで店長に勝った奴《やつ》っているんですか」

厨房《ちゅうぼう》を振り返ると、調理スタッフが苦笑しながら首をひねった。

「一回くらい、あったかなあ」

「ま、気をつけて行ってこいや」

「おす」

保温バッグにピザの箱を入れ、制服のジャンパーとヘルメットを身につけて俺は駅ビルの駐車場に向かった。隅に止めてある店用の原付にまたがり、走り出す。すっかり暗くなった街と、身を切るような風。でもバイクの後ろに熱々のピザが乗っていると思うと、気分は暗くならない。あたたかさは、本当に大切だ。

十分ほど走ると、見覚えのある景色になってくる。俺はマンションの前に原付を止めて、ベルを押す。

「お待たせしました。ピザのお届けです」

「ご苦労様」

そう言いながら出て来たのは、この間までシンプルなピザばかりを頼みまくっていた若い女性。彼女は合鍵を持っている元カレが恐《こわ》くて、部屋に入るときピザ屋のデリバリースタッフをボディガードとして利用していた。だからいつも頼むのは、単価の安い具のないピザ。

「久しぶりね。元気？」

「はい。てことは、もう大丈夫なんですね」

シーフードスペシャル、と書かれた箱を差し出して俺は笑いかける。一応、失礼のない程度に何があったかはたずねていた。その際、他の人には言わないと前置きした方がいいと忠告してくれたのは、ギィだったっけ。

「おかげさまで。ちゃんと鍵も替えたし、元カレも結局来なかったから」

「安心しました」

もうすぐ、俺は来られなくなる。だからそれまでに解決してくれればと思っていたのだ。

「あっ、でもこれ、一人で食べるわけじゃないのよ。今日はほら、友達が来てるから」

箱を受け取った彼女は、そう言って部屋の中をうながした。その延長線上に、華やかな女性の集団がこちらに向かって手を振っている。

「ご苦労様ー」

「ミスターSP!」

「えー、ナイトでしょう?」

どうやらピザ屋の話は、友達内にすっかり知れ渡っているらしい。体格が良くて強そうに見える俺は、彼女にとってお気に入りの配達人のようだった。

「よかったらこれ」

会計を済ませたところで、彼女は奥からお惣菜《そうざい》パックのような器を持ってくる。

「さっき揚げたばっかりだから」

中をのぞくと、うまそうな鳥の唐揚げがみっしりと詰まっていた。

「ごちそうさまです」

俺はぺこりと頭を下げると、それを保温バッグに大事にしまう。

「あ、ピザと同じだ」

「はい。帰るまで熱々です」

気持ちの底が、ほこほことあたたかい。俺はきんと冷えた街の中を、安全運転で走り抜ける。

それから四件の配達をこなし、ピザの種類は当たらないまま上がりの時間が近づいていた。最後の配達を終えて駅ビルの駐車場についたとき、待ち構えていたように携帯電話が震える。てっきりメールだと思っていたら、珍しくゲージからの電話だった。

「もしもし」

『ブッチ、非常事態だ！』

慌《あわ》てたゲージの声に、俺は思わず足を止める。

「どうした」

『例の女の子、さっき見つけたんだけど、あいつ、シロを！』

「シロ？」

猫に何の関係があるのだろう。

『そうだよ！　あいつシロをドラム缶で燃やそうとしてたんだ！』

「燃やすって！」

ていうか、そもそもシロは死んでるのか。俺がたずねると、ゲージはわからないと答える。

『最後に見たときは、その辺を歩いてた。だけど今さっき裏庭に行ったとき、煙が昇ったドラム缶にあの女がシロを放り込んだのを見たんだ！』

「それで、どうしたんだ」

『慌てて水をかけたんだけど、中はもう真っ黒で嫌な匂いがして……』

ゲージが声を詰まらせた。

「ジョーとギィには」

『まだ言ってないよ、ブラザー。だってハニーたちには見せられないし』

「わかった。できるだけ早めに行く」

携帯電話を閉じて、時間を確認する。ちょうど上がりの時間だ。

「ただいま帰りました」

ヘルメットを所定の場所に置き、デリバリー伝票をチェックする。幸いなことに、今はちょうど注文は入っていなかった。

「おう、お疲れ。次にかかってきたのは次の奴に頼むから、もう上がっていいぞ」

「ありがとうございます」

ジャケットを壁のフックにかけ、自分のダウンを羽織ってから、保温バッグの中の唐揚げを思い出す。

「これ、さっきのお客さんからもらっちゃったんですけど」

俺が彼女の名前を告げると、店長は軽くうなずいた。

「あのお得意さんか。なら持って帰ってもいいぞ」

「すみません」

「あ、でも一つ味見させろや」

パックを開けると、店長はその一つを口に放り込んだ。

「一応、責任者としてな。店員が客からもらったもので腹でも壊した日には……」

「二つは食べなくてもいいんじゃないですか」

伸びてきた指からパックを遠ざけると、店長は恨めしそうな顔で俺を見る。

「けっこう、料理上手だな」

「自分だって料理人じゃないですか」

「他人の作ったものは旨《うま》いんだよ」

まだ何か言いたそうな店長を尻目《しりめ》に、俺は店を飛び出す。こんなときこそ原付がほしいところだが、学校までは徒歩だ。ゲージのことを思って仕方なしに走り出すと、今度は少しずつ体があたたまってくる。

学校に着く頃には軽く息が上がり、汗ばんでいた。まっすぐ裏庭に向かうと、懐中電灯を片手にドラム缶の中に手を突っ込んでいるゲージが目に入る。

「大丈夫か」

声をかけると、煤《すす》と灰で汚れた腕を引き抜いて唇を噛み締めた。

「間に合わなかったんだ、俺……」

握った拳《こぶし》を開くと、そこから白い毛がはらはらと落ちる。俺はそれをじっと見つめた。昨日、撫《な》でたばかりなのにな。

「……ブラザー、先に死んでたから焼いたのかもしれない」

「それはわかってるんだけど」

「少なくとも、お前のせいじゃない」

こういうとき、何て言ったらいいんだろう。俺はゲージみたいに場の空気を軽くすることも出来ないし、ギィみたいに役立つアドバイスも出来ない。かといってジョーのように、次のステップへと相手を導く言葉なんか出てきやしない。

「その、放り込んだ女はどうなったんだ」

気《き》が利かないこと甚だしい。俺は本当に、能無しのスパイだ。爆弾を運ぶだけの、愚鈍な馬鹿《ばか》。

「何やってんだ、って俺が叫んだら走って逃げたよ。でも俺はシロの方が気になったから、追えなかった。ごめん」

悪くないのにごめんとか言わせてどうする。俺はあのとき、なーにもそう言わせてしまったんだ。

「謝るな。お前は、絶対に、悪くない、メーン」

語尾のラップは何かを救ってくれるだろうか。俺はゲージをまっすぐ見つめて、下らない言葉を繰り返す。

「ツタンカー、メーン。面、胴、小手、メーン」

「はは」

苦笑したゲージに、心からほっとする。

「とりあえず俺も調べてみるメーン」

明かりを借りてドラム缶を覗《のぞ》き込むと、中は真っ黒で、その一部に白い毛が残っているのが見えた。

白い毛？　俺はふと首を傾げる。でもここには、もっと白いものがあるはずだが。

俺は片手を伸ばして、炭化したあたりを軽く掘ってみる。けれど指に触るものがない。

「ゲージ。これ、骨がない」

「え？」

「ドラム缶の中でちょっと燃やした程度じゃ、皮や肉は燃えても骨が残るはずだ。なのに、ここにはそれがない」

灯油やガソリンなど、着火材的なものが入れてあれば多少は燃えるだろうけど、ゲージが俺に電話をかけてきてから、まだ三十分も経《た》っていない。そんな短時間に、生身の猫がここまで綺麗《きれい》に炭化するものだろうか。

「じゃあこれって」

「水をかけたときには、火柱が立つほど燃えてたか？」

「いや……」

だとしたら、余計におかしい。缶の中の匂《にお》いを改めて嗅《か》ぐと、油に混じって鼻をつんと刺激する香りがあった。

「化繊やポリエステルが燃えた匂いがする」

「てことは、生き物じゃない？」

「十中八九、ぬいぐるみだと思う」

考えるのも嫌だが、もし本当に猫だったらもうちょっとタンパク質が焼けるような匂いがしていたはずだ。けれどこの中から肉っぽい香りは、まったくと言っていいほど漂ってこない。

「なんだよもう！　リアルすぎるんだよ！」

ゲージは盛大に手をはたいて、鼻をすすった。

「汚れ損の上に、くしゃみ損て感じだ」

「名誉の汚れだな」

俺はゲージの背中を、ぱんぱんとはたく。

「ところでブラザー、ジョーとギィはまだ校舎にいるのか」

暗くなった裏庭を見渡して、俺はたずねた。バイトに出てから二時間。捜索を続けているにしては、ちょっと長い気がしたのだ。

「うん。一時間くらい探したら、もう探すところがなくなっちゃったからさ、あとは夕飯の仕込みをするってことで家庭科室にいるはずだよ」

「そうか」

「なんか今日は煮込みたいものがあるっていうから、ちょうど良かったんだ」

一応、二人が立ち寄らないように『池の側《そば》でまだ頑張ってみるから、近づくな』ってメールは出したんだけどさ。そう言うとゲージは、大きなくしゃみをした。

とにかく顔や腕を洗いに行こうと、俺たちは文化部棟に入った。棟内には共同の流しがあって、給湯器も備え付けられている。

「あれがぬいぐるみだったってことは、やっぱりギィが見たのもそうだったのかな」

「燃やすのが目的だったのか」

「これで戻ってこなきゃ、そういうことになるよね」

狭い流しに湯を出すと、もうもうと湯気が立つ。二人で腕まくりをして洗いながら、つかの間あたたかさに目を細める。

「でも、生き物じゃないのに燃やすことを選ぶってのは、どういうことなんだろう」

「うーん、大切な物とか？　たとえば誰かの形見とか、そういう物ってゴミに出すのは嫌かなあ」

生きている相手か、それとももうこの世にはいない人物なのか。どちらにせよ、それを処分したいと望むのは思い出を消したいからではないだろうか。

「消される方は、嫌だな」

連絡の取れなくなった相手を思い出し、ぽつりとつぶやく。俺も消されたんだろうか。

「あ、でも」

ゲージがふと顔を上げる。

「届けるっていう選択肢もあるんじゃないのか」

「届けるって、どこへ、何を」

「あれだよほら。よくあるじゃないか。お棺の中に何かを入れるとか」

ああ。好きだった本や日記なんかを入れるあれか。俺がうなずくと、ゲージは天井を見上げる。

「焼いて煙にして、届けるんだ」

「そう考えるなら、相手は故人で確定だな」

「ブラザー、ちょっと映画にできそうないい話だ」

部室に戻ってタオルをしまっていると、俺たちの携帯電話が同時に音をたてる。ギイからの同報メールだ。

『ごめん。なんか解決しつつある。家庭科室に来て』

俺たちは顔を見合わせると、慌《あわ》てて走り出す。

＊

部屋の中には、ほんのりと湯気が満ちていた。

「豆……？」

ゲージが鼻をひくつかせる。

「お汁粉。ゲージがおいしい小豆缶をたくさんくれたから」

コンロの側に座っていたジョーが振り返って返事をした。その隣でギィが腰を浮かし、俺たちを手招きする。

「椅子《いす》持ってきな。鍋《なべ》のそばはあったかいよ」

手近な丸椅子を持って二人で近づくと、ジョーの陰にもう一人隠れていたのが見えた。紺色のVネックセーターを着た女子。問題の人物だ。

「え、どういうこと？　てかこの人って誰？　何でここにいるの？」

俺も聞きたいことを片っぱしから口にしてゆくゲージを、ギィが肘《ひじ》打ちする。

「説明するから、聞けっての」

いってえ、と横腹を押さえるゲージ。例の女子は肩までの黒髪で、顔は普通。ちょっと眉《まゆ》が細いから、悲しそうな表情に見える。

「えーと、まず彼女の名前は黒井《くろい》さん。でもってさっきドラム缶で燃やしてたのは、ぬいぐるみのウサギ」

やっぱりな、と俺とゲージはうなずきあった。

「彼女は昨日からぬいぐるみを燃やそうとして、校内をうろうろしてたんだって。で、さっきここの廊下を通りかかって、私たちに呼び止められたわけ」

「まあ、そこまではなんとなくわかったよ」

俺がさっきのことを話すと、ギィはやるじゃんとうなずく。

「で、問題はなんで燃やしたいと思ったのかだ」

「それがさあ」

ギィが話そうとするのを、問題の黒井さんが制した。

「あの、自分で話すね」

ちょっと泣いた後みたいな声。もしかしたら俺たちが来るまでに、女同士で相談にのっていたのかもしれない。

「バニラ、じゃなくてあのぬいぐるみは、すごくお気に入りの子で、ずっと持ってたかった子なの」

正直、ぬいぐるみに名前をつけた上にそれを他人の前で声に出す女は好きじゃない。でも第一印象で人を嫌うのもどうかと思うので、とりあえず聞いてみることにする。

「でもお別れしなくちゃいけなくなって、だけどゴミに出すのは嫌だから、燃やしてお葬式にしようかと思ったの」

お葬式。わかるけど、なんていうか、こう、それを自分で言ってしまうのかと思う。しかも微妙に喋《しゃべ》り口調が子供っぽいし。

「でもうちはマンションだし、道路でぬいぐるみだけ燃やしてたら怪しい人だし、だから学校に来たんだけど……」

マンションか。俺は今日訪れたワンルームのマンションを思い出して、深く納得した。ああいうところに住んでたら、物を燃やす場所なんてない。畑とか納屋《なや》とかそういうスペースだらけの場所に住んでる俺にとっては、思い至らない考えだ。

「焼却炉は使えないし、人に聞いたらドラム缶でしか燃やしてないって言うから、昨日はそのまま帰って、今日油を持ってきたの」

「ガール。その、昨日たずねた人ってのが俺だよ」

ゲージが自分を指さすと、彼女はこくりとうなずく。

「油をかけて燃やしてたら、何やってるんだって声をかけられたから、驚いて逃げちやったの。だって、用務員さん以外が燃やしちゃいけないのかなって思ったから」

「なんと、それも俺だよ。運命的な何かを感じるね」

彼女は微笑《ほほえ》むと、セーターの袖口《そでぐち》を指先でくいっと伸ばした。その手の先には、マニキュアのような飾りがついている。色が黒と白なのは、ぬいぐるみの喪にでも服しているからだろうか。

「でも、なんでそもそもぬいぐるみを処分しなきゃいけなかったんだ」

しかし俺がそうたずねた瞬間、彼女の表情が固くなった。そして目に、みるみるうちに涙がたまってゆく。

「ばか」

小さな声でギィがつぶやく。その隣ではジョーが恨めしげな顔でこっちを見ていた。要するに、今まで二人がなだめすかしてきた地雷を、俺はピンポイントで踏んでしまったらしい。

「その、ごめん」

目の前で理由もわからず女が泣いたら、とにかく謝るのが鉄則。これはギィの教えだ。俺はそれを忠実に実行する。

「ううん、勝手に泣いたのは私の方だから……」

ジョーの差し出したティッシュで目もとを拭《ぬぐ》って、顔を上げる。

「あのね、彼氏に言われたんだ。もういいかげん捨てろって」

「ぬいぐるみを？」

「そう。その歳《とし》になってぬいぐるみと一緒なんて恥ずかしいから、処分しろって。いい歳して名前つけるのもキモいからやめろって」

その歳になって。またか、と俺は思う。

なんでもそうだ。いくつになれば何を着て、いくつになれば何を捨てる。自分で決めるはずの切り替えを、他人に押しつけられる不自由さ。

放っておいてくれれば、そこまで馬鹿《ばか》なことはしないよ。制服のない学校を見るたびに、俺は心からそう思う。押しつけられる服がなければ、着崩す必要もない。制約がなければ、度の過ぎた自由には進まない。

「……好きにすればいいじゃないか」

思わず、口に出していた。

「え？」

「ぬいぐるみなんて、誰に迷惑をかけるもんでもないんだから好きにすればいい。別に、彼氏の言う通りにすることなんてないんじゃないか」

ジョーが、驚いたように顔を上げた。

「歳だからどうしろなんて、余計なお世話だ。好きなものを好きと言って、何が悪い。好きなものを大切にすることの、どこが問題なんだ」

自分だってぬいぐるみに名前をつける女は苦手だとか思っていたのに、何故《なぜ》か俺は熱弁を振るっている。

「自分の彼女に好きなものを捨てさせようとする奴《やつ》の方が、俺は間違ってると思う」

くつくつくつ。静まり返った室内に、豆を煮る音だけが響いていた。ひっこみがつかないまま次の言葉を探していると、横からギィが助け舟を出してくれる。

「……そうだよ。言わせてもらうと、あんたの彼氏って超理不尽だと思う。ぬいぐるみが好きな女の子なんて世の中に腐るほどいるし、名前つけるのなんて大人になってもやってる奴いるって！」

「俺、ぬいぐるみ好きな女の子って可愛《かわい》いって思うよ！」

ゲージの援護射撃。そしてその後方から決め手の弾を撃つのがジョーだ。

「本当に捨てなくても、捨てたって言えばいい話なんじゃないの」

「え？」

「彼氏も大切で、ぬいぐるみも大切なら両立させる道を選べばいいってこと。嘘《うそ》も方便、って言葉があるでしょう」

もし他にもぬいぐるみがあるなら、そうしたらどう。ジョーの意見に、彼女はびっくりしたようにうなずく。

「一緒に住んでるわけじゃないんだから、一人のときは自由にすればいい。それで彼氏とうまくいけば、問題ないと思うけど」

「……そんなにうまくいくかなあ」

指の先まで隠れた袖口を頬に当てて、彼女は不安そうな顔をした。

「うまくやるかどうかはあんた次第。泣くほど好きなら、自分で守ることも大切なんじゃないの」

ギィの言葉に、俺は密《ひそ》かに撃ち抜かれる。好きなものを好きだと言うのは、子供にだってできること。けれど好きなものを守るために、俺は一体何をしたんだろう。

＊

「要するに、思い詰めてただけなんだって」

腕組みをしたギィが、彼女の去って行った戸の方を見て言った。

「冷静に考えれば、燃やす必要なんてないのにさ。なのにこれをしないと振られる、とか思って自分で自分を縛ってたんだ」

なんだかいちいち、ぐさりと来る。でも俺はこうやって誰かにぐさりとやって欲しかったのかもしれない。

「それにしても、今回はガールズ大活躍だね。誇りに思うよ、マイツインスター」

「双子座じゃないけど、ありがとう」

鍋をかき回しながらジョーがうなずく。しかしその表情は、どこかすっきりとしない。

「まだ何かあるのか」

たずねてみると、ギィまでもが首を傾《かし》げる。

「なーんか、もうちょっと裏がありそうな女だったんだよね。泣いてたけど、確信犯っぽい感じもあったし」

「嘘泣きってこと!?」

「そこまでは言わないけど、なんか隠してる気がしてさ」

俺が彼女に感じていた違和感は、必要以上に可愛さを強調するような動作だったのだが、女子二人はさらに何かを感じていたのだろうか。

「さて、そろそろ鍋にしようかと思うんだけど、田代呼んで来てくれる？」

ギィが隣の机から、下ごしらえ済みの鍋セットを運んできた。

「今日は屋上じゃないんだね、ハニー」

「さすがに寒いから、田代も一緒に食わせてやろうと思ってさ」

じゃあ俺が呼んでくるよ。相変わらずの身軽さでゲージが廊下へ飛び出していく。

俺はバイト先で貰《もら》った唐揚げを思い出し、バッグから取り出した。

「どうしたの、これ」

「バイト先で貰ったんだ」

「豪勢な具」

言いながらジョーがパックを開けて、鍋の横に並べる。まさか、一緒に煮てしまうつもりじゃないだろうな。

「なんだよ、この闇鍋《やみなべ》みたいな具は！」

具のラインナップを見るなり、田代は悲鳴を上げた。俺は多少の同情を覚えつつ、並べられたものを見つめる。豚肉、鶏肉《とりにく》、豆腐、キノコ。ここまでは正統派。しかしその先には餃子《ギョーザ》、唐揚げ、シュウマイ、ハンバーグ。ついでとばかりに並べられたトマト缶ときしめん。

「和、洋、中、伊の同盟鍋です」

その正面に座ったジョーが、落ち着いた声で答える。

「ど、同盟鍋……？」

「このバカがスーパーの総菜売り場で、あれ食べたいこれ食べたいって騒いだんで、全部入れてみることにしたんです」

白菜とネギを入れながら、ギィが逆らうなとばかりに、にっこりと笑う。

「えー、俺的には実験も兼ねているんですけど、多分大丈夫なんで安心して下さい」

「実験……？」

「はい。タイトルは『ポン酢と大根おろしがあれば、ほぼすべての食いものは鍋としてうまい』です」

自信満々のゲージの前で、田代は頭を抱えた。

「自慢じゃないが、俺はガチガチのコンサバ派なんだよ」

「材料までさかのぼれば、全部肉と野菜ですよ。ビビる必要ないですって」

はい、とシュウマイ入りの椀《わん》をギィから渡された田代は、悲しそうな顔で箸《はし》を手に取る。しかし一口食べた途端、首をひねった。

「なんだかなあ。野菜がうまいのは当然だとしても、餃子やシュウマイも合うってのはどうしたことだ」

「俺の友達で、焼き餃子は絶対おろしポン酢で食うって奴がいるんですよ。で、試してみたらマジでうまかったんで」

茹《ゆ》でた人参《にんじん》を齧《かじ》りながら、ゲージが笑う。確かに餃子は水餃子みたいで喉《のど》ごしがいいし、シュウマイは塩味の肉団子みたいでうまい。しかしハンバーグと唐揚げに関しては、俺も想像がつかない。一体どうなることやら。

「ところでさっき、裏庭の方で焦《こ》げ臭い匂《にお》いがしてたけど、何か燃やしたのはお前たちか？」

バレてる。つかの間空気が張りつめるが、その中からするりと声を上げたのはジョーだった。

「いえ。先生はそれを見に行かれたんですか？」

うまい。すると田代は箸を動かしながら、軽くうなずいた。

「ああ。でも消火されたあとだったから、何が燃えてたのかはわからないな」

ということは、ゲージと俺の後に来たということか。だったらとりあえず無難な真実を話しておくのがいいだろう。

「なんか、お気に入りのぬいぐるみとお別れするために燃やしにきたらしいですよ」

「その生徒と会ったのか」

「はい。俺たちも煙に気づいて行ったんで」

俺は田代の椀を受け取ると、さりげなく豚肉で春菊をくるむ。そして白菜や鶏肉とともに盛りつけると、そのまま渡した。

「用務員さん以外が使うとまずいんだよなあ、あれ」

「注意しときました。あと、文化部の生徒は皆わかってるんで」

ならいいか。田代のゆるさはいつでも全開で、これぞまさに放任教育という気がする。先生が皆こんな風だったら、ヤンキーとかいないんだろうな。

「しかし、お気に入りのぬいぐるみを燃やすってのも、オンナノコっていうか、青春だなあ」

「先生は何か燃やしたことがあるんですか」

ジョーの質問に、田代は遠い目をする。

「あるよ。懐《なつ》かしいなあ」

「それってもしかして、ラブレターとか？」

豆腐をつつきながらギィがにやにやと笑う。

「そんなやわなもんじゃないよ。ギターだ」

「ギター？　え、フォークとかやってたんすか」

「馬鹿にするな。ロックに決まってるだろ」

半笑いのゲージに、田代は箸を突きつけた。

「マジで？」

ふき出す直前の表情で、ギィが注意深くお茶を飲む。

「でもギターって高いですよね。売ることは考えなかったんですか」

あー、今だったらヤフオクとかあるよね。ジョーの言葉にゲージがうなずいていると、突然田代が大きな声を上げた。

「売るなんて、ロックじゃない！　俺の魂を売れるか！」

「でも魂、燃やしたんですよね」

そう俺が突っ込むと、急にしゅんとなる。

「そりゃそうだけどさ」

田代は下を向いて豚肉ロールをつまみ、口に入れた。すると次の瞬間、心の底から嫌そうな表情になる。

「黄川田。お前、春菊入れたな」

締めの段になると、田代はさらに腰が引けた。

「きしめんにハンバーグにトマトと唐揚げ？　あり得ないだろう」

そう言っている目の前で、ジョーは躊躇《ちゅうちょ》なくハンバーグとトマトを汁に入れ、お玉で潰《つぶ》してゆく。続いてきしめんと唐揚げ、それに残った大根おろしと味つけにポン酢を入れ、ひと煮込み。最後に茹でたブロッコリーを飾って、それは完成した。

「どうぞ」

出来たてをたっぷりよそわれた田代は、おそるおそる箸できしめんを一本だけつまみ上げる。俺も食に対して開けた方ではないから、似たような気分だ。しかし、これにはブロッコリーが載っている。食べないわけにはいかない。

ちなみにこれは栽培を学ぶために読んでいた本で知ったことなのだが、ブロッコリーを広めたのはその名もずばりブロッコリという名字の人物だ。サンドウィッチ伯《はく》爵《しゃく》みたいな話だが、本当らしい。そしてこの人の甥《おい》の名前が、アルバート・R・ブロッコリ。このアルバートこそが、スパイ映画の金字塔『007シリーズ』を第一作目から手がけたプロデューサーなのだ。

従って、スパイである身としてはブロッコリーを残すわけにはいかない。思い切って麺《めん》ごとかき込むと、口の中にイタリア料理が広がった。

「ん？　ミートソースというかミネストローネというか……」

「ハンバーグがひき肉に戻ると、ミートソースだよね。うん、大成功」

柔らかめのパスタとしか思えないきしめんと、フリッターっぽい唐揚げ。トマトの酸味が油を中和して、なんともいえずうまい。

しかしどうやったらこんな組み合わせを考えつくのか。俺はゲージの柔軟な脳みそがちょっと羨《うらや》ましくなる。本当に頭のいい奴《やつ》は応用力に優れていると言うが、ゲージはまさにそんなタイプだ。

「うん。これは……ありだな」

きしめんをたぐりながら、田代もゲージに向かってうなずいた。

締めを食べ終え、お茶を飲む頃には全員がすっかり満足した表情で腹をさすっている。その中で田代は、思い出スイッチが入ってしまったのか、昔語りを続けていた。

「なんかな。ギターを焼いたときは、ギターと共にいた時間を卒業するような気分だったよ」

卒業。近づく季節の終わり。田代はそれを自分で決めたのだろうか。

「でもまあ、今になって思うとあの選択は間違ってなかったって気がするな。もし取っておいたら、あのギターは今頃押し入れの中で埃《ほこり》を被《かぶ》ってるだけになってただろうし」

「うわ。埃を被った青春の化石なんて、発掘したくない」

交換日記とかも、痛すぎるし。ギィが顔をしかめて天を仰いだ。いつかこんな風景も、化石になってゆくのだろうか。

＊

ようやく登った屋上は、きんきんに冷えていた。

「うわ。寒い寒い寒い！」

ゲージが声を上げながら駆け回っている横で、俺は下から持ってきたカセットコンロ二台と鍋を置く。鍋はそのまま火にかけ、もう一台の方では湯を沸かしはじめる。

「ところでさ」

コーヒーの用意をしながら、ギィが皆を見る。

「田代の前だから言わなかったけど。あの女、やっぱりおかしいよ」

「黒井さん？」

Uターンして戻ってきたゲージは、火に手をかざした。その前で、ジョーが白玉をぽんぽんと鍋に放り込む。

「だってあいつ、焼却炉が使われなくなったことを知らなかったじゃん」

この学校では、掃除当番が必ずゴミ捨て場までゴミを捨てに行く。つまり生徒全員が、ゴミの処分方法を知っていることになるのだ。

「それを知らないってことは、もしかして転校生とか？」

ゲージの言葉に、俺は首を振った。

「でも彼女、田代の名前を呼んでたぞ」

そんな俺に、ジョーがたずねる。

「焼却炉が完全に使われなくなったの、いつだかわかる」

「二年前、かな」

「田代に挨拶《あいさつ》できて、焼却炉の存在を知らない人物。答えはもう、出てると思うんだけど」

「あ。わかった！」

手についた粉をはたいて、ギィが立ち上がる。

「卒業生だよ。二年以上前にここを卒業したＯＧ。制服も持ってるし、当然田代だって知ってる。それに登校時に制服を着てきたのも、古い知識しかなかったからだ」

「じゃあ年上だったってこと？　可愛《かわい》い感じだったのに、ショックだなあ」

ゲージがジョーに代わって、ぐるぐると鍋《なべ》をかき回す。

「若いふりをしてたから、わざとらしかったってこと」

「そうそう！　だってあの女、普段は絶対ゴス系のファッションのはずなのに、なんか可愛い子ぶっておかしかったんだよ」

俺は一瞬、女子の会話についていけなくて待ったをかけた。

「悪い。まず、なんでゴス系だってわかったのか教えてくれ」

ああ。ギィは薬缶《やかん》から細く湯を注ぎながら、答えてゆく。

「まず爪《つめ》。あいつが黒と白のネイルやってたの、見た？」

「見た」

「でもって次は眉《まゆ》。細くて短かっただろ。あれは絶対、普段から濃いめのメイクをしてる眉だよ」

なるほど。俺は出来上がった汁粉をジョーから受け取り、口をつけた。熱い。火傷《やけど》しそうに熱くて、その上とろけそうに甘い。

「最後に髪の質感。あれは絶対染め直した黒だよ。自然のままだったら、あんなにマットな黒にはならない」

「その上、リアルなウサギのぬいぐるみを剝《む》き出しで持ってたわけ」

ジョーは熱さに顔をしかめて、慎重に汁粉をすする。

「あー、なんかめちゃめちゃ黒アリス系？」

「そういうこと」

といういことは。俺は努力して、女子的な想像を膨らませてみた。

「ぬいぐるみを捨てろ、じゃなくてゴス系をやめろ、と言われたのか」

「ブラザー、それは慧眼《けいがん》だ！　ゴスロリとかって女の子は好きだけど、男で好きな奴はあんまりいないもんなあ」

白玉を持ち上げたゲージは、十分にそれを冷ましてから口に放り込む。

「……もしかしたら、彼氏プラス就活かもね」

就職活動をする前に、茶髪や金髪を黒に染め直す奴って多いから。ギィはそうつぶやくと、残りの汁粉を一気に流し込んだ。

「あーもう！　超絶ウザい！　ファッションなんか、自分が着たいもの着てればいいじゃんか！　それでも就職したいなら、ジョーの言うみたいに使い分ければいいだけの話でさ」

なんか、『サヨナラ青春』の儀式につきあわされたみたいで、ムカつく。そう言いながらコーヒーをそれぞれのカップに注ぎ分けると、ギィはようやく気持ちが落ち着いたらしくふっと息を吐いた。

「でも、一応一人で儀式をやりにきた点は評価するメーン」

何かを手に入れたければ、一人で動くこと。これはスパイの基本でもある。

「そうだね。昔の制服まで引っ張りだして潜入してたわけだから、ゴミに出すのが嫌だってのは本当の話なんだろうし」

潜入捜査。あれもまた変装ってことか。そう考えると、彼女がセーターだった理由がわかる気がした。

「制服着てます、って示したかったからコートを着なかったんじゃないか」

「その場に合った服装を誇示したいために、逆に目立ってた。せめてブレザーを着ていれば目立たなかったのに、皮肉」

俺の意見に、ジョーがうなずく。

「夕方に現れたのも、薄暗い方が良かったからなんだろうね」

「サヨナラ青春、か」

意見の一致を見たところで、俺たちはいつものようにコーヒーを片手に散開した。

屋上の角に立ち、空を見上げながらコーヒーをすする。汁粉とコーヒーの取り合わせが案外悪くないので、俺は皆の食のセンスに驚いた。一人だったら知らなかったことや、わからなかったことが山のようにある。きっとこれからもそうだろう。

二月の夜空は空気が澄み渡り、一年で最も観測に適している。南の空を見上げると、オリオンのベルトが目に入った。ギリシャ神話の由来を思い出そうとして、俺はふと笑う。この神話には、性に関するタブーが驚くほど少ない。

「うらやましいぞ、メーン」

こっそりつぶやいて、俺は片目をつぶる。ウィンクのつもりだが、きっとそうは見えないことだろう。でも、それはそれでいい。

届かなくていいものも、きっとこの世にはあるのだ。

＊

俺は爆弾を運ぶスパイ。そして俺の仲間は、最高の爆弾処理能力を持っている。俺が捨ててしまいたいと望むもの。それを彼らは噛《か》み砕いて呑《の》み込んで、綺麗《きれい》に消し去ってくれるから。

早く大人になりたいと思っていた。自由になりたいと願っていた。でも今は、大人じゃなくてもいいと思いはじめている。

俺は、好きな人の自由を縛らないでいられる人間になりたい。そしてギィもまたギィのままでゲージはゲージのままで、ジョーはジョーのまま。そして自由を受け入れていきたい。

自由への鍵《かぎ》はきっと、外じゃなくて自分の内側にあるから。

あとひと月もすれば、このミッションも終わる。別れがたい気持ちはあるものの、俺たちはきっと儀式もなく別れてゆくだろう。後には何も残さない。存在したことすら感じさせない。それがスパイの鉄則だからだ。

形見もいらなければ、思い出の場所もいらない。そして形がなければ、埃を被ることもない。

「化石になるなんて、ごめんだからな」

体の中に吹き荒れる風はいつしか、凍える寒風からあたたかくて強い春風に変わっていた。
俺は、自由になる。

それだけのこと

鐘の音が鳴り響く。

それとともに一斉に立ち上がる人々。つかの間、私はかつての戦場を思い出して目を閉じる。足音。ざわめき。わん、と反響する虫の羽音のような声。

ただ少し違うのは、不安を隠しながら仲間を求める嬌声《きょうせい》が少ないことだろうか。

「おはよ」

軽く肩を叩《たた》かれて、私は目を開ける。そこには、この土地に来てから知り合った人物の笑顔があった。

「おはよう」

「次は？」

「語学」

そう答えると、相手はうなずく。

「私は心理学。良かったら、後で学食で会わない？」

了解の意を伝えると、あっさりと背を向けた。私は荷物をまとめ、一人立ち上がる。

ここは住みやすい場所だ。

なぜならここでは、一人でいることが異端ではない。


長い任務を終えて、私はこの土地にやって来た。

飛びたいという思いを抱えたまま、いくつもの夜を越え、己を消し去るようにして乗り切った任務だった。

しかし一つの仕事を終えたところで、引退をするわけではない。ただ、最前線よりは少しだけ楽な場所へ来ただけだ。激務の後のリハビリを兼ねた簡単なミッションの地とでも言えば、わかりやすいだろうか。

その証拠に、ここにも敵は存在する。

「ねえねえ、中島さん」

通路で呼び止められ、振り返るとそこには若い男が立っていた。瞬間的に私は戦闘態勢に入る。笑顔。いやこの場合は無表情がベストだ。

「何」

「あのさ、中島さんって合コンとか興味ないかな」

「ないです」

速攻却下。少しでも受ける姿勢を見せると、あっという間につけあがるから。そんなギィの教えを私は忠実に再現する。

「そっか。でもさ、今週の飲み会はそういう雰囲気じゃなくて、ホントにただの親睦《しんぼく》会《かい》みたいなもんだから」

「だから？」

「えっと、女子は半額だし」

しどろもどろになる男の後ろから、不意にもう一人の人物が姿を現した。

「要するに、こいつはあんたに来てほしいみたいだけど」

新手《あらて》。この土地では敵のタイプも豊富だ。ただし手強《てごわ》くはない。

「私は行きたくありませんから。それじゃあ」

踵《きびす》を返して下がろうとしたところに、すっと回り込まれる。

「愛想ないね。流行のツンデレ気取ってる？　ま、俺は嫌いじゃないけど」

似たようなことを言っていても、誰かさんとは大違い。私はゲージを真似《まね》てするりと身をかわすと、最大出力の笑顔でにこりと笑いかける。

「え？　何??」

相手が戸惑っているうちに、私は情報を漏らすことなく敵の前から姿を消す。沈黙は金。ブッチの潜行術は、私に最も近い。

無事に敵をやり過ごしたところで、バッグの中の携帯電話がメールの着信を知らせた。私は通路の突き当たりで足を止め、二つ折りの画面を開く。

『今月末、観測会をしようと思う。集まるのは可能？』

シンクロニシティ。そんな言葉を思い出すほどのタイミングで届いた、ブッチからの指令。私はメールに貼《は》り付けてあるアドレスを開き、今回のミッションがどこで行われるかを確かめた。

＊

「え。週末、空いてないの？」

「そう。ちょっと用事があって」

学食でおちあった知り合いに私はうなずく。

「残念。どうせまた勉強してると思ったから、ランチの約束しようと思ってた」

がっくりと肩を落とす彼女に、私は唐揚げを一つ差し出した。

「ごめん」

「いーよ、別に。こっちが勝手に予定してただけだから」

そう言いながら、卵焼きを皿に載せてくる。彼女は私と同じように学ぶことが好きなタイプで、そのせいか一緒に過ごすことが多い。

「でも珍しいね、旅行なんて」

「うん」

旅行ではなくて、招集なのだけど。それ以上特に答えずにいると、彼女はお茶を飲んで言った。

「どこ行くか知らないけど、お土産よろしくね」

どこへ行くかは、実は私も知らない。なぜならブッチのメールにあったのは、目的地ではなくピックアップのための集合場所だったから。ただしメールの本文には『キャンプのできる服装で』と書いてあったので、おそらく夏合宿のときのような場所に行くのだろうと推測された。

小さめのザックに必要最低限の荷物を詰めたあと、私はふと思いついて小型の双眼鏡を探しはじめる。確か引っ越すとき、荷物に入れておいたはず。そう思いながら段ボール箱を開けると、双眼鏡と共に星座の早見表も出てきた。あまり使わなかったから、まるで新品同様なのが愉快だ。

推薦で遠い街に大学を決めた私は、卒業と同時に一人暮らしを始めた。その進路を告げたとき、両親は心底驚いたような表情をした。しかし私が大学に近い場所にある女子寮のパンフレットを見せ、アルバイトで部屋代をなんとかすると伝えるとしぶしぶ了解してくれた。

「大学の間くらい、羽を伸ばすのもいいわね」

そう言っていかにも『女同士の秘密』めかした顔をしてみせた母は、これっぽっちも私を理解してはいない。曖昧《あいまい》にうなずく私を見て、真の理解者である弟はただ苦笑していた。

「戻る気なんか、ないんでしょ」

その言葉には、私がひっそりと笑う番だった。出てしまえばこっちのもの、というほどの楽観は抱いていない。けれど距離が何らかの解決にはなるはずだと考えていた。

いつも駅ビルの書店から見下ろしていたホーム。そこに立ったときは、ほのかな感慨もあった。最前線を後にする感傷なのか、それとも任務を終えた達成感なのか。遠ざかる景色を眺めながら、私はあの屋上を思った。数えきれない夜の中で、ひときわ輝いていた星たち。

＊

天文部の最後の日は、結局いつものメンバーのままで迎えた。

「なんだかなあ。現時点で部員ゼロってのは初めてだよ」

卒業式の一週間前。最後の大掃除の日に、田代は不思議そうな顔で私たちを見つめた。

「努力はしましたけどね」

両手を腰に当ててギィが言い放つ。本当は括弧のあとに『私たちなりの』とつけなければいけない気もするが、まあいいだろう。

「思えば、お前らはおかしな代だったよなあ。普段は何にもしないのに、観測会だけはきっちりやって」

「フィクションよりリアル、データよりも現場が好きなんですよ」

ゲージの言葉に田代は首を振る。

「そうじゃない。おそらくお前らには、違う目的があったんだ」

田代の言葉に、ギィの細い眉《まゆ》がほんの一瞬ぴくりと寄せられた。まさかとは思うが、田代もまた私たちと同じ夜を過ごしていた。任務が漏れている可能性がないとは言いきれない。

「お前らは——」

私は、きゅっと唇を噛《か》む。

「飯盒炊爨《はんごうすいさん》が大好きだった。そうだろう！」

言いきった田代に、ブッチがにやりと笑いかけた。そしてその隣で、ゲージがわざとらしくうなずく。

「いやあ、バレちゃったかあ。よくわかりましたねえ！　実は俺たち、星空よりも野外で飲み食いするのにハマっちゃってもう！」

嘘《うそ》の中には、いくばくかの真実を混ぜ込むこと。これはスパイの基本技術だ。

「だよなあ。だってどんどん差し入れがうまくなってったもんなあ。最後の鍋《なべ》なんてショーゲキだったぞ、ホント」

腕組みをして深くうなずく田代を、全員が微笑《ほほえ》みながら見ていた。

「さてと」

最後までのどかな顧問だった田代も去り、部室の整理も終わった頃、ブッチが鍋やコンロなどの調理器具を机の上に置いた。

「これは俺たちが持ち込んだ物だが、どうしたい」

「置いていくのも手だけど、後を濁さないのも悪くないね。ブラザー」

ゲージの意見に、私は賛同の意を示す。

「痕跡《こんせき》を残さない方に一票」

「じゃあ、調味料は処分してあとは適当に持ち帰るってことで」

ギィがためらいなく、片手鍋を摑《つか》んだ。それを見たブッチがコンロを引き寄せ、私は土鍋を貰《もら》う。

「ベイベーたち、良かったら俺の分も持っていきなよ」

四月からも自宅住まいのゲージは、残りの器具を私たちに譲ってくれた。

「赤ちゃんじゃないけど、ありがとう」

ゲージ以外の全員は贅沢《ぜいたく》ができない身だけに、実用品は嬉《うれ》しかった。私はお玉と菜箸《さいばし》、ギィはフライパン、そしてブッチが薬缶《やかん》を手にしたところで器具がなくなる。

「それじゃ、これで任務終了だな」

荷物をしまい終えると、それぞれがバッグを持って立ち上がった。

「んじゃ、元気で」

一番に背を向けたのはギィ。その後を追うようにゲージが手を振った。

「マイスイート&ブラザー。新しいミッションがはじまったらメールするよ！」

「お菓子じゃないけど、気をつけて」

ブッチと二人で手を振り返すと、ゲージは腰のチェーンをちゃらちゃらと鳴らしながら姿を消す。

残り二人となった室内で、私はブッチを見上げる。どっちが最後に出るのか首を傾《かし》げてたずねると、ブッチは彼らしからぬ動きで片手を前に出した。

「レディーファースト。レディ？」

準備はいいか。そう聞かれたなら、うなずくしかない。任務を終える日のために、私たちは夜を越えてきたのだから。

私は一歩前に出ると、軽くお辞儀をする。

「貴婦人じゃないけど、お先に」

そうして私たちは部室を後にした。

＊

それからほぼ一年。

新しい場所に新しい家、そして新しい教室に新しい人間関係。すべてが白紙に戻った状態の中、手探りで暮らすうちに時はあっという間に過ぎた。自分の力で切り開いた新天地は自由の香りに満ち、未来は無限に思えていた。

しかしそんな腑抜《ふぬ》けた心は、一本の電話によって戦場に引き戻される。

『もしもし翠《みどり》？　もう一ヶ月経《た》つけど、そろそろ戻って来るよね？　そのときちらし寿司《ずし》でも作ろうかと思うんだけど——』

最前線から届く遠隔攻撃。留守番電話から聞こえてくるメッセージに、私は身を硬くした。過去は、どこまでも追いかけてくる。

いや、追いかけてくるのではない。戦闘が継続しているだけなのだ。最前線を退いたからといって、油断した自分が悪い。

(自覚が、足りなかった)

私は気を引き締めなおして、再び潜行する姿勢をとった。

「あ、お母さん？　しばらくは節約したいから、帰るのは夏休み頃にしようと思ってるんだけど」

『そんなに長く？　お父さんが、翠の料理食べたいって言ってるのよ』

携帯電話の向こうから伝わってくる、最前線の空気。

「……ごめんなさい。でもせっかくお金を払って大学に行かせてもらってるんだから、ちゃんと勉強しておきたいの」

軽いため息。または不満そうな沈黙。なだめずに待っているのはもどかしいが、それに応《こた》えてはならない。ギィの教え『一度でも受けたらつけあがる』は、こんなところでも有効だ。

攻撃はそれから月一回、多いときは二回のペースで続いた。心理的に追いつめられるのは、私にとって直接的な攻撃よりも質《たち》が悪い。

ここは約束の地でもなければ、理想郷でもない。そんなことはよくわかっている。けれど連日で攻撃を受けたときは、さすがにダメージが大きい。

『せっかく大卒になるなら、いい会社に入っていい相手を捜すんだぞ』

そんな言葉を聞いた瞬間、私は心の底からぞっとした。

大学に進んだら今度は就職。いい会社に、いい相手。その次は、そのまた次は。弾を避《よ》けても、すぐに次の弾が飛んでくる。

とはいえ、特に女だからそう言われるのだとは思っていない。もし私が長女ではなく長男だったら、まずいい高校といい大学を勧められ、さらには家族に対する責任を背負わされていたはずだ。むしろ女だからこそ、このぐらいで済んでいるような気さえする。

しかし、将来のことを考えれば考えるほど、私は追いつめられるような気がしてきた。攻撃には、終りがない。敵が死なない限り、そして私が生きている限り、それは続くのだ。

携帯電話のアドレスをスクロールしながら、私は星空を想《おも》う。強く、想う。

*

六月。週末を待って、私は電車に乗り込んだ。ここから特急と各駅停車を乗り継いで一時間半。名もない駅のロータリーがランデブー・ポイントらしい。

初めて乗る路線の、初めて降りる駅。とはいえそこは特に変わったところもない、ありふれた地方の駅だった。コンビニと小さな喫茶店、それにレンタカーの事務所の他には広いロータリーがあるばかり。本当にこの場所で合っているのかと不安に思いはじめた頃、駅の階段から誰かが降りてきた。

「マイスイートハート！　変わらず愛らしいね。元気だった？」

大げさな身振りで近づいてくるのは、相変わらずのゲージ。

「恋人じゃないけど、とりあえず健康。元気？」

「ハニーたちがいないから、毎日涙に暮れてるよ。でも健康っちゃ健康だね」

日本人らしからぬ肩のすくめ方をするゲージは、ジーンズにワークブーツと相変わらず洒落《しゃれ》ている。

ゲージは推薦の第一志望に落ち、第三志望である地元の大学に進学が決まった。だから彼は今もあの場所で暮らし、学生生活を送っている。そして今も変わらず、軽やかだ。

「馬鹿《ばか》は風邪ひかないって言うからね」

そんなゲージの後頭部を、背後から現れたギィがぽかりと叩《たた》いた。

「猟奇的なハニー。力強く元気そうだね」

「久しぶり」

細身のジーンズにアーミー風のロングジャケットを羽織ったギィが、大きな荷物を持って立っている。

「お休み取れて良かった」

「うん。前もって申請したからね」

ギィは私と同じように、卒業と共に遠い街で一人暮らしを始めた。高校の在学中に調理師免許を取得した彼女は、飲食店で働きながら製菓学校に通う費用を貯《た》めているのだという。

ところでブッチは。そう言ってギィが辺りを見回すと、ロータリーに一台の軽トラックが入って来た。

「あれかな」

ゲージが指さしたトラックは、ロータリーをぐるりと回ると私たちの前で停車する。

「待たせたな、メーン」

ブッチは車から降りると、私たちの前に立った。その姿を見て、私は一瞬絶句した。黒い。

「……ブラザー、すごい日焼けだな」

「てかどこのギャル男《お》って感じ」

ブッチは元々がっしりした体格で、上背もある。それだけでも格闘技選手かと思われるような外見なのに、日焼けが加わることによって問答無用の迫力が醸《かも》し出されていた。

「基本、外の仕事だからな」

帽子がわりに日本手ぬぐいを被《かぶ》ったブッチは、軽トラックのドアを開けて私とギィをうながす。

「狭いけど、女子二人は乗れる」

「え、俺は？」

不安そうな顔で首を傾げるゲージに向かって、ブッチは荷台を示した。

「荷物と男はそっちだメーン」

「マジで？」

「一応違法だから、身は低くプリーズ」

ぶつぶつと文句を言いながら、ゲージは私たちの荷物と共に荷台に乗り込む。それを笑いながら見ていたギィは、ドアに手をかけて私を先に乗せてくれた。

「お邪魔します」

初めて乗る軽トラックの座席は、切れ目がほとんどなくてまるでソファーのようだ。三人座るとさすがにきゅっと狭くなるけど、真正面に開けた広い視界が心地良い。座席が乗用車より少し高い位置にあるだけで、風景の見え方が違うのは新鮮だ。

駅を離れたとたん、左右に広がるのは畑。六月に育つ作物が何かはわからないけれど、その青々とした絨毯《じゅうたん》が目に優しい。街から野へ。最前線からさらに遠く離れつつある。そう考えると、自然と気持ちが軽くなった。

「ど田舎すぎて、駅があったのが嘘《うそ》みたいだよ」

ギィは窓に肘《ひじ》をかけたまま、人いねえし、とつぶやいた。

「だから荷台に乗ってもバレにくいメーン」

ブッチは広い道路をしばらく走ったところで、スピードを緩めて左に曲がる。どうやら、スーパーに寄るようだ。駐車場で再会したゲージに荷台の乗り心地をたずねると、顔をしかめてみせる。

「ベイベー、椅子《いす》のクッションがあんなに偉大だとは」

「要するにケツが痛い、と」

「身もふたもないよ、ハニー」

腰をさすりながら歩くゲージとともに、私たちは店内に入った。

「この先にはコンビニが一軒あるだけだから、必要な物はここで買っておいた方がいい」

「ブラザー、夕食と朝食を自炊するって話だよな」

追加メールで送られてきた今日の日程は、キャンプ。しかも部活のときとは違って、ブッチの野菜がないからメニューを一から組み立てなければならない。

「基本的な調味料と道具は揃《そろ》ってるけど」

「いつも作ってんの」

通路をぶらぶらと歩きながら、ギィが葉もの野菜の名前に首を傾げた。どこにでもありそうな菜っ葉なのだが、この地方特有の呼び名がつけられている。スーパーと言えど、微妙に地方色が感じられる瞬間だ。

「ほぼ毎日。パン焼くだけとかの、簡単なもんだけど」

「水場は」

「近くに公園みたいな場所があるから、トイレもそこを使わせてもらってる」

「鉄板か焼き網は」

「お盆サイズの鉄板が一枚。網はない」

傍目には喧嘩《けんか》をしているのかとさえ思えるほど、愛想のないギィとブッチの会話。プロファイリングをするFBI捜査官さながらの淡々とした口調でギィは現状からメニューを導きだそうとし、ブッチはそれに感情を交えずに答える。

「冷蔵庫は当然ないとして」

「クーラーボックスはある。あと、現地はそれなりに涼しいから、生もの以外はそうそう腐らないと思う」

「なるほどね」

二人が話している間、ゲージはふらふらとお菓子のコーナーへと歩いてゆき、私は台所回りの品を見ていた。水場はあると言っていたけど、流しがあるわけじゃない。だとしたら、洗い物はできるだけ少ない方がいいはずだ。使う道具の少ない料理を考えた私は、小走りでギィの元に戻る。

「鉄板焼きがいいと思う」

「ん？　どうして？」

「鉄板なら肉も野菜も麺《めん》も調理できるから、洗い物が少ないの」

ああ、とギィがうなずいた。

「鍋《なべ》か焼きものかって思ってたけど、鍋って季節じゃないもんね」

「俺、焼きそば食べたい！　焼きそば希望！」

お菓子を抱えて戻ってきたゲージが、むし麺の袋を人数分摑《つか》んでカートに放り込む。私はそれを拾い上げると棚に戻し、改めて『ファミリー用』と書かれた四食パックの麺を入れた。

「ベイベー、どっちだっておんなじじゃないのかい」

悲しそうな顔をするゲージに、私は袋に印刷された文字を指さす。

「赤ちゃんじゃないけど味つけ用のソース、一個パックにはついてないから」

「それにこっちの方が安いメーン」

麺だけに、と冗談を言うブッチの前でギィは卵のパックを手にする。すると今度はゲージがそれを止めた。

「ハニー、生の卵は腐るんじゃない？」

するとギィは、空いた方の手でゲージのお腹《なか》にパンチを入れる。

「馬鹿。卵は常温で保存可能なんだって。その証拠にほら、売り場だって冷蔵じゃないだろ」

「あ、ホントだ……」

こうして話しながら歩いていると、なんだかひさしぶりという気がしない。まるでつい昨日部室で別れたような自然さで、私たちは一緒にいる。まあ、元々頻繁に会っていたわけではないから、たまに会う方が自然といえば自然なのだけど。

しかしそんな時間の中でも、砲弾は容赦なく降りそそぐ。震える携帯電話をバッグからつまみ出すと、弟からメールが届いていた。

『また帰って来いってうるさいから、適当にお茶濁しといた。今度おごりね』

敵地にいる内通者に感謝のメールを返しながら、私は暗い気持ちになる。せっかく皆といるのに、防御に腐心しなければならない自分が悲しい。

それから肉のコーナーに進み、豚や鶏、それからそれぞれが必要な物を探しに行って、買い物は終わった。再び軽トラックに乗り込むブッチに、ゲージは時間をたずねる。

「三十分くらいで着くメーン」

ということは、ゲージは三十分荷台か。少し気の毒に思いながらも、今度はギィを真ん中にして車に乗り込む。そして走りはじめて五分。車はすぐに林道の入り口に差しかかった。

＊

緩いカーブが続く山道を進むと、視界はいきなり緑一色になる。六月。植物が精一杯の力で伸びてゆく頃だ。

「山なんて、久しぶりだな」

全開の窓から流れ込む風に髪を遊ばせて、ギィは目を細める。その耳に輝くきらめきが、以前と同じ数であることに私は安心した。

「いい空気」

土の匂《にお》いと青臭さを含んだ風を吸い込むと、身体《からだ》の中から綺麗《きれい》になるような気がする。

しばし快適なドライブを楽しんだ後、車は山の中腹に差しかかった。道が徐々に狭まりはじめ、対向車が来たら待つしかないような道をトラックはスピードを落として進む。

「最後は未舗装の道だから、ちょっと揺れるかも」

ハンドルを握るブッチは、器用に運転をこなす。それを見ていると、やはり私も免許を取りたいと思った。車を運転できれば一人でどこへでも行けるし、誰かを連れて行くこともできる。お金はかかるし車を所有できる保証もないけど、スパイの活動にはやはり不可欠だろう。

「そろそろだな」

ブッチの声で顔を上げると、舗装された道の終りが見えた。そこから先は広めの獣《けもの》道《みち》のようで、轍《わだち》の跡以外には丈の低い草が生えている。そしてがたがたと車全体が揺れはじめ、舌を噛《か》むほどではないけれど積極的に喋《しゃべ》ろうとも思わない状態が続いた。

やがて少し開けた場所が見えてくると、ブッチはそこに車を停める。

「現着、到着、ドージョー・チャクリキ」

「なんだよそれ」

ブッチのラップに顔をしかめながら、ギィは腰を上げた。一歩先に外へ出た私は、大きく伸びをして深呼吸する。おだやかに晴れた空。見上げると、遥《はる》か上空にトンビが飛んでいるのが見えた。

ブッチがエンジンを切ると、あたりが急に静かになった。耳に聞こえるのは、小鳥の鳴き声と木々がざわめく音。

「いいところ」

「確かに」

ギィと二人でしばし立っていると、背後から悲しげな声が聞こえてきた。

「……ベイベーたち、俺の苦行をお忘れ？」

「ああ、すっかり忘れてた」

荷台から這《は》い出してきたゲージは、よほど腰が痛かったのだろう。お年寄りのような歩き方で近づいて来る。そんなゲージに向かって、ブッチは非情な指令を下した。

「じゃあ各自荷物を持って。キャンプ用のテントは、ここからちょっと歩いた場所に張ってあるから」

「ハードなミッションだよ、ブラザー」

「スパイたるもの、心身の鍛錬は必要だ」

そう言いながらも、ブッチは誰より多く荷物を担《かつ》ぎ上げる。太い腕に盛り上がった筋肉に、広い背中。彼はもう、誰かを守って生きてゆくことができそうだな、などとぼんやり考える。

遊歩道のような道を少し歩くと、前方に『展望公園』と書いた広場が見えた。狭いスペースの中に東屋《あずまや》とお手洗い、それに水飲み場と公園らしい設備が整っている。しかしコンクリートで出来た東屋以外の場所は、わさわさと生えた雑草に覆《おお》われ、どうにも野放図な状態になっていた。

「おーい、確かにいい景色だよ。向かいの山まで見える」

東屋の先にある柵《さく》まで行ったゲージが、私たちを手招きした。しかしブッチは首を振ると、さらに公園の端へと歩を進める。

「ここが目的地ではないメーン」

「え？　でもブラザー、もう他に道はないみたいだけど」

ゲージの言う通り、雑木林に囲まれたこの広場には他に伸びる道はない。けれどブッチは突き当たりの灌木《かんぼく》を手でひょいと分けると、その中に踏み込んでいった。見失っては大変と、皆で慌《あわ》てて後を追う。するとブッチの通った場所が、緑のトンネルのようになっているのがわかった。しかもそれをくぐると、あっという間に私たちは『次の間』に入り込んでいた。

「……何、ここ」

ギィが不思議そうな顔でその空間を見渡すと、ブッチが荷物を下ろしてにっと笑う。

「秘密基地」

丈の高い草と木に囲まれた小さな空間は、ブッチの言葉通り秘密基地という言葉がぴったりだった。そこには二つのテントが張られ、すぐにでもくつろげそうな状態になっている。

「ブラザー、すごくイカしてる！」

辺りを見回して、ゲージが歓声を上げた。

「ここを寝場所にすると、偶然来た観光客には気づかれない。しかも居心地がいいって先輩が教えてくれた」

「このテントも先輩が？」

「そう。あとランプとか調理器具も置いて行ってくれた」

だから私たちは手ぶらで来られたわけか。私はブッチの先輩に感謝した。

「あ、でも寝袋は男臭いかもって言ってたメーン」

「マジで!?」

ギィが顔をしかめて、さっそくテントの中を覗《のぞ》き込む。そしてしばらくごそごそしたあと、真剣な顔で出てきた。

「……くさい？」

私が恐る恐るたずねると、首をひねる。

「……微妙。我慢できないわけじゃないって、感じ」

まあ、でも今日は風呂《ふろ》に入らないからいいか。ギィの台詞《せりふ》に私は笑いながらうなずく。

＊

午後三時。とりあえず休憩ということで、東屋の椅子《いす》に腰を降ろした。私はペットボトルのお茶を片手に、景色を見ようと柵のそばに歩み寄る。

谷間に面した斜面から吹き上げる風に目を細めると、つかの間目を閉じる。こうして高いところから下を見下ろしていると、まるであの屋上にいるような気分になった。たった一年前のことなのに、もうずいぶんと遠い昔に感じる。皆と話しているときには感じなかったタイムラグ。私の体内時計は、ずれているのだろうか。

そっと振り返ると、東屋で三人が楽しそうに語り合っていた。彼らは最前線の任務をきちんと終えているからこそ、あんな風に笑えるのだろう。そんな中、私は一人だけミッションを終えられずに眉間《みけん》に皺《しわ》を寄せている。

最前線にいた頃は、悲しさや寂しさなど感じなかった。なのに今私は、そんな負の感情に捕われて身動きが取れなくなっている。己を研ぎ澄ますべき戦場で、余計な感情を持つことは命取りだと誰よりも知っているはずなのに。

「ところで、ブッチの仕事場って見学できるの」

ギィの言葉に、私は振り返る。そういえば一番重要なことを忘れていた。

「見るだけなら。実際仕事をするのは明日の朝だけど」

「ブラザー、ぜひ見たいよ」

さっそく立ち上がったゲージに続いて、私も皆の元に戻る。

ブッチの仕事場は、秘密基地をさらに十五分ほど先へ進んだ所にあった。今度こそ正真正銘の獣道を歩いてゆくと、オアシスのように広い平地が現れる。そこにみかん箱ほどの大きさの箱が、四個ほど間隔をあけて置かれていた。

さっそくゲージが近寄ろうとすると、ブッチが手で制する。

「一応、注意しておく。まず携帯の電源は切って、もし体にとまっても慌てないで俺に言うこと。こちらから攻撃をしなければ、何もしてこないから」

ポケットを探って、もとよりマナーモードだった携帯電話を出した。そして電源を切ろうと画面を開いたところで、私は気づく。

「ブラザー、切るも何も元々圏外だよ」

ゲージの言葉にブッチはうなずく。

「車を停めた場所からこっちは、ずっと圏外だ。でもアラームなんかで音が出ることがあるから、念のため」

ギィがうなずきながら、操作ボタンを押した。

「大きな声や音を立てないようにして、ゆっくり動いてこっちへ」

ブッチの手招きに従って、私たちはスローモーションのような動きで箱へと近づく。

「わかってても、ちょっとビビる」

ギィが私に向かって、小さな声で囁《ささや》いた。

近づくにつれ、耳元でうなる羽音。目の前をせわしなく横切る小さな黒い影。正直、リラックスにはほど遠い状況だ。

「……思いっきり刺されそうだよ。ブラザー」

やはり小さな声で、ゲージがつぶやく。そう。ブッチの仕事は養蜂《ようほう》。そして今、私たちの回りをぶんぶん飛び回っているのは西洋ミツバチの群れだ。


ブッチは私やギィと同じく、卒業を待って家を出た。しかし私たちと違っていたのは、彼が家を持たなかったこと。

養蜂業というのは文字通り蜂《はち》を飼育することによって蜂蜜《はちみつ》を採取する仕事だが、そのほとんどは農家のように定位置で営むことが多い。けれど中には、花の開花を追って移動しながら蜜を集める人々もいる。それが転地養蜂と呼ばれるスタイルだ。

とはいえ、彼らとて一年中旅をしているわけではない。花が咲く三月から九月までの半年ちょっとを移動に当て、残りの時間を越冬や飼育に当てているのだ。だから本来は住む所も必要なのだが、ブッチは共に旅をする先輩の家に間借りすることでそれを解決した。

今は携帯電話があるから、ブッチ個人と連絡をとるのに困ることはない。だから家など不必要と言えばそれまでだが、あまりにも身軽なそのスタイルが、私にはまぶしかった。

「ジョー、恐《こわ》くないのか」

ブッチに声をかけられ、ふと我に返ると私は一人で巣箱の中心に立っていた。ギィとゲージは少し離れた場所から、そんな私を驚いたように見ている。

「恐くない」

虫が好きというわけではないが、ミツバチは不思議と恐くなかった。子供の頃読んだ本に、理由もなく人を襲う虫ではないと書かれていたからだろうか。

耳元でうなる羽音が、ベールのように私を外界から遮断する。敵からの攻撃が届かないこの土地で、私はミツバチの群れに包まれ、ようやく息をついた。守られているわけもなくそう思って、鼻先をかすめる黄色い生き物に深く感謝した。

むせかえるほどの生を感じさせながら、これでもか、これでもかと飛び回るミツバチ。ふと足下を見ると、巣箱のそばにはたくさんの死骸《しがい》が落ちている。天敵でも現れたのだろうか。私はしゃがんで、小さく丸まったミツバチを指先でつついた。

「誰にやられたの」

「ほとんどが自然死。ミツバチの寿命は春から秋の間で約三十日、越冬を含む冬で約六ヶ月だから」

「ずいぶん短い人生だね、ブラザー。仲良くなる暇もないくらいだ」

人生、じゃなくて虫生かと思うけど確かに短い。そのことに私は衝撃を受けた。こんなにぶんぶんうるさくて元気一杯なのに、たったひと月の命だなんて。

「死体が多く見えるのは、掃除の結果。ミツバチは綺麗《きれいず》好きだから、巣の中で死んだら死骸を外に出すメーン」

ぶんぶん、ぶんぶん、ぶんぶん。うなり続ける羽音。生きている、生きている、生きている。私は耳元でそう叫ばれているような気がした。全力で、必死で、生きる。生ききったから死ぬ。足下の死骸は、ただ全力で死んでいる。

最前線にいた頃、私は全力で生きていた。しかし今はどうだ。ぬるま湯の中で遠隔操作の攻撃に怯《おび》え、自分から目をそらして他人を羨《うらや》むような輩《やから》に成り下がっている。それはきっと、力を惜しんだからだ。

このままでは、全力で死ぬことすらできやしない。私はミツバチの胴体に生えた毛を、そっと指の腹で撫《な》でた。思い出せ。あの研ぎ澄まされた夜を。思い出せ。必死に潜行していたあの最前線の日々を。

ただ一撃に賭《か》けた、この針を見習え。

「蜂は、可愛《かわい》い」

ミツバチの乱舞の中でつぶやくと、ブッチが心持ち笑顔でうなずいた。

「初めて任された群れだ」

「でもって今が初めての休暇、と」

ギィが離れた場所からつっこむ。ブッチはその初めての休みを利用して、私たちをここへ呼んでくれたのだ。

「一年間休み無しって、どんだけハードな仕事なんだい。ブラザー」

「流れを覚えたいから、休みはいらないと言っただけだ」

「でも休みって、実質的にどうとるわけ。蜂を持ってる人は常に動いてるわけでしょ」

それは私も気になった。するとブッチはあっさりと言い放つ。

「休み明けに、死にもの狂いで追いつくだけメーン」

＊

巣箱の置いてある場所から戻った私たちは、ブッチのすすめに従って明るいうちに夕食の下ごしらえをした。

「一応ライトはあるし、東屋《あずまや》のそばには外灯もあるから真っ暗にはならない」

ギィと私は野菜を洗って切り、ゲージとブッチは東屋の床に簡単な炉を組み立てる。東屋はコンクリート製なのでコンロの安定が良く、万が一倒れても火が広がる恐れがないのだ。

支度をしているうちに、ゆっくりと日が暮れてくる。

「さて、そろそろ焼き始めようか」

ギィの号令で、皆はそれぞれ好きな具を鉄板の上に載せてゆく。ギィと私はナスやピーマンなどの野菜、それにゲージとブッチはお約束の肉やソーセージだ。

「ん、うまい」

冬の鍋物《なべもの》以来ポン酢にはまっているのだというゲージが、豚肉を頬張る。私はそのポン酢をナスに垂らして、焼きナス風の味わいを楽しんだ。隣ではギィとブッチが焼き肉のタレで、競うようにキャベツとソーセージを頬張っている。

あたりが暗くなってくると、ブッチはランプに火を灯《とも》した。コンロの火もあるので、手元はそれなりに明るい。ギィは焼き目のついたキャベツを取ると、私の皿に載せてくれた。なんでも、この焦《こ》げがいい味を出すのだという。

「ホントだ、香ばしくて甘くておいしい」

見た目はただの焼きキャベツ。でも口に入れると、これが葉もの野菜なのかと疑いたくなるような香ばしさが広がる。

「癖になるでしょ」

「うん」

ギィにうなずきながら次のキャベツに箸《はし》を延ばすと、いつの間にかゲージとブッチまでがキャベツを頬張っていた。

「デリシャスだねえ、ハニー」

「ギィが作ると、野菜がうまく感じる」

「お前らは肉食ってろって」

憎まれ口を叩《たた》きながらも、ギィは鉄板の上に新しいキャベツを載せる。そうして私たちは、焼きそばに入れる予定のキャベツまですっかり食べきってしまった。

す。

「焼きそばは俺が作ろう」

野外料理に慣れたブッチが、残った人参《にんじん》と豚肉を炒《いた》めはじめる。その間、少し離れた場所にギィと私は腰かけた。山の斜面から吹く風が、鉄板の前で火照《ほて》った頬を冷やす。

「やっぱり外で食べるとおいしい」

「馬鹿《ばか》みたいにシンプルだしね」

豪快に麺《めん》を放り込むブッチを見て、ギィは微笑《ほほえ》んだ。

「小手先でどうこうした料理ばっかりやってるとさ、たまにうわーって叫び出したくなるよ。ちまちまやってんじゃねえ、って」

「でも、それも大事。カフェのご飯は見た目が綺麗だし」

「うん。わかってるよ。わかってるんだけどさ」

つかの間、ギィはうつむいてぼそりとつぶやく。

「お姉ちゃんのとこにこないだ、電話がきたんだ」

誰からとは、聞かなくてもわかった。

「変わらなさ加減に笑っちゃったよ。お姉ちゃんは私のことを知らないって言ってくれたから、まだ救われるけど」

私は黙ってうなずく。

「そんなことがあると、ここでこんな小さいことしてる場合じゃないよって気分になるんだ」

でも、大きいことってなんなのかはわかんないけど。そこまで言うと、ギィは勢いよく顔を上げた。

「弱いよね。やんなるよ」

髪をかきあげると、ライトに反射してピアスがちかりと光る。

「弱くない」

「え?」

「ギィは、ピアスを増やしてない。だから弱くない」

家族に居場所を隠すことや、ときとして自分の望まない料理を仕事として作り続けること。ピアスを開けるきっかけになるような出来事は、ギィの周囲にいまだ溢《あふ》れている。なのに彼女は、それにダメージという名を与えない。

「弱くない」

弱虫になった自分が言うのもどうかと思うが、きちんと伝えたくて私はギィの顔をまっすぐに見つめた。するとギィは、ふいと顔をそらして空を見上げる。

「馬鹿。ジョー」

山の星空は、町で見るよりも明るく、そして近かった。


「おーい、ちょっと来てくれ」

ブッチに呼ばれて、私たちは再び鉄板の側《そば》に戻る。

「どうしたの」

「いや、もうほとんど出来上がりなんだが、一つ問題があるメーン」

見ると、鉄板の中にはおいしそうなソース焼きそばが出来ていた。匂《にお》いを嗅《か》ぐかぎり、問題があるようには思えない。

「ゲージが、桜エビを入れると言って聞かないんだが」

「はあ?」

ギィが首を傾《かし》げる。私も記憶の中の焼きそばを思い出すが、そこに桜エビの姿はない。

「焼きそばに桜エビは、当たり前? 私は初めて」

「いや、珍しいんじゃないかな。私も初めて聞いた」

「まあまあまあ、オーディエンス。お好み焼きやたこ焼きに入っていておかしくないものだよ？　ソース味の焼きそばに合わないとでも？」

そう言ってゲージは、小さな桜エビの袋を突き出す。どうやら、スーパーで買っておいたらしい。

「まあ、そう言われれば、そうかも」

軽く納得したところで、今度はゲージがブッチを指さす。

「ていうか、ブッチなんか揚げ玉入れるって言うんだぜ！　そっちのが変わってるよな」

「ウェイト、ウェイトリフティング。揚げ玉だってお好み焼きやたこ焼きに入れるメーン」

「なんか目くそ鼻くそって感じだな。味に問題はなさそうだから、両方入れりゃいいじゃん」

ブッチとゲージに一瞥《いちべつ》をくれると、ギィは食材の入った袋から卵のパックを取り出す。

「とにかく、私はこれが入れば文句はないから」

「てか、そっちの方が問題だよ。ハニー！」

「うるさいな。オムそばとかあるんだから、卵が合わないわけないだろ」

三人があぁだこうだと言い合っている側で、私はぼんやりとそれを眺めていた。するとヒートアップした皆が、一斉にこちらを振り向く。

「ちょっと、ジョーはどう思う？　目玉焼きのっけは、最強だよねえ？」

「ノーノーベイベー。愛らしいのはピンクの桜エビだよね。いいダシが出るよ」

「揚げ玉のコクは、焼きそばに合うメーン」

確かに、どれもおいしそうだ。私は軽くうなずくと、皆の意見を取り入れた提案をする。

「全部入れても、味的には問題ないと思う。最後にこれさえかけてもらえれば」

そうして、スーパーで自分用に買っておいたレモン果汁の小瓶を取り出した。すると三人が三人とも、私に向けて手のひらを見せる。

「いやいやいやいやいや」

「油っこいものにお酢、かけるでしょ。揚げ玉の元の天ぷらだって、塩とレモンで食べたりするし」

「ハニー、でも麺にレモンは……」

明らかに腰のひけているゲージに、私も説得材料を提示する。

「エスニック系の焼きそばには、レモンの櫛形《くしがた》切りがついてたけど」

「ああ、タイ風とかにあるやつね」

ギィがうなずくと、ブッチが泣きそうな顔で両手を合わせた。

「試してみるから、最初から全部にかけるのは勘弁メーン」

元からそのつもりだったので、私はうなずく。するとなぜか、全員がほっとしたような表情を浮かべた。

＊

結果的に、『桜エビと揚げ玉入り目玉焼き載せソース焼きそばのお好みレモンがけ』はおいしかった。

しかし鉄板や器を水場で洗い、ゴミをまとめて残りの食材をクーラーボックスに入れると、私たちにはやることがなくなってしまう。

なのに時計を見ると、まだ八時にもなっていない。今日はお風呂《ふろ》もないので、するべきことはこれで終わってしまった。アウトドアというのは、案外暇なものなのかもしれない。

これがお酒の飲めるメンバーだったなら、飲み会に突入するのかもしれない。けれどブッチは明日の朝も早いし、私はほとんどお酒が飲めない。さらにギィに至っては、お酒の存在自体が嫌いだと言う。したがって私たちは、自動的に飲み会をすることはない。

「ベイベー、電気のない夜は長いね」

「だったらとりあえず、秘密基地に移動してみるとか」

私の提案に、全員がうなずいた。

夜になってみると、秘密基地はより一層居心地の良さそうな場所に変化していた。公園の灯りが届かないから闇《やみ》は深いものの、晴れた夜なので月がぼんやりと風景を浮かび上がらせている。

私は草の上に腰を降ろすと、木々に縁取られた空を見上げた。

「こうして見ると、ちょっとプラネタリウムみたいだね」

隣に立ったギィが、腰に手を当てて同じように空を見上げている。

「おおブラザー。春と夏のトライアングルがそろい踏み。ゴージャスだねえ」

「見つけやすい星座が多くて助かるな」

大三角形、と呼ばれる大きな星座が両方見られるのは、この季節ならではの楽しみだ。私は荷物の中から双眼鏡を出そうとして、ふと手を止める。月と星が明るい。肉眼でも十分だろう。

「でも、何かが足りないな」

ブッチがぼそりとつぶやく。すると阿吽《あうん》の呼吸で、ギィが動き出した。

「食後のコーヒー、いれるか」

テントからいつものように大荷物を引っぱり出して、ギィは道具をセットしはじめる。ブッチがライトを移動させると、ゲージは地面に板を敷いた上にコンロを載せて安定させた。私はギィの指示でミネラルウォーターのボトルを用意し、小鍋《こなべ》に注ぐ。ギィは慣れた手つきでフィルターにコーヒーの粉を入れ、軽く叩いた。そしてカップを並べ、お湯が沸くのを待って少しずつ注いでゆく。

「いい匂い」

蒸らされた粉から立ち上るひとすじの湯気。十年一日のごとく、同じ台詞《せりふ》でしか感想を伝えられないのがちょっともどかしい。

「ハニー、もういいかい？」

「焦《あせ》るとうまくないんだよ。もうちょっと待ちな」

手を出そうとするゲージを制し、ギィはそれぞれのカップにコーヒーを均等に注ぎ分け、濃度を調節した。乱れも迷いもないその手つきは、彼女がどんな一年を過ごしてきたかを教えてくれる。

「お待たせ」

手渡されたカップを鼻先に近づけて、私はすうっと息を吸い込んだ。

ドリップ式のコーヒーというだけなら、今どきどこでだって飲むことが出来る。でもなぜかギィのコーヒーは、特別においしく感じるのだ。

「これが飲みたかったんだ」

ブッチが目を細めて、熱々のコーヒーをすすり込む。私はカップを持ったまま、いつものように一人空を見上げようと一歩を踏み出した。しかしそんな私に、ゲージが声をかける。

「ちょい待ちベイベー。今夜はとっておきのおやつがあるんだ」

そう言えばお茶菓子がなかった。振り返ると、なぜかゲージは再びコンロに火を点《つ》けている。

「赤ちゃんじゃないけど、何をつくるの」

「それはできてからのお楽しみだよ、スイートハート」

じゃ、各自これ持って。そう言いながらゲージは私たちに木の枝を配った。そして袋を差し出し、好きなだけ取るように告げる。

薄闇の中、お菓子の袋には何が書いてあるのかわからない。おそるおそるそこに手を入れたギィは、驚いたように手を引っ込めた。

「なにこれ！　ふにゃふにゃしてるんだけど！」

「え？」

好奇心に駆られて手を差し入れてみると、確かに袋の中にはふにふにとした触感のものが詰まっている。スポンジのようなそれをつまみ出すと、ぼうっと白い。

「あー、マシュマローン？」

横で見ていたブッチが、正解を言った。

「なんだよそれ。超驚いたし」

ぶつぶつ文句を言いながら、ギィが袋に手を伸ばす。

「これに刺してあぶれってこと？」

「当たり。昔絵本で見てから、ずっとやってみたかったんだよねー」

暖炉やキャンプのたき火で、マシュマロをあぶる子供たち。それは私もどこかで目にしたことがある。味の想像はつかないけれど、とろりと溶けた絵が妙においしそうだった。

二股《ふたまた》に別れた木の枝を見つめたまま、私が考え込んでいるとゲージが声をかける。

「ベイベー、それは夾竹桃《きょうちくとう》じゃないから安心して」

「赤ちゃんじゃないけど、その心配はしてない。どっちに刺そうか悩んでただけだから」

その台詞で思い出した。やはり昔読んだ子供向けの本の中に、夾竹桃の枝でバーベキューをして死んでしまった少年の物語があったっけ。花が咲いている枝だから綺麗《きれい》だという理由で彼らはそれを選んだのだけど、私にしてみれば少年たちはうかつ過ぎた。そもそも、生木の枝でバーベキューをしようと思うこと自体が間違いなのだ。

「どうせならリッチに両方刺せばいいメーン」

言葉通り複数の枝にマシュマロを刺したブッチを、ギィが指さして笑う。

「てかそれ、刺し過ぎ。正月の飾りかって」

マシュマロをつけ過ぎてしなったブッチの枝は、確かに商店街などに飾られている餅花《もちばな》にそっくりだ。

「さてと、皆用意はできたかな。そしたらまずは味見ってことで、一つあぶって食べてみて」

ほら、こんな感じ。ゲージは見本を見せるように、自分のマシュマロを遠火であぶった。それに倣《なら》ってやってみると、外側が焦《こ》げやすく、あまり長く火に当てていると溶け落ちてしまうことがわかる。

「うお、ヤバいメーン」

とろけたマシュマロを、慌《あわ》ててブッチが口に運んだ。するとブッチは口を閉じたま
ま、困ったような顔で私たちを見る。

「なに。まずいの」

「いやあ……」

そんなブッチを、ゲージは面白そうな表情で眺めていた。しかし食べてみないことにはわからないので、私もブッチに続いて枝を口元に近づける。

「どう。おいしい?」

ギィの質問に、私はどんな顔をしたらいいのかわからない。なぜなら溶けたマシュマロは、おいしくもないがまずくもなかったからだ。

「んー……」

強いて言うならば、極甘の葛湯《くずゆ》といった感じ。これといったフレーバーがないため、ものすごく茫洋《ぼうよう》とした味なのだ。

「……ちょっと。なんでこんなチョイスしたわけ」

同じように表情をくもらせて、ギィがゲージを睨《にら》みつける。するとゲージは笑いながら立ち上がった。

「あーごめんごめん。つい皆にもこのがっかり感を味わってもらいたくって」

「確かに軽くがっかりしたメーン」

「でも口直しを用意してあるから、もう一個だけあぶってみてよ」

半信半疑で私たちはコンロのそばに寄り、枝の先を火に近づける。やがてマシュマロがとろけてきたところで、ゲージがリッツクラッカーを配る。

「溶けたマシュマロを、これにのっけて」

「ええ？　なにそれ？」

「いいから熱いうちに早く！」

不満そうな声を上げたギィは、それでもゲージに急《せ》かされるまま、マシュマロをリッツになすりつけた。するとゲージはその上に、ぱきぱきと割った板チョコをひとかけずつ載せてゆく。

「はい、これでサンドして」

最後にもう一枚ずつリッツを配ると、ゲージは皆に合図した。

「サンドしたら、熱いうちに食べる！　早く食べないとチョコがたれるから、早く！」

「え？　あ？」

あまり考える間もなく、全員が謎《なぞ》のマシュマロサンドを口に押し込む。すると意外なことに、さっきは味も素っ気もなかったマシュマロがクリームソースのように変化して、とてもおいしい。

「おお、これはうまいメーン」

塩気のきいたクラッカーに、甘くとろけたクリーム。不足していたフレーバーも、チョコレートが間に入ることで一気に解決されていた。

「うん。すごくおいしくなってる」

「なにこれ。あんたが開発したの？」

口元に手を当てたギィが、驚いたようにゲージを見る。するとゲージは得意げにリッツの袋を掲げた。

「開発はしてないけど、ちょっと思い出したんだ」

「思い出す？」

「そう。最初は興味本意で、自分ちのガスコンロでマシュマロを焼いてみたんだ。でもあんな味だろ。ちょっとがっかりしちゃってさ」

暗闇の中、黄色く揺らぐコンロの炎。ゲージは遠火で丁寧にマシュマロをあぶる。六月とはいえ山の夜は少し肌寒いので、火のそばは心地良かった。

「で、なんとかおいしく食べる方法はないかって調べてたら、小学生の頃にボーイスカウトで習ったキャンプ料理を思い出したんだ」

「へえ。既存のレシピだったってわけ」

ゲージの正面に腰を下ろして、ギィが同じように枝を差し伸べる。

「ネットで調べたら、アメリカの子供キャンプ料理の定番だってさ。正式名称は『もっとくれ』って意味の『SOME　MORE』を縮めて『S'more』、スモアって呼んでるらしいよ」

「いかにもアメリカだメーン」

それっぽく肩をすくめて、ブッチが私をちらりと見た。目の前には、差し向かいで火に向かう二人。その火に枝を差し込む気にはなれなかったので、私たちは立ったままそれを見つめている。

「でもそっちのレシピだと、サンドするクラッカーも甘かったから塩味にアレンジしてみたわけ」

「大正解。塩がなければ甘すぎると思う」

「でもアメリカの子供は、激甘バージョンが『もっとくれ』なんでしょ？　どんだけ甘党なんだよ」

くすくすと笑うギィの横顔で、かつてのピアスがきらきら光る。もしかしたら、このピアスの数を守ったのはゲージなのかもしれない。そんなことを考えていると、不意に二人が立ち上がった。

「はい」

ブッチと私に、それぞれ焼きたてのマシュマロとリッツが手渡される。

「二つずつ焼いてみたから、ほら」

ギィが手早く板チョコを割って、マシュマロの上にきゅっと押し込んだ。ブッチと私は再び顔を見合わせると、同時にスモアを頬張った。

「てかさあ、よく考えてみたらマシュマロの主成分ってゼラチンとメレンゲなんだよ。だからジャムとか入ってないとキツいし」

お返しにブッチと二人でマシュマロをあぶりながら、私はうなずく。

「それに絵本で期待が大きいぶん、おいしく感じないのかも」

「イメージ先行はつらいメーン」

ブッチの大きな手が細い木の枝を器用に回す。やがて表面が焦げてくると、ひとすじの煙が立ち上った。

「イメージが先行してがっかりなんて、よくあることさブラザー」

ゲージが私の背後で、つと口を開いた。

「むしろイメージとリアルが一致する方が奇跡なんだ。でもその素晴らしさをすぐ忘れてしまうから、人はいつまでたっても幸せになれない」

私はちいさな風で揺らぐ炎を見つめて、枝を回す。ゲージは私たちの中で、最も幸せに近い存在だと思っていたのだけれど。

「毎日目覚めること、健康でどこへでも行けること、会いたい人がいること。当たり前のことがどんなにスペシャルかってこと、俺だってわかってるよ。でも欲張りだから、もっともっとスペシャルを求めるんだ」

ぱちり。小さな音をたててマシュマロが焦げた。

「自分が特別でありたい。誰にも似ていないことをしたい。でもそれって特別じゃないからこそ、そう思うんだよね。皮肉なことに」

誰かと似ていることは、おそらく自分という存在の意義を否定する材料だ。私がいなくても、そっくりな誰かがいれば私はこの世界に必要ない。だから最前線にいた人々は、こぞって『自分だけの何か』を探していたのだ。けれどゲージは、さらにその先の答を見つけてしまった。自分らしさを必死になってアピールすること自体、ありふれた行動だということを。

「……特別だよ」

ブッチの背後に佇《たたず》むギィが、ぽつりとつぶやく。

「あんたは私の特別。ジョーもブッチも特別。この夜も特別。それでも文句があるなら、ここで言ってみな！」

誰かを特別にするのは、その人を特別だと思う人の存在。ならば私たちは、きっとものすごく特別な存在だ。

家族にも友人にも見せたことのない顔。それを分け合うのは、同じ戦場を経験した者たち。

「ハニー。文句を言うなんて贅沢《ぜいたく》なこと、俺が出来ると思ってる？」

焼き上がったマシュマロを手渡すと、ゲージは苦笑しながらそれをひと口かじった。

「ソー、スイート。皆、甘すぎるんじゃない？」

「がっかりな味を特別に変えただけでも、スペシャルだメーン」

ブッチが親指を立てて、スモアを頬張る。

「あー、でも喉《のど》にくる。やっぱ飲みものほしい」

ギィはくるりと背を向けると、水のペットボトルを取りにテントの中へ入った。私はチョコレートのついた指を舐《な》めながら、少し意地悪な笑顔をゲージに向ける。

「ごちそうさま」


ギィが新たに入れてくれたコーヒーを片手に、今度こそ私たちは散開した。ブッチは草の上に横たわり、ギィは木にもたれて空を見上げている。ゲージと私はトンネルをくぐって、ゲージは谷に臨む東屋《あずまや》のそばに、私は広場の中心に進んだ。

開けた場所から見る星空はよりダイナミックで、確認できる星座も多い。さっき見た春の大三角も、ここからだとさらにその続きが見えるのだ。

三角形の頂点を見ながら、私は軽く首をそらす。アルクトゥルスからたどる春の大曲線の先には、北斗七星がつながっている。道しるべの星に続く星座を眺めて、私は唇を噛《か》み締めた。

皆、いまだに戦っている。最前線を遠く離れ、敵を退けたかのように思えたけれど、そんな考えは溶けたマシュマロよりも甘かった。なぜなら、見えない敵は見えている敵より質《たち》が悪い。

想像の中で、敵はどんどん大きくなる。イメージとリアルの差を広げてしまうのは自分自身。この戦場において、真の敵は自分だ。敵ときちんと向き合い、戦う姿勢をとらない者は自分の想像力に負ける。

クールダウン。道しるべの星は、いつも北の空で静かに輝いている。

＊

目覚ましが鳴っている。私はいつものように布団《ふとん》から手を伸ばそうとして、手が自由にならないことに気づいた。そうか。寝袋に入っていたんだっけ。

私はファスナーを下ろすと、枕元《まくらもと》の携帯電話に手を伸ばす。

「……おはよ」

寝返りを打ったギィが、こっちをまぶしそうな表情で見ている。

「起きれる？」

時間は午前四時半。ブッチの仕事を見学するために、私たちは早起きを決めたのだ。

「起きれなくても、起きる」

ギィはむくりと起き上がって、細身のジーンズを手に取る。私も目をこすりながら着替えて、タオルを片手に公園のトイレへと向かった。

「おはよう」

「ああ……ベイベー」

歯ブラシを口にくわえたゲージが、眠そうにうなずく。

「赤ちゃんじゃないけど、ブッチは」

「さっさと起きて、道具の用意してたよ」

約束は五時。私は洗顔とトイレを済ますと、テントに戻ってギィに声をかけた。

「ギィ。ミツバチが見たいから、先に行ってる」

「オッケー」

髪を梳《と》かしながら、ギィは手を振る。


秘密基地から歩き出すと、とたんに靄《もや》が私を包んだ。まだ陽がのぼりかけの雑木林は、ひんやりと夜の露を残している。草を踏み分けしばらく歩くと、昨日訪れた草地が見えてきた。

ミツバチの巣箱から少し離れた場所に、全身白ずくめのブッチが立っている。大声を出してはいけないと思い、近づいたところで声をかけた。

「おはよう」

「ああ、おはよう。早いな」

「ミツバチが気に入ったから」

ブッチのそばには、コンロに沸かされたお湯や小型のドラム缶のような容器、それに用途のわからない器具が並んでいる。これが蜜《みつ》を取るのに必要な道具なのだろう。

「よかったら、後で手伝ってみるか」

「いいの」

「ゲージやギィは怖がりそうだからメーン」

私は邪魔をしないよう、少し離れた場所に移動する。そして昨日と同じように、大気の中を激しく飛び回るミツバチを眺めた。

「昨日より少し少ないみたい」

「もうすぐ太陽がのぼりきる。そうすると花が開いて、こいつらは忙しくなる。つまり、今が出勤のピークってことだ」

ミツバチの動きをよく観察してみると、確かに飛び回るよりは飛び去る個体の方が多い。そしてブッチはミツバチが出払うのを待って、巣の中の蜜を採取するのだと説明してくれた。

「留守宅を狙《ねら》うなんて、ちょっと空き巣っぽいメーン」

空いた巣を狙うと書いて、空き巣。文字通りの状況に私は笑ってしまう。

「でも全部は出かけないみたい。残ったグループは何をしてるの」

「花の情報を伝えたり、辺りを偵察したり、巣の掃除をしたり」

ミツバチの生活も、これでなかなか忙しいようだ。私がぼんやりと出勤風景を見送っていると、ゲージとギィが林の中から現れる。

「おはようブラザー。素晴らしい朝だね」

「グッドモーニング、メーン。じゃあ始めるとするか。一応用心のために、ちょっと距離はとっておいてくれ」

指示通り後ろに下がっていると、ブッチは霧吹きのような物を片手に、ゆっくりと巣箱の蓋《ふた》を開けた。そして霧吹きで煙を吹きかけると、箱の中の板をそろそろと持ち上げる。

「あれは多分、煙で蜂《はち》をおとなしくさせてるんだ」

生き物に詳しいゲージが、解説を加えてくれる。さらにブッチは取り出した巣板に、お湯に浸《つ》けたパテナイフのような物を当てた。

「ミツバチの巣のハニカムには、蜜蠟《みつろう》で蓋がしてある。そのままだと蜜を取り出せないから、あたためたナイフで蓋を削り取るのさ」

「なんでそんな詳しいわけ」

「ハニー、下調べは情報戦における最大の武器だよ」

巣板の表面を刃で削り落とすと、ブッチはそれをドラム缶の中に入れる。そしてこちらを振り返ると、手招きをした。

「宇宙飛行士に呼ばれてるよ」

ドラム缶のそばに行くと、ブッチは頭に被《かぶ》っていたネットを脱いで私を呼ぶ。

「ジョー、この缶についてるハンドルをゆっくり回して」

言われるがままにハンドルを回すと、缶の中で巣板が回転しはじめた。要するにこれは、とても原始的な遠心分離機なのだ。しばらく回していると、そばで見ていたギィが歓声を上げる。

「すごい！　蜂蜜が出てきたよ！」

缶の反対側には底にたまった蜜が出てくる樋《とい》がついていて、その先にはさらに蜜を受ける容器が置いてあった。ブッチの指示でゆっくりハンドルを止めると、私は蜜の出る場所に移動する。

「本当に黄金色なんだね、ブラザー」

「舐めてみろ、メーン」

　とろとろと流れ出る蜂蜜に、皆が指を差し出した。指の上に滴《したた》り落ちる蜜を、こぼさないように急いで口に運ぶ。そしてそれを味わった瞬間、私たちは顔を見合わせた。神様の食べ物って、きっとこんな味がするに違いない。

　そしてそんな私たちを見て、ブッチは得意そうに目を細める。

「この味を守るための早起きだメーン」

「え、時間で味が変わるわけ？」

　ギィの質問に、ブッチはうなずく。

「今出て行った蜂たちは、これから蜜を持ち帰る。でも朝一の蜜は水分が多いから、まだ糖度が低くて蜂蜜とは呼べない。花蜜《かみつ》と呼ぶんだ」

「蜂が持ち帰ったら、それが蜂蜜だと思ってた」

　ブッチは次の巣板をセットしながら、説明を続ける。

「蜂が自分の身体《からだ》の中に花蜜を取り込むことによって酵素が加わらないと、蜂蜜にはならない。そして巣の中で水分を飛ばして糖度を上げ、はじめてこの状態になるんだ」

だから収穫のときには、午前中の蜜を混ぜないようにするのがポイント。そう言いながら、次々に蜜を集めてゆく。

「ブラザー。蜂蜜は、二十一世紀になってもミツバチにしか作れないんだね」

ゲージが明るくなってきた空を見上げて、嬉《うれ》しそうに笑った。

＊

朝日を浴びて輝く、黄金色の蜂蜜。容器に落ちたそれを漉《こ》して、さらに瓶に移したものを私は手の中に包み込んだ。

「蜂蜜と言ったら、やっぱこれでしょう」

そう言ってギィは、ホットケーキミックスの箱を取り出して小鍋《こなべ》に開ける。そこに昨夜の残りの卵を割り入れ、クーラーボックスに入れておいた牛乳を注ぎ込んだ。私はその横でコンロの上に鉄板を置き、サラダ油を塗り広げる。

午前六時。ブッチの採蜜作業は小一時間ほどで終わり、今はゲージと二人で道具の片付けと積み込みを行っていた。巣箱はミツバチが戻ってから積み込むので後回しだというが、その場合、ゲージは巣箱と一緒に荷台に乗るんだろうか。

「ん、いい感じにあったまってきた」

鉄板の上に手をかざしたギィは、小鍋を傾けて小さな丸をいくつも作ってゆく。私はその間果物を出したり、コーヒー用のお湯を用意したりする。

「ホットなケーキの匂《にお》いだメーン」

ひと仕事終えて戻ってきたブッチは、ホットケーキの焼ける匂いに鼻をひくつかせた。その後ろからよろよろと現れたゲージは、へたり込むように腰を下ろす。

「……ベイベー、慣れない肉体労働は一時間が限度だよ」

「じゃあ、疲れには甘いものを」

私は焼きたてのホットケーキをお皿に載せると、そこにポーションタイプのバターとイチゴを添えて出した。

「すごい。山でこんな豪華なメニューが食べられるとは思わなかったよ」

「蜂蜜は、好みの量をかけて」

そう言って瓶を示すと、ゲージはさっそくスプーンを差し込む。しかしゲージのそばで、ブッチがぼそりとつぶやいた。

「ミツバチが一生かかって集める蜜の量は、スプーン一杯弱メーン」

「……ブラザー。そんなこと言われたら、なんだか申し訳なくって食べられないよ」

私は手を止めたゲージからスプーンを奪うと、二人のお皿にたっぷりと蜂蜜をかける。

「一生の仕事を横取りしておいて食べないのは、もっと失礼」

「ジョーの言う通りだよ」

コーヒーのカップを持って、ギィが鉄板のそばに来た。

「たっぷりかけて、おいしく食べなきゃ」

私はうなずいて、最高に贅沢《ぜいたく》なホットケーキを頬張る。バターの塩気に、蜂蜜の風味、途中でイチゴを齧《かじ》ると口の中が一気にケーキっぽくなった。

「うん、うまい」

ぱくぱくとホットケーキを食べるブッチは、しかしなぜだかイチゴに手をつけていない。

「あれ。イチゴ苦手だった？」

ギィがたずねると、ブッチは微妙な表情を浮かべた。辛《つら》そうで悲しそうで、それでいてどこか愛《いと》おしそうな、そんな表情。

「うん……まだ、ちょっと距離が足りないな」

「距離？」

イチゴを見つめながら、ブッチはつぶやく。

「そう。もうちょっと遠くまで行けたら、大丈夫なのかもしれない。でも今はまだ、駄目なんだ」

ブッチの戦いを、私は知らない。けれど彼もまた、あんな表情を抱えながら一人で夜を越えている。

「じゃあ、私がもらう」

「え？」

驚いた顔を浮かべるブッチのお皿に、私はフォークを伸ばした。そして蜂蜜をたっぷりとまぶして、口に運ぶ。

生きている。生きている。生きている。

これは、全力の味だ。

＊

山を下り、最初に集まった駅前で別れるとき、ゲージは皆に手を差し出した。

「フェローズ、元気で」

その言葉を頭の中の辞書でひいて、私はうなずく。

「ありがとう。元気で」

フェローズ。意味は『恋人、同級生、相棒、仲間』。仲間。

「初めて否定しなかったね、ベイベー」

「赤ちゃんじゃないけど、否定する理由がないから」

それを聞いたギィが、笑いながら私を抱きしめた。

「次に会うときは、蜂蜜入りのケーキを焼いてくるよ」

ブッチは握手のかわりに、蜂蜜の瓶を手に載せてくれる。

「近くの都市に来たら連絡するメーン」

私は三人に向かってカーテンコールのようなお辞儀をすると、笑顔で手を振った。

今度は、私が一番に歩き出す番だ。

「それじゃあ、また」

駅の階段を駆け上り、ホームに来ていた電車に一人飛び乗る。

約束は交わさない。

別れはひきずらない。

でもちょっと、証拠は残してしまったのかもしれない。

私は黄金色に輝くガラス瓶を見つめて、すっと背筋を伸ばす。これからまた、戦場に戻る。新しい戦闘が始まるのだ。

＊

私たちは育ってきた環境も、友達の種類も違う。けれどこの世界の誰よりも深くつながる部分がある。それは、スパイであること。

いつか私に恋人ができたとき、私は自分の正体を明かすだろうか。それはそのときになってみないと、わからない。ただ、恋人が私の元を去る日が来ても、共に戦っている仲間が私の人生から去ることはないだろう。そう、確信を持って断言する。

任務を抱えて孤独な夜、これからも私は夜空を見上げるだろう。

そしてその瞬間、私は孤独ではなくなる。

ただそれだけのことだ。

あとがきのような献辞

星のようにあってほしい人がいます。常に変わらず輝き、不安になったり迷ったとき、見上げればただそこにいる。近づくことはないけれど、遠ざかることも決してない。

求めるのは、星の距離感。

でもごく稀《まれ》に、隕石《いんせき》みたいに落ちてくる人もいますけど。

最後に、左記の方々に感謝を捧《ささ》げます。

有限会社大野養蜂園《おおのようほうえん》の大野清海《きよみ》さんと奥様には、養蜂について詳しいお話を聞かせていただきました。蜂《はち》の世界は本当に興味深いし、巣箱のそばで蜂に囲まれるのはとても不思議な体験でした。そして何より蜂蜜《はちみつ》！　中でもニホンミツバチの蜂蜜は、今まで味わったことのないおいしさでした。

声をかけて下さった新井さんと、雑誌掲載時に誰よりも近い場所で彼らを見守っていてくれた小林さん。毎回添えられるメッセージは心の励みでした。また、佐久間《さくま》真人《まこと》さんは毎回クールでイメージ通りの絵を添えて下さいました。

装幀《そうてい》の石川絢士《けんじ》さんは、どの本も内容以上に素敵なデザインをして下さるので頭が上がりません。

いつも私のすべてを支えてくれていたG。いくつもの夜を回し車と共に過ごしたハムスターの『すじこ』。私の家族と友人。皆、お世話になりっぱなしです。

さらにこの本ができるまで、またできてから関わって下さった方々。そして今、この本を読んで下さっているあなたに。

願わくば、あなた方の夜が香り高い飲み物と共にあらんことを。

文庫版あとがき

この物語にこれ以上の言葉はいらない。そう思ったので、連載時にイラストを担当していただいた佐久間真人さんに、書き下ろしのエンドマークをお願いしてみました。するとこれ以上ないほどの画に素晴らしいメッセージが添えられていたので、ここにその文章を載せさせていただきたいと思います。

＊

高校がある街の郊外か。あるいは、ブッチが訪れた田舎なのか。田畑の中の一本道の昼間の明るい風景です。

街灯、昼間の月、青空に隠れた星、そして葉陰にはホタルが四匹。夜になると光を放つものたちが息を潜めています。

また、画面の奥には四つ角（四つの道が一つに集まる場所）が見えています。

普段は身を隠して任務をこなし、バラバラの場所でそれぞれの生活を送る。いつでも夜空の下でつながっている特別な光を放つ四人のスパイ。

そのような物語を暗号のようにちりばめた絵といたしました。

＊

石川絢士さんの新しい装幀と合わせると、また一歩先の物語が完成したように思えます。

願わくばこれを読んでいるあなたにも、新しい物語が訪れんことを。

この作品は平成二十年十月新潮社より刊行された。

伊坂幸太郎著
オーデュボンの祈り
卓越したイメージ喚起力、洒脱な会話、気の利いた警句、抑えようのない才気がほとばしる！　伝説のデビュー作、待望の文庫化！

伊坂幸太郎著
ラッシュライフ
未来を決めるのは、神の恩寵か、偶然の連鎖か。リンクして並走する4つの人生にバラバラ死体が乱入。巧緻な騙し絵のごとき物語。

伊坂幸太郎著
重力ピエロ
ルールは越えられるか、世界は変えられるか。未知の感動をたたえて、発表時より読書界を圧倒した記念碑的名作、待望の文庫化！

伊坂幸太郎著
フィッシュストーリー
売れないロックバンドの叫びが、時空を超えて奇蹟を呼ぶ。緻密な仕掛け、爽快なエンディング。伊坂マジック冴え渡る中篇4連打。

伊坂幸太郎著
砂漠
未熟さに悩み、過剰さを持て余し、それでも何かを求め、手探りで進もうとする青春時代。二度とない季節の光と闇を描く長編小説。

伊坂幸太郎著
ゴールデンスランバー
山本周五郎賞受賞
本屋大賞受賞
俺は犯人じゃない！　首相暗殺の濡れ衣をきせられ、巨大な陰謀に包囲された男。必死の逃走。スリル炸裂超弩級エンタテインメント。

恩田陸著　六番目の小夜子

ツムラサヨコ。奇妙なゲームが受け継がれる高校に、謎めいた生徒が転校してきた。青春のきらめきを放つ、伝説のモダン・ホラー。

恩田陸著　不安な童話

遠い昔、海辺で起きた惨劇。私を襲う他人の記憶は、果たして殺された彼女のものなのか。知らなければよかった現実、新たな悲劇。

恩田陸著　ライオンハート

17世紀のロンドン、19世紀のシェルブール、20世紀のパナマ、フロリダ……。時空を越えて邂逅する男と女。異色のラブストーリー。

恩田陸著　図書室の海

学校に代々伝わる〈サヨコ〉伝説。女子高生は伝説に関わる秘密の使命を託された——。恩田ワールドの魅力満載。全10話の短篇玉手箱。

恩田陸著　夜のピクニック
吉川英治文学新人賞・本屋大賞受賞

小さな賭けを胸に秘め、貴子は高校生活最後のイベント歩行祭にのぞむ。誰にも言えない秘密を清算するために。永遠普遍の青春小説。

恩田陸著　球形の季節

奇妙な噂が広まり、金平糖のおまじないが流行り、女子高生が消えた。いま確かに何かが大きく変わろうとしていた。学園モダンホラー。

北村薫著

スキップ

目覚めた時、17歳の一ノ瀬真理子は、25年を飛んで、42歳の桜木真理子になっていた。人生の時間の謎に果敢に挑む、強く輝く心を描く。

北村薫著

ターン

29歳の版画家真希は、夏の日の交通事故の瞬間を境に、同じ日をたった一人で、延々繰り返す。ターン。ターン。私はずっとこのまま？

北村薫著
おーなり由子絵

月の砂漠をさばさばと

9歳のさきちゃんと作家のお母さんのすごす、宝物のような日常の時々。やさしく美しい文章とイラストで贈る、12のいとしい物語。

北村薫著

リセット

昭和二十年、神戸。ひかれあう16歳の真澄と修一は、再会翌日無情な運命に引き裂かれる。巡り合う二つの《時》。想いは時を超えるのか。

北村薫著

ひとがた流し

流れゆく人生の時間のなかで祈り願う想いが重なりあう……大切な時間を共有してきた女友達の絆に深く心揺さぶられる〈友愛〉小説。

北村薫著

1950年のバックトス

一瞬が永遠なら、永遠もまた、一瞬。〈時と人〉の謎に満ちた軌跡。人と人を繋ぐ人生の一瞬。秘めた想いをこまやかに辿る23編。

星新一著
ボッコちゃん
ユニークな発想、スマートなユーモア、シャープな諷刺にあふれる小宇宙！　日本ＳＦのパイオニアの自選ショート・ショート50編。

星新一著
ようこそ地球さん
人類の未来に待ちぶせる悲喜劇を、卓抜な着想で描いたショート・ショート42編。現代メカニズムの清涼剤ともいうべき大人の寓話。

星新一著
気まぐれ指数
ビックリ箱作りのアイディアマン、黒田一郎の企てた奇想天外な完全犯罪とは？　傑出したギャグと警句をもりこんだ長編コメディー。

星新一著
ほら男爵現代の冒険
〝ほら男爵〟の異名を祖先にもつミュンヒハウゼン男爵の冒険。懐かしい童話の世界に、現代人の夢と願望を託した楽しい現代の寓話。

星新一著
ボンボンと悪夢
ふしぎな魔力をもった椅子……。平和な地球に出現した黄金色の物体……。宇宙に、未来に、現代に描かれるショート・ショート36編。

星新一著
悪魔のいる天国
ふとした気まぐれで人間を残酷な運命に突きおとす〝悪魔〟の存在を、卓抜なアイディアと透明な文体で描き出すショート・ショート集。

宮部みゆき著
魔術はささやく
日本推理サスペンス大賞受賞

それぞれ無関係に見えた三つの死。さらに魔の手は四人めに伸びていた。しかし知らず知らず事件の真相に迫っていく少年がいた。

宮部みゆき著
レベル7《セブン》

レベル7まで行ったら戻れない。謎の言葉を残して失踪した少女を探すカウンセラーと記憶を失った男女の追跡行は……緊迫の四日間。

宮部みゆき著
返事はいらない

失恋から犯罪の片棒を担ぐにいたる微妙な女性心理を描く表題作など6編。日々の生活と幻想が交錯する東京の街と人を描く短編集。

宮部みゆき著
龍は眠る
日本推理作家協会賞受賞

雑誌記者の高坂は嵐の晩に、超常能力者と名乗る少年、慎司と出会った。それが全ての始まりだったのだ。やがて高坂の周囲に……。

宮部みゆき著
かまいたち

夜な夜な出没して江戸を恐怖に陥れる辻斬り〝かまいたち〟の正体に迫る町娘。サスペンス満点の表題作はじめ四編収録の時代短編集。

宮部みゆき著
淋しい狩人

東京下町にある古書店、田辺書店を舞台に繰り広げられる様々な事件。店主のイワさんと孫の稔が謎を解いていく。連作短編集。

夜《よる》の光《ひかり》

新潮文庫　さ－77－1

平成二十三年九月一日発行
平成二十五年三月二十日二刷

著者　坂《さか》木《き》司《つかさ》

発行者　佐藤隆信

発行所　株式会社新潮社

郵便番号　一六二－八七一一
東京都新宿区矢来町七一
電話　編集部（〇三）三二六六－五四四〇
読者係（〇三）三二六六－五一一一
http://www.shinchosha.co.jp

価格はカバーに表示してあります。

乱丁・落丁本は、ご面倒ですが小社読者係宛ご送付ください。送料小社負担にてお取替えいたします。

印刷・大日本印刷株式会社　製本・憲専堂製本株式会社

ISBN978-4-10-136381-3 C0193